RAGNAROK:Re

KENTARO YASUI

LEROY SCHWARTZER
リロイ・シュヴァルツァー

獲物めがけて飛びかかるその姿は、彼のふたつ名が示すが如く、
まさに“黒き雷光《ブラック・ライトニング》”——反応できなかった鬼が、
顔面をふたつに断ち割られて崩れ落ちた。

「俺は見たいのだ、おまえの中に眠る獣を」
「だったら、殺してみろよ」
「ただ、気をつけろ。寝起きが最悪だぞ」

RAGNAROK:Re
ラグナロク:Re
1. 月下に吼える獣

安井健太郎

Illustration／巖本英利

CONTENTS

序

まったくもって度し難い。

相棒について忌憚《きたん》なき意見を述べよ、と言われれば、私は迷うことなくそう答えるだろう。

どうしてこの男は、理性よりも感情に走るのか。

感情的であることがことさらに愚かであるとは、私も断じない。

だが、理性的であることを放棄した短絡的な行動の結果、これまでどれほどの災難に見舞われてきたか少しは考えろ、と言いたいのだ。

「さっきからなんだよ、煩《うるさ》いな！」

豪腕の一撃をかいくぐり、相手の顎下に剣の切っ先を突き刺しながら、直情径行の我が相棒リロイ・シュヴァルツァーが苛立《いらだ》たしげに吐き捨てた。

「言いたいことがあるなら、はっきり言えよ！」

怒鳴るリロイの頭上では、顎から脳天までを串刺しにされた相手が口腔《こうこう》にあふれ出す血で喉をごろごろと鳴らしていた。

気が散ってはいけない、と思って呟《つぶや》くに止《とど》めていたのだが、そちらがそういうのなら良いだろう。

私は、言った。

「いきなり飛び出す馬鹿がどこにいる」

これにリロイは反論——もとい、悪態をつこうとする。だが、異常に筋肉の発達した両腕が五指を開いて摑《つか》みかかるほうが先だった。

頭を串刺しにされてもなお、それは絶命していない。

丸太でさえ易々《やすやす》と握り潰す驚異の握力がリロイの頭に襲いかかるが、それをまともに喰らうほどリロイは鈍重ではなかった。

むしろ、その言葉から最もほど遠いのが、この男だ。

凶悪な指先はなにもない空間を押し潰し、交差する。

リロイは剣から手を離し、跳び退《すさ》っていた。そして着地と同時に、再び前進する。両腕が交差して無防備な状態の相手に対し、リロイはそのふところへともぐり込んだ。

低い姿勢から、掌《てのひら》を突き上げる。

全身のバネを利用した一撃は、顎下に突き刺さっていた剣の柄頭《つかがしら》を強打した。衝撃で、剣は突き刺さっていた頭部を破裂させ、頭蓋の破片と脳漿《のうしょう》を撒《ま》き散らしながら吹き飛んでいく。完全に脳が破壊されては、いくら尋常ならざる生命力を持つとはいえ、絶命は免れない。

二メートルを超える巨軀《きょく》は、重々しい地響きとともに倒れ伏すと、死の痙攣《けいれん》を開始した。

「いきなり飛び出す馬鹿がどこにいるかって？」空中から落下してくる剣を掴み取りながら、リロイは鼻を鳴らした。「――ここにいるだろ」

なるほど、自分が馬鹿だということは認識していたようだ。

「その馬鹿は、数は数えられるのか」

「当たり前だ」

絶命した巨軀を踏みつけて、リロイは憤然と言った。

森の中に敷かれた、街道だ。

このあたりは都市国家が乱立する辺境地域だが、当然の如《ごと》く物流はあるし、商隊なども盛んに行き来している。切り開いただけで舗装すらされていないが、馬車がすれ違えるほどには広い。

そこを埋め尽くしているのは、今し方リロイが息の根を止めたのと同じ化物たちだ。いずれも凄《すさ》まじく発達した筋肉と巨軀を誇り、形は違えど、頭部に骨が変形して出来たと思われる角が生えている。黒灰色《こくかいしょく》の肌を外套《コート》のように覆っているのは、針のように鋭く硬い灰色の体毛だ。

リロイを囲む奴《やつ》らの喉が威嚇の音に震え、不気味な旋律を奏でていた。捲《めく》れ上がった分厚い唇からは、猛獣に匹敵する鋭く巨大な牙が見える。

仲間を易々と屠《ほふ》ったリロイを、警戒しているのだ。

睨《ね》めつけてくるその眼球に瞳孔はなく、強膜は濁った乳白色をしていて、薄紫の毛細血管が浮き出ている。

その相貌は、あまりに醜悪でおぞましい。

常人なら、目にしただけで卒倒してしまうだろう。

人の形をしているが、人ではない。

〝闇の種族《ダーク・ワン》〟と呼ばれる、異能、異形のものどもだ。

その起源や生体は殆《ほとん》ど解明されておらず、分かっていることは、強靭《きようじん》な肉体と膂力《りよりよく》、あるいは超常的な能力を有し、人間に襲いかかってくるということだけだ。

まさしく、人類の天敵である。

なんらかの生命体であることしか分からない〝闇の種族〟を、人類は長い時間をかけ、多種多様な能力と姿形、知能に基づいて分類し、体系化していった。

大きくは脅威を示す指標として能力別に上級、中級、下級と三分割し、そこからは形態別に人型や獣型、虫型等々に細分化していく。

今現在リロイが対峙《たいじ》しているのは、下級の人型に分類される眷属《けんぞく》、鬼だ。知能は低いが、素手で人間の躰《からだ》を引き千切る怪力の持ち主である。到底、一般的な人類が太刀打ちできる存在ではない。

それが、ざっと見たところ三十体以上ひしめいていた。

我が相棒は、自由契約《フリーランス》の傭兵《ようへい》だ。傭兵にとって〝闇の種族〟との戦いは日常茶飯事だが、ひとりで相対する数としてはいささか多すぎる。

「おまえ、もしかして両手の指の数以上は数えられないんじゃないだろうな」

「そんなわけあるかよ」

リロイは、にやりと笑った。

「足の指があるだろ」

そして無造作に、鬼の群れに突っ込んでいく。

黒のレザージャケットがひるがえると、一体の鬼が血飛沫《ちしぶき》を上げて仰《の》け反《ぞ》った。胸板を斜めに斬りつけられて倒れるその鬼に、黒いブーツの踵《かかと》が激突する。巨軀を踏み台にして大きく跳躍し、次の獲物めがけて飛びかかるその姿は、彼のふたつ名が示すが如く、まさに〝黒き雷光《ブラック・ライトニング》〟――反応できなかった鬼が、顔面をふたつに断ち割られて崩れ落ちた。

そして着地するや否や前方へ猛進し、別の一体の心臓付近へと剣を突き入れる。硬い体毛や分厚い筋肉をものともせず、剣身は鬼の体を貫き、背中から顔を出した。

リロイは、それを捻《ひね》りながら引き抜く。

同時に体を旋回させ、黒い血を曳《ひ》きつつ背後から襲いかかろうとしていた鬼へと剣撃を叩《たた》きつけた。

脇腹に喰らいついた刃は、体毛をへし折りながら肉を裂き、内臓へ到達する。さしもの〝闇の種族〟も、腸《はらわた》は柔らかい。リロイの一閃《いっせん》は半ばまで内臓を切断し、激突した背骨を砕き折った。

肉体の支柱を失ったその鬼は、それでもリロイを捕まえようと指先を蠢《うごめ》かしながら、くの字に体を折って頽《くずお》れる。

鋭い牙の並ぶ口から断末魔の呻《うめ》きと黒ずんだ血を吐き出すその鬼を、リロイは邪魔だとばかりに蹴り飛ばし、肉薄してくる別の鬼に激突させた。

死にかけの身体《からだ》は仲間の足を払い、勢いよく転倒させる。

横転する巨体は、さらに仲間を巻き添えにしながらリロイの足下で停止した。

果たしてその瞳なき目に、掲げられた剣の切っ先が映ったであろうか。

リロイは仰向《あおむ》けに倒れた鬼の眼球へと、無造作に剣を突き入れた。そして眼窩《がんか》の奥にある脳を破壊するため、大きくかき回してから引き抜く。聞く者を怯《ひる》ませるような咆吼《ほうこう》が鬼の喉から迸《ほとばし》るが、リロイは眉ひとつ動かさない。

「いつものことだが――」

周囲の鬼を一瞥《いちべつ》で牽制《けんせい》するリロイへ、私は溜息《ためいき》まじりに言った。

「おまえは、割に合わないことが本当に好きだな」

「別に、好きってわけじゃない」

リロイは、剣に付着した鬼の血と脂肪を一振りして落とすと、「それに」と続けた。

「割に合わないとも、思ってない」

「――だろうな」

もはや呆《あき》れるを通り越して感心するほど、この男の馬鹿は筋金入りだ。

だから言うだけ無駄、とは半ば分かっているが、軸のぶれない馬鹿は容易に間抜けへと転じてしまう。筋金入りの馬鹿はまだしも、馬鹿で間抜けな相棒など耐え難い。

それ故の、苦言なのだ。

しかしながら、そんな私の苦悩など露知らず、リロイは泰然と鬼の群れに対峙する。

ここまで顔色ひとつ変えなかったリロイが、そのとき初めて、表情に緊張を走らせた。

黒い双眸《そうぼう》が捉えるのは、街道をわずかに逸《そ》れて林の中に身を隠していた四頭立ての馬車だ。大陸の至る所で見られる乗合馬車で、リロイもこれに乗車してここまでやって来た。

物流があり、商隊の通る道があるとはいえ、旅そのものが安全なわけではない。

〝闇の種族〟だけが脅威というわけではなく、肉食の野生動物や金品目当ての盗賊団、傭兵くずれの無頼漢なども跋扈《ばっこ》しているからだ。

従って、よほどの命知らずでない限り、乗合馬車も護衛を雇うのが常識である。

ちなみにリロイは傭兵だが、この乗合馬車に護衛として雇われたわけではない。今回は仕事の依頼で呼ばれたので、乗車料金も依頼主持ちのただの一乗客だ。

そもそも通常の相場でリロイに護衛代を払ったとしたら、完全に赤字になる。

なぜなら、リロイは元S級の傭兵だからだ。

大陸全土に支部を持つ傭兵ギルドでは、所属する傭兵をランク分けし、仕事の内容や報酬などを選別して管理している。

新人の傭兵は最低ランクのEから始まり、D、C、B、Aと実績に応じてクラスアップしていくのだが、さらにその上にはS、SS《ダブル・エス》と続く。SS級ともなれば、人間離れした超人的能力の持ち主でなければ到達できないといわれている。

リロイは、かつて傭兵ギルドに所属していたとき、最年少でＳＳ級に到達する、といわれていたのだ。実際には、ＳＳ級を約束されていたにもかかわらず、その直前でギルドを脱会したために、公式には元Ｓ級となる。

ちなみに傭兵ギルドでＳ級、ＳＳ級となれば、顧客の殆どが国や大企業、もしくは資産家に限定される。それほど大金を積まなくては、雇えないということだ。そのため、ギルドに属していない自由契約の傭兵が過日のランクを偽ることが、日常茶飯事になっている。やはりギルドの格付けは信用が高く、自由契約の身としては少しでも自分を高く買ってもらいたい、という本音があるからだ。

だが、実際に仕事をすれば剝がれ落ちるメッキに過ぎず、そのせいで身の丈に合わない仕事を受けて、命を落とす者も多い。

リロイの場合は、自分からわざわざ口にせずとも、黒髪黒瞳、全身黒ずくめの姿と、ギルドの歴史上、ただひとりＳＳ級の座を蹴った人間として、その筋の人間にはよく知られていた。

とはいえ、リロイが元Ｓ級の傭兵としての相場を請求することはまず、ない。

単純に金に頓着しない性格もあるが——まあ、ギルドの威を借りるのが癪《しゃく》に障る、といったところだろう。

ともあれ、リロイは仕事でもないのに〝闇の種族〟の群れに自ら飛び込んでいき、そしてその黒い双眸は今、守るべき馬車に二体の鬼が近づいていくのを捉えていた。

本来、馬車を守る為《ため》の護衛役として雇われていたはずの男たちが、飛び出してくる様子はない。〝闇の種族〟が現れたと聞いて馬車の隅で震え上がっていたから、当然といえば当然だ。

「まさか、いざとなれば彼等《ら》も勇気を振り絞る、とでも考えていたのか」

私は少々、意地悪くそう言った。リロイは今、少なくない数の鬼に囲まれている。奴らを馬車から少しでも遠ざけようとしたことが却《かえ》って徒《あだ》となり、今から駆けつけるとなると正直ぎりぎりのタイミングだ。

「そんなこと、いちいち考えてるわけないだろ」

リロイはそう言うや否や、ためらうことなく手にした剣を投擲《とうてき》した。

私の、「おまえがなにかを考えたことなどなかったな」という自戒の呟《つぶや》きは、相棒に届かない。

空を貫く音が、ほぼまっすぐに馬車に群がる鬼へと向かった。

そして狙い違《たが》わず、鬼の頭部に命中する。砲弾の直撃でも喰《く》らったかの如く鬼の頭蓋は粉々になり、内容物をばら撒いた。

そのまま剣は、わずかも威力を減じないままにもう一体の首に突き刺さる。

鬼の首を貫通した剣は、それでもまだ推進力を失わずに巨軀を引きずるようにして一本の木へと縫い止めた。

衝撃で紅の葉が無数に降りそそぐ中、鬼はもがきながら剣を引き抜こうとしていたが、ただでさえ頸部《けいぶ》の損傷が激しいところに、その行動は逆効果だった。

噴出する鮮血は、紅葉と混じり合いながら地面を濡《ぬ》らし、刃で断裂した首の筋肉組織がぶちぶちと千切れ始める。

それでももがくのをやめないのは、下級眷属の知能の低さ故か。

やがて、その鬼の巨軀《きょく》は音を立てて地に沈み、その背中へ、頭部が落下する。

なんとか馬車を守ったものの、リロイは剣を失った。

信頼すべきただひとつの武器を自ら手放すなど、言語道断、愚かにもほどがある。

鬼たちは、得物を手放したリロイに対し好機と感じる程度の知性はあったらしく、我先にと殺到してきた。

リロイはレザージャケットを跳ね上げ、腰の後ろに手を伸ばす。

そしてそれが前方に突き出されたとき、握られていたのは鉄でできた無骨な武器——拳銃だ。

リロイは正面にいた一体を照準すると、引き金を引いた。

火薬の爆発により生じた燃焼ガスが、薬室から鉛の銃弾を発射させ、銃身内のライフリングによって回転運動を加える。銃口から飛び出した旋回する鉛の弾は、鬼の逞《たくま》しい胸筋に激突した。人間のものとは形の違う分厚く硬い肋骨《ろっこつ》を粉砕して、勢いを減じつつもその奥にある心臓へと到達する。

鬼は、蹈鞴《たたら》を踏んだ。

人間ならば即死だが、相手が〝闇の種族〟となると話は別――それを分かっているリロイは、その鬼の足を払って転倒させながら、横滑りに移動する。そして、接近してきた鬼の足下に転がり込み、真下から股間めがけて銃撃した。

そいつが呻きながら膝をつく傍らで跳ね起き、上から覆い被《かぶ》さるようにして襲いかかる別の一体の側面に回り込んだ。

すれ違いざまに、こめかみに弾丸を撃ち込む。

着弾の衝撃で横転するが、やはり絶命した様子はない。

〝闇の種族〟に拳銃程度の火力で挑むのは、無謀だ。

肉体そのものをバラバラにできる砲弾や、無数の弾丸を浴びせて引き千切る機関銃、もしくは体組織を焼き尽くす火炎放射器などの使用が理想である。

まあ、この時代では無い物ねだりだが。

リロイはさらに三回、鬼を銃撃したところで、シリンダーをスイングアウトして空薬莢《やっきょう》を排出する。リロイの手にした拳銃はリボルバータイプで、装弾数は六発だ。

リロイはジャケットの内ポケットに突っ込んであった予備の弾を取り出すが、大勢の敵に囲まれながらの再装填《そうてん》はそう容易《たやす》いものではない。

二発目をシリンダーに押し込んだところで、ついに鬼の手がリロイを捕らえた。

凄《すさ》まじい握力を誇る指先が、リロイの肘を背後から握り込む。

動きを止めたら、戦闘状況は圧倒的に不利になる。

リロイの決断は早い。

二発だけ装填したシリンダーを手首のスナップで元に戻し、撃鉄を起こして自分の肘を摑《つか》む鬼の手に銃口を向けた。

一発を鬼の手首に発射し、そしてすぐさま持ち上げられた拳銃は、照準を鬼の目に向けていた。

弾丸は、鬼の眼球を突き抜け、後頭部から抜ける。

筋組織を断裂されて力を失った鬼の手を、リロイはもぎ取るようにして引き剝がし、そして銃を腰の後ろに戻しながら身体を旋回させた。

鉄板が仕込まれたブーツの踵が、背後に回り込んでいた鬼の腹部を抉《えぐ》る。鈍く重い響きに、鬼は身体をふたつに折り、大量に吐血した。リロイの強靱《きょうじん》な脚力は、鋼のような鬼の腹筋をものともしない。

血を吐いてよろめく鬼を裏拳で仰け反らせ、次の一体へと飛びかかった。

その速度は、鬼の動体視力では到底、捉えきれない。

鬼からすれば、仲間が裏拳で打ち据えられたと思ったら、自分の膝が踏み抜かれていた、という状況だ。体勢を崩すその醜い凶悪な顔には、呆気《あっけ》に取られたような表情が浮かんでいた。

その顔面に、リロイの拳がめり込んだ。

一撃めで鼻骨がへし折れ、続く打撃が顔の骨を砕き、とどめの拳が顔を陥没させた。顔が大きくひしゃげた鬼は、眼球を飛び出させながら前のめりに倒れ伏す。

リロイなら、状況と時間が許せば、すべての鬼を素手で捻《ひね》り殺してしまうだろう。だが剣と違って、素手では一体を屠《ほふ》るのに時間がかかる。

そのせいで、またもや馬車のほうに気を取られる鬼たちが現れ始めていた。

リロイは舌打ちし、目の前の鬼たちを蹴散らしながら前進する。

後先を考えないにもほどがあるが、まあ、相棒としては、そろそろ力を貸してやってもいい頃合いだろう。

私がそう考え始めたとき、なにかが林の奥から飛び出してきた。

それは凄まじい速度で鬼に激突し、〝闇の種族《ダーク・ワン》〟の巨体を吹き飛ばす。大地に叩《たた》きつけられ、もんどり打った鬼の胴には、鋭い爪で抉られたような痕があった。内臓まで達しているであろうその傷は、大量の血を迸らせる。

現れたのは、巨大な狼《おおかみ》だ。

鬼と比べても遜色のない巨軀の、銀色の体毛をしたその狼は、着地と同時に跳躍――別の鬼の首筋に喰らいついた。

鋭い牙は深々と頸部《けいぶ》に突き刺さり、そして激しく振り回す。

鬼の身体と頭が分かれて宙を舞うのに、数秒とかからなかった。

舞い散る紅葉の中、美しい銀の狼は、鬼の血で顎を濡らしながら威嚇の唸《うな》り声を上げる。

まるで、馬車を鬼たちから守るかのように。

リロイは、怪訝《けげん》な顔をしていた。驚いている、といえば驚いているのだが、それは巨大な銀狼《ぎんろう》の存在そのものにではなく、なぜここにいるのか、に対しての驚きだ。

知り合いではあるようだが、リロイの顔に浮かぶどこか苦い表情が、決して良好な関係ではないことを暗示している。

だが、鬼たちにとってこの銀狼は明確な敵だ。

さしたる動揺や狼狽《ろうばい》を見せることもなく、鬼たちは狼へとその矛先を向けた。もともと人間を襲う、という低レベルな本能のみで動いているようなものだから、予測や想定などには無縁であり、だからこそ不測の事態には強いともいえる。

殺戮《さつりく》の衝動のままに肉薄してくる鬼の群れに対し、狼は、待ち受けることはしなかった。

地響きを立てて、自ら突っ込んでいく。

跳躍し、猛然と鬼に飛びかかった。

繰り出される前足の一撃は、鬼の顔面を破壊して四散させる。骨ごとバラバラになった鬼の顔が舞い散る中、狼は着地と同時に低い姿勢から次の一体へと飛びかかった。

巨大な顎は鬼の足に喰らいつき、深々と鋭い牙を突き立てるや否や、一気に引きずり倒す。

そして身体《からだ》ごと旋回し、赤い落葉を吹き散らしながら周囲の鬼へと激突させた。

薙《な》ぎ倒される鬼たちへ、巨狼《きょろう》の爪が襲いかかる。その太く鋭い爪は鬼の首を半ばまで切り裂き、腹を抉り、心臓に突き刺さった。

狼の周囲で、肉片と血飛沫《ちしぶき》が躍る。

それはもはや、獣の形をした竜巻だ。

地面に倒れてもなお絶命しない鬼に対しては、容赦なく頭を踏み潰していく。見る見るうちに、銀の体毛が血に染まっていった。

それを横目に、リロイも残った鬼を次々に殴り殺していく。

撃ち込まれる拳は衰えることなく鬼の肉を打ち据え、内臓を押し潰し、骨をへし折った。

いずれにせよ、あと数分もすればこの場に生きた〝闇の種族〟はいなくなるだろう。

それでも、退《ひ》くことを知らない鬼たち――リロイに殺到するその異形の間隙に、なにかが煌《きら》めいた。

黄金の輝きだ。

そして唐突に、リロイが膝を突く。

そのまま崩れ落ちそうになる身体を、どうにか片手で支え、喉の奥で忌々しげに呻《うめ》いた。

まだ鬼が二体、生き残っている。なぜリロイが突然そうなったのか、理解はしていなかっただろうが、好機が訪れたとばかりに襲いかかっていく。

だが、その巨軀もまた、よろめいた。

なにかに抗《あらが》うように両手をうごめかせ、倒れまいと踏ん張るが、それも数秒と持たない。

地響きをあげて、俯《うつぶ》せに倒れ込んだ。

その首の付け根に、短剣が突き刺さっている。位置的に、切っ先は延髄を貫いているはずだが、頭抜けた生命力を誇る〝闇の種族〟を即死させ得るほどの一撃ではない。

同じ短剣が、リロイの背中にも突き立てられていた。

リロイは震える指先でその束を摑むと、ゆっくりと引き抜く。その動きは緩慢だ。いつもなら悪態のひとつもつくだろうに、食いしばった歯の間からは忌々しげな呻き声しか漏れ出てこない。

その背後に、女が現れた。

長身の、美しい金髪を靡《なび》かせる彼女は、今にも昏倒《こんとう》しそうなリロイを翡翠《ひすい》色の双眸《そうぼう》で冷徹に見下ろしている。

「お久しぶりね、〝黒き雷光《ブラック・ライトニング》〟」

それは艶《あで》やかで美しく、そして背筋を凍らせるように冷ややかな声だった。

リロイは声の主に目を向けて睨《にら》みつけようとしたが、もはや背後へ首を巡らせる力も残っていない。「レナ――!」と、憎々しげに女の名前を吐き捨てるのが限界だ。全身から脂汗が噴き出し、顔からは血の気が失われている。

おそらくあの短剣の刃には、毒が塗布されていたのだろう。

とはいえ、リロイは元来毒物が極端に効きにくい体質だ。

鬼を即死させた短剣にも同じものが使用されているのだとしたら、相当に毒性の高いものに違いない。そんなものを人間に使うとは良識を疑うが、リロイが相手ならばまあ、正解だ。

そしてそれほど強力な毒物の知識があるということは、彼女がある種の特殊技能の持ち主だということを示唆している。

さらには、驚嘆に値する彼女の隠密《おんみつ》技術だ。

鬼たちの巨軀と殺意に隠れ、毒塗りの短剣を投擲《とうてき》して命中させる——それだけならば、超絶的な技巧とまではいえないが、相手がリロイとなると話は違う。

元S級傭兵《ようへい》という部分を差し引いても、その戦闘能力、技術が群を抜いているからだ。

たとえ死角からであろうが、気配を消そうが、相棒に致命的な一撃を加えるとなると至難の業である。

それを成し遂げたのだから、彼女——レナが、卓越した能力の持ち主であることは疑いようがない。

リロイは体内で猛威をふるう毒素に抗い、なんとか立ち上がろうと試みていた。

しかしそれも、無駄な足掻《あが》きに終わる。

絶命した鬼の如《ごと》く前のめりに倒れて、動かなくなってしまった。

なにか言おうと——間違いなく悪態か罵倒——開いた口も、言葉を発することは遂《つい》にできない。

完全に、昏倒してしまったようだ。

それを待っていたかのように、馬車の扉が開く。

現れたのは、ひとりの少女だ。
十五、六歳のその少女は、馬車の中でリロイと言葉を交わしたとき、リリーと名乗っていた。確か、馬車の目的地であるヴァイデンには親戚がいて、そこで世話になりつつ学校へ通うと言っていた。
辺境随一の大都市であるヴァイデンは、教育機関も充実している。ここで学び、資格を取った上で、ヴァナード王国やアスガルド皇国の企業、研究機関へ行くのが辺境においての成功の形のひとつだ。

そんな彼女が、なぜ事ここに至って馬車を降りるのか。

辺り一面に倒れている鬼の屍《しかばね》や飛び散ったどす黒い血だまりに、彼女は顔をしかめた。

だが、怯《おび》えた様子はまったくない。

返り血で体毛を染めた巨大な銀狼にも臆することなく、倒れたリロイへと駆け寄っていく。

学校が楽しみだ、と笑っていた少女が、累々と横たわる〝闇の種族〟の死体の合間を平然と進む姿は、強い違和感を感じさせた。

早足に倒れたリロイへと近づいていったリリーは、そこで初めて、この場にふさわしい表情を浮かべる。

すなわち、怯怖《きょうふ》と嫌悪だ。

リリーはしばし、昏倒したリロイを凝視していたが、ふいに足を持ち上げた。

なにをするかと思えば、リロイの後頭部にそれを振り下ろし、踏みにじる。

それを二、三度、繰り返すが、リロイに目覚める気配はない。

「――さすがね」

彼女は無理矢理、リロイから視線を引き剝がし、自分より高い位置にある凍えた翡翠の双眸を見上げた。感嘆の言葉を口にしたものの、表情はむしろ、薄気味悪さを感じているように見える。

一方、手際を賞賛されたほうはといえばまったく感じ入った様子もなく、機械的に、リロイが引き抜き力なく投げ捨てた短剣を拾い上げていた。

鬼の首に刺さった二振りも、同じく回収する。すべてを丁寧に革の鞘《さや》へ収めると、ベルトに金具で固定した。

その所作をつぶさに観察するリリーの青い瞳には、リロイへ向けたのとは少し別種の、負の感情の中にも憧憬に似た輝きがある。

「でもまさか、殺してないわよね」

だが声には、その色はない。自分のほうが立場は上だ、と誇示するように居丈高な響きを持たせてある。

「〝闇の種族〟を即死させるような毒で、こいつが死なない保証はあるの?」

その問いかけに、レナはなにを感じたのか。

つと顔を上げてリリーを見返す翡翠の瞳は、すべてを見透かした冷ややかな色を浮かべていた。

「殺して欲しかったのなら、今からでも遅くないわよ」

「…………」

レナの問いかけにリリーは無言で返し、自らも膝をついてリロイの脈を確認する。そこに確かな鼓動を確認しても、彼女は特に安堵《あんど》した様子もなく、馬車へ向かって事務的に合図を送った。

それに反応して馬車から姿を見せた男たちは、周囲の惨状に顔を少し歪《ゆが》めながらも、お互いに言葉をかけることもなく、リロイの身体を担ぎ上げる。震えて使い物にならなかった護衛たちも、あの怯えた表情が嘘《うそ》のように平然と、馬車の経路を確保するため、街道の上に横たわる〝闇の種族〟の屍を排除し始めた。

なるほど。

これはどうやら、嵌《は》められたらしい。

鬼の出現はさすがに偶発的であろうが、いずれにせよリロイは、この乗合馬車に乗ったときから――いや、正しくは、乗る前から身柄を狙われていた、と考えて良いだろう。

昏倒したリロイを乗せた乗合馬車は、鬼の血が染み込んだ街道を進み始めた。

レナと銀狼は同乗せずに、それを見送る。

どうやら進路に変更はなく、当初の目的地であるヴァイデンへ向かうようだ。

さて、どうしたものか。

――そういえば、自己紹介がまだだったな。
私の名は、ラグナロク。
リロイが投擲し、木に突き刺さったままの剣――それが、私だ。

第一章

1

私はティーカップを持ち上げると、まずは香りを楽しんだ。

さすが辺境とはいえ、中央の都市に勝るとも劣らない大都市であるヴァイデンだ。紅茶の葉も良いものを揃《そろ》えている。

芳醇《ほうじゅん》な香りをゆったりと楽しんだあと、私は、ほどよい熱さのそれを口に含んだ。

紅茶といえばストレート、ミルク、レモン、あるいはジャムや各種ハーブと楽しみ方はいろいろある。私はその中でも、レモンがお気に入りだ。

むろん、レモンを握り潰した汁ではなく、輪切りでお願いしたい。

紅茶本来の渋みをレモンの酸味が爽やかに包み込んでいく感覚を楽しみながら、私は周囲を見回した。

大通りに面したカフェテラスからは、様々な人種を見て取ることができる。

外套《コート》をまとって大きな荷物を抱えている者は旅行者だろうし、本を片手に歩いている若

者は学生だろう。

　このあたりでは珍しい、スーツ姿も見受けられる。大陸中央部や北部に本拠地を構える大企業が、次のビジネスチャンスに南部辺境地域や西部の小国家群を狙っているのは常識だ。そのために辺境随一の大都市の領主に日参し、覚えをめでたくしようとしているのかもしれない。

　その洗練されたビジネスマンの姿とは対照的に、武装した無骨な人種はいわずとしれた傭兵だ。

　大陸中央の二大国家としてヴァナード王国と肩を並べるアスガルド皇国、その第二の都市ヴァーケルンに本部を構える傭兵ギルドは、大陸の至る所に支部を設けていた。

　ここヴァイデンには、南部辺境地域で最大級の支部がある。

　他の街にある支部でも依頼を受けたりトラブルの対処を求めたりはできるが、ギルドへの入会や脱会、傭兵ランクの更新などができるのはここだけだ。

　必然、ギルド所属の傭兵になろうという者や、実績を上げてランクを上げようという者はヴァイデンを訪れるしかない。

　むろんリロイは、ギルドに再入会しようとこの街に向かっていたわけではなく、この街の領主から直々の依頼があって呼ばれたのだ。

　自由契約《フリーランス》とはいえ、リロイほど有名な傭兵になると、各国の重要人物から名指しで依頼されることも少なくない。

私はティーカップをソーサーにゆっくりと置くと、小さく吐息をついた。

領主の依頼ともなれば、報酬もそれなりに期待できる。

それがどうしてか、いつのまにかきな臭い展開だ。

いつものことといえばいつものことだが、運の悪さもS級である。

ちなみに、私はさきほど剣であると自己紹介したと思うが、あれは決して嘘ではない。

だが今、雑踏の片隅で紅茶を味わっている見目麗しい美青年もまた、私だ。

厳密にいえば、長い銀髪にエメラルドの瞳、そして幾重にもローブを重ねてまとうその姿は、実体ではない。

大気中の分子を利用して作り上げた、超高密度の立体映像《ホログラム》だ。

映像といっても限りなく実体に近いそれは、ものに触れることも、今そうしているように飲食すら可能である。

リロイが拉致されたあと、木に刺さったまま放置された私は、レナと銀狼《ぎんろう》がいなくなるのを待ってこの姿になった。その後《のち》、自分を木の幹から引き抜き、徒歩でヴァイデンに到着したのである。

そしてここで一服しているわけだが、なにもリロイを見捨てたわけではない。

私はティーカップを傾けながらも、しっかりと情報収集しているのだ。

ここしばらくは無言が続いていたが、なにやら会話が聞こえてきた。

それは、周囲のざわめきとは違う。

この大都市の何処《どこ》か、リロイの側《そば》で交わされている会話だ。

『ふん——〝暗殺者の天敵《アサシン・キラー》〟とまで呼ばれた男も、〝冷血《コールド・ブラッド》〟の前では形無しだな』

鼻で笑いながらも、どこか緊張を孕《はら》んだ声は、二十代半ばから後半——リロイと同じ年頃の男のものだ。声質からすると、やや細身だが、引き締まった身体《からだ》の持ち主だと推測できる。リロイと同じ馬車に乗っていた乗客には、該当する声の持ち主はいない。

『しかし、この状況で鼾《いびき》をかいて熟睡とは、度胸が据わっているのか馬鹿なのか、どっちだ』

『馬鹿なんじゃないの』

男に応じた声は、聞き覚えのある声——リリーのものだ。

そっちが眠らせておいて馬鹿もなにもないとは思うのだが、なにぶん、我が相棒が馬鹿であることは間違いのない事実なので、大きな声で反論できないところが口惜しい。

男は、神経質そうな溜息《ためいき》をついた。

『……で、いつまでここにこいつを置いておくんだ。最低、三日は目覚めないと言ってたが、万が一にでも目覚めたら厄介だぞ』

彼らが何者か、今の段階では分からないが、少なくともリロイの危険性については正しく理解しているようだ。

『ヘパスも、早く寄越《よこ》せと煩《うるさ》い。俺としては、一刻も早くあいつのところに運び入れたいんだがな』

幾分の焦燥をのぞかせながら、男は言った。

男の促すような言葉に、リリーは無言で応じる。

かすかに聞こえてくる衣擦《きぬず》れの音が、彼女の逡巡《しゅんじゅん》を感じさせた。

『なんだ、なにかあるのか』

『本音を言えば、会わせるのは危険な気がするの』

訝《いぶか》しげな男に、リリーはためらいがちに言った。

『カルテイル様が会いたがっているのはもちろん知っているし、命令だということも理解しているわ』

リリーはやや慌てたように付け加え、そしてまた、口を閉ざした。

忌々しげな、男の舌打ちが聞こえてくる。

『おまえも、シルヴィオと同意見か。いったい――』

『あいつの私怨と一緒にしないで』

鋭く切り込むように、リリーは男の言葉を遮った。

そして聞こえてくるのは、床板を踏む軽い足音と、木の軋《きし》み――どうやらリリーは、近くの椅子に腰かけたようだ。

『馬車で、その男と話したのよ。少し探りを入れておこうと思って』

さっきよりも少しだけ低い位置から、リリーの独白のような声が聞こえてきた。

『さすがにギルドを辞めた理由ははぐらかされたけど、それ以外はいろいろ話してくれたわ。とんでもない査定官に殺されかけた話とか、頭のおかしいトレジャーハンターに遺跡の罠《わな》で殺されかけた話とか、なかなか面白くて、馬車の旅も退屈じゃなかったわね』

『――そいつはよかったな』

男の相槌《あいづち》には、苛立《いらだ》ちがあった。リリーは、それを意図的に無視する形で続ける。

『わたしが試験に合格して学校に通うって話をしたら、感心してたわ。知ってた？　こいつ学校に行ったことがないんですって』

そんなの、知性の欠片《かけら》もない顔で一目瞭然よね、とリリーは辛辣だ。

『でも彼、知り合いに将来有望な学者がいるんですって。かつて、ヴァナード王国やアスガルド皇国が争奪戦を繰り広げたほどで――』

『おまえはなにが言いたい』

さすがに我慢できなかったのか、男が彼女の言《げん》を遮った。

リリーは言葉の続きを呑《の》み込むと、ぼそり、と呟《つぶや》く。

『普通なのよ』

『なにがだ』

男が語気を強めて問うと、リリーはそれに質問で返した。

『レヴァン、あなたカルテイル様と談笑《ろうばい》できる？』

これに、レヴァンと呼ばれた男は狼狽したのか言葉を失った。できるわけないわよね、とリリーは独りごちる。

『わたしたちは、あの人が自分たちとは根本的に違うなにかだと確信している。それでもその力を信じ、畏怖し、従ってきたわ』

　彼女は、小さく息を吐く。

『でも、リロイ・シュヴァルツァーは、違う。わたしたちの範疇《はんちゅう》を超えた存在のはずなのに、まるで普通の人間としてしか認識できない——それが、不気味でたまらないのよ』

　彼女の声は、かすかに震えていた。

『他の連中も同じじゃないかしら。〝闇の種族《ダーク・ワン》〟と戦ってるこいつを見て、みんなぎょっとしてたもの。人の皮を被《かぶ》った化け物だ、って知っていたはずなのに』

　この見解に、レヴァンと呼ばれた男は無言で応じた。

　リリーは、喉になにかが詰まったようなくぐもった声で続ける。

『カルテイル様とは別種の恐怖を感じるわ。できれば今すぐにでも、始末したいぐらいよ』

『こいつがねぇ……』

　レヴァンはどうやら、懐疑的なようだ。

　まあ、間抜け面で鼾をかいている男を畏怖せよ、といわれても難しいことだろう。

　少しの沈黙のあと、リリーが疲れたように言葉を漏らした。

『いいの、今のは忘れて』

　レヴァンは返事を声に出すことなく、わずかに身体を動かしたようだ。肩でも竦《すく》めたのだろう。

次に聞こえてきた音は、言葉ではなく、扉の蝶番《ちょうつがい》が軋む音だった。

足音からして、筋肉質で長身の人物が部屋に入ってくる。

『どうした？』

リリーとレヴァンの間に流れる微妙な空気を感じ取ったのか、その人物は怪訝《けげん》な口調で問いただす。力強くハスキーな声の持ち主は、声質からすると三十代前半の女だ。

『なにしに来たの、フリージア』

質問に質問で返したリリーの声は、棘《とげ》が含まれていた。しかしながら、フリージアと呼ばれた女はその棘に気がつかないのか、平然と応じる。

『そいつの移送は、今夜にする。人目につかないほうがいいだろうからな』

『見られたって平気でしょ』

反射的に反発している――そう思わせるリリーの口ぶりだったが、やはりフリージアは気に留めなかった。淡々と、続ける。

『そうもいかない。少し面倒な連中がうろちょろしてるからな』

『また来てるのか。懲りない奴《やつ》らだな』

フリージアの登場で、レヴァンがあからさまに安堵《あんど》した声色になった反面、リリーがみるみる不機嫌になっていくのが、黙っていても空気で伝わってくる。

彼等《ら》の関係性を考察するだけでもなかなか興味深いが、ここで座ったまま話を聞いているだけ、というのも芸のない話だ。

私は空になったカップをソーサーの上に音もなく戻すと、立ち上がった。

リロイ周辺の音声を拾っているのは、ベルトのバックルに仕込んだ全惑星測位システム搭載の超小型通信機だ。経年劣化で大半の機能を失い、通信は一方向からのみに限定され――つまりは、私の声は向こうに届かない――、位置情報の信号も途絶えて久しい。

となれば、探索は極めて原始的に行わざるを得ないだろう。

こういう場合、情報屋を当たるのがもっとも手短ではあるが、残念ながら私に、懇意にしている情報屋のつてなどない。

扱う商品の性質上、慎重で用心深い彼等のような人種が、一見の私に――推測ではあるが――秘匿性の高い情報を売ってくれるだろうか。

否、と自分の疑問に結論を出したところで、事態は好転しない。

ここは相棒に倣って、行動すべき時だ。

幸い、情報を扱う彼等の居所に心当たりがないわけではない。リロイが利用していた何人かは、信用してもいいはずだ。

惜しむらくは、私は彼等を知っていても、彼等は私の顔を知らないことか。

それでも私は、ためらうことなく歩を進めた。

当たって砕けろ、という言葉もある。

だが、実際に当たって砕けた場合、これが意外と途方に暮れるものだ。

私は最後の情報屋に追い出されたあと、しばし呆然《ぼうぜん》と佇《たたず》んでいた。

最悪の予想がそのまま形になったわけで、落胆するほどのことではない。

「ふむ」

軽く息を吐き、周囲を見渡す。

その行為に、意味はない。

自らを奮い立たせ、次の行動へ移る為《ため》の儀式とでもいうべきものだ。

リロイならば立ち止まることなく動き出すだろうが、あれは規格外の生物なので比べても仕方ない。

それに、情報を売ってもらえなかったことで、分かったこともある。

カルテイル、という人物の評価だ。

リリーたちの会話の中に出てきた名前である。敬称をつけていたので、組織内で彼女たちより上役であることは予測していた。

おそらくは、首領クラスの存在だろう。

だが、情報屋たちの反応は、その予測を遥《はる》かに上回るものだった。

彼の名前を出すと皆《みな》一様に及び腰になり、それ以上は聞きたくない、といわんばかりに私の話を遮ったのである。

海千山千の情報屋たちがあれほど怯《おび》えるのは、珍しい。

たとえ、彼が私の想像どおりにリリーたちが所属する組織の首領だとしても、影響力が大きすぎはしないだろうか。

「ここいらで、あいつの情報を売るやつなんてひとりもいないよ」

思索する私の頭上から、声が降ってきた。

見上げると、今し方出てきた建物の庇《ひさし》に、少年が腰かけている。年の頃は十三、四歳ほどだろうか。

「あいつ、とはカルテイル某のことかな」

並み居る情報屋を戦《おのの》かせてきたその名を口にすると、少年は、あどけない顔に不釣り合いな不敵な笑みを浮かべた。

「その名前は、あんまり口にしないほうが利口だと思うけどね」

彼は身軽に庇から飛び降りると、その拍子にずれた帽子を直しながら、私を見上げた。

身なりは、あまり良くない。

上着は色褪《いろあ》せて継《つ》ぎ接《は》ぎだらけだし、ズボンの膝に空いた穴はそのままだ。靴などは今にも分解しそうなほど履き潰している。

身長もやや低く細身なのは、彼の肉体的特徴というよりも栄養状態が悪いからだろう。

「ほら、こんなところにぼさっと突っ立ってたら、怖い人に連れ去られちゃうって。さっさと行こう」

少年は私の袖口を摑《つか》むと、強引に歩き始めた。抗《あらが》ってもよかったのだが、少年から悪意を感じないのと、いずれにせよ歩く方向に迷っていたのでされるがまま路地へと連れて行かれる。

路地に入ってすぐ、少年は、外の様子をうかがい始めた。

子供がよくするごっこ遊びとは違う、緊迫感と恐怖がそこにはあった。

明るく振る舞ってはいるが、おそらくこの少年は、一度ならず痛い目に遭っているのだ。

そして逃げずに、踏み止《とど》まっている——というのは私の想像だが、そう思わせるなにかが、彼の背中からは感じられた。

ほどなく私に向き直った少年の顔は、緊張に強張《こわば》っている。

「ほら、見つからないように見てみなよ」

私は彼に言われたとおり、路地から少しだけ顔を出して、先ほどまでいた店先を見やる。

私を追い出した情報屋と、柄の悪い男たちが話し込んでいた。男たちの服装はバラバラだが、まとった雰囲気は一様に荒々しい。

腰のベルトに挟んでいるのは、握りに布を巻いた鉄の棒だ。ナイフよりも技術を必要としないため、脅しの得物としては悪くない。

「あんたが聞き回ったから、現れたのさ」

「ということは、カルテイルとやらの手下か」

つまり、彼等を捕まえて締め上げれば、リロイがどこへ連れて行かれたか吐かせることができるかも知れないということだ。

あるいはわざと捕まり、ふところへもぐり込むか。

いずれにせよ、これを逃す手はない。

降って湧いた僥倖《ぎようこう》に、私は路地を出るべく意気揚々と踏み出した。

そしてすぐに、強い力で引き戻される。

「ちょっと、なに考えてるんだよ！」

よろめく私に、少年は、抑えた声で言った。彼の手は、私の服の裾を両手で握りしめている。その力のこもった指先が、かすかに震えていた。

「あいつらはもう、あんたの人相と風体を知ってるんだぞ。のこのこ出て行ったらあっという間に捕まっちまうよ」

「問題ない」

そう返すと、少年は私の正気を疑うように眉根を寄せる。

そこには、失望の兆しも見えた。

「あんた、なんのためにあいつのことを訊《き》いて回ってるのさ」

「相棒があいつらに捕まってしまってな」

隠す必要も意味もないだろう、と私は判断し、事のいきさつを少年に話した。

「──あんたの相棒、一体なにをやらかしたんだよ」

事情を理解した少年の口から飛び出した第一声には、幾ばくかの畏怖が込められていた。

私は小さく、溜息《ためいき》をつく。

「見当も付かない。四六時中やらかしているような男だからな」

どこかで彼等の身内を酷《ひど》い目に遭わせたかも知れないし、もしくは金になる取引を台無しにしたかも知れない。

犯罪組織にとってリロイは、まさしく悪夢のような存在だ。

そういう意味では、相棒が狙われた理由は心当たりが多すぎるし、そもそも理由など考えるまでもないということになる。

「――残念だけど」

少年は、しかつめらしい面持ちで言った。

「あいつらに捕まって助かったやつなんて、いないんだ」

それは、憤激と恐怖がない交ぜになったような声色だった。

「今ならまだ、あんただけなら逃げられるかも知れない。相棒のことは諦めるしかないよ」

「ああ、その点なら問題ない」

私の返答が予想外だったのか、少年は少し鼻白んだ様子で目を瞬《しばたた》かせた。

彼の表情から、なにが問題ないのかについて誤解が生じたのでは、と感じた私は、言葉を付け加える。

「相棒は、放っておいても自分でなんとかする。諦める必要はない」

取り立てて力強く断言したわけではないが、少年はなぜか軽く仰《の》け反《ぞ》った。

あるいは、この街に於《お》いて私の発言は荒唐無稽だったのか。

いずれにせよ、やるべきことは変わらない。

「心配してくれたことには、感謝する。達者でな」

私は少年の肩を軽く叩《たた》き、今度こそ路地から出ようとした。

しかし、わざわざ出て行く必要はなくなる。

先ほどの情報屋が、我々がこちらへ移動したのを目撃していたか、もしくは付近をしらみつぶしに探していて運悪くかち合ってしまったのか。

いかにも暴力慣れした厳《いか》つい顔の男がふたり、路地の出入り口に立ちはだかっていた。

男たちは私を一瞥《いちべつ》したあと、背後にいた少年を見て忌々しげに舌打ちする。

「またおまえか、スウェイン」

男は鉄の棒で掌《てのひら》を軽く叩きながら、少年――スウェインを睨《ね》めつけた。振り返ると、彼は身体《からだ》を硬直させ、顔を強張らせている。

「どれだけ痛い目を見れば分かるんだ。親父《おやじ》みたいに殺されなきゃ分からないのか」

威嚇するようにゆっくりと、こちらへ歩み寄ってくる。

私はスウェインを背後に庇《かば》うようにして、男と対峙《たいじ》した。その行動が意外だったのか、彼はやや虚を突かれたような顔をする。

確かに、私のこの姿――知的な美青年――は、あまりに繊細で荒事に慣れていないように見えるだろう。

だから男は、すぐに凶暴な笑みを浮かべた。

「おまえはあとでじっくりと話を聞いてやる。今はどいてろ」

「話を聞きたいのは、こっちのほうだ」

私は言いざま、前進した。

男の愕然《がくぜん》とした、「なにを――」という叫び声が宙を舞う。彼は間合いを詰める私の速度に対応できず、腕を絡め取られて足を払われるまで殆《ほとん》どなにもできなかった。

背中から街路に叩きつけられたその男は、痛みに声を詰まらせる。

ここでようやく、もうひとりの男が動き出した。

握った鉄の棒を振り上げ、怒声を張り上げながら突進してくる。

私の頭めがけて放たれた一撃は、あまりに凡庸だ。

躱《かわ》して、男の身体の側面へと回り込む。大振りの一撃が空振りし、大きく体勢を崩したその首に腕を巻きつけ、腰で男の身体を持ち上げた。

悲鳴が弧を描き、男は顔面から足下に激突する。鼻骨が砕けたのか、顔を覆ってのたうち回る男の指の隙間から鮮血が滴っていた。

私は倒れている最初の男に近づき、その胸ぐらを摑んで無理矢理引きずり起こした。

「私の相棒なんだが、全身黒ずくめの男がおまえたちに拉致された。どこにいるか知っているか」

男は苦しげに唸《うな》ったが、私の質問は理解できたらしい。「知るか」と吐き捨てる。

私は、小さく溜息をついた。

「痛みに耐える訓練は怠っていないか？」

問いかけたが、答えは待たない。

男の顔面を、路地の壁に叩きつけた。連れの男と同じく鼻が潰れ、鼻腔《びこう》から血が噴き出す。男の喉が、流れ込んでくる血に噎《む》せて奇妙な音を立てた。「話せ」と私が促すが、男はそれでも「知るか」と返してくる。

もう一度、男の顔を壁に激突させた。

今度は前歯が折れて、白いエナメル質の欠片《かけら》が飛び散る。激痛に男の身体が激しく跳ねるが、押さえつけた私の手から逃れることはできない。「話せ」ともう一度促すが、やはり返ってきた言葉は「知るか」だった。

もう二回ほど、男の顔面に手痛い打撃を与えてみたが、結果は同じだ。歯が折れ、口の中から喉にかけてが血まみれではっきりとした言葉にはならないが、間違いなく否定のニュアンスが返ってくる。

この男、カルテイルとやらの組織に於いては間違いなく末端構成員だろうに、たいした忠誠心だといわざるを得ない。

あるいは、痛みを上回るほどの恐怖か。

さらなる痛みで追い込む手もあったが、私の服の裾をスウェインが引っ張った。「ちょっとやばいって」焦燥に、彼の口調が早くなっている。

もちろん、私もすでに気づいていた。

路地の前後に、男たちが複数、駆けつけている。十人前後はいるだろうか。いずれも、さしたる脅威とはいえない相手だ。全員を打ちのめすのも不可能ではない。

スウェインがいなければ。

リロイならば少年を守って男たちを易々《やすやす》と退けるだろうが、私では確実性に欠ける。その危険は冒すべきでない、と判断した。

本来なら彼との関係はすぐさま終わりにすべきだったのだろうが、こうなってしまっては致し方ない。

「よし、逃げよう」

「でも、どうやって?」

狭い路地の出入り口を塞がれているのだ、スウェインの疑問も当然だ。

私は彼の体を片手で小脇に抱え、「こうやってだ」と、跳躍する。

路地の両脇は、古いアパートの壁だ。八メートル近くある。これをひとっ飛びにできるほど、私の身体能力は超人的ではない。

だから、壁を蹴って斜めに飛び、そこで再び壁を踏み台にして跳躍した。四回ほど繰り返すと、屋根に到達する。見下ろせば、路地に飛び込んできた男たちがこちらを見上げて唖然《あぜん》としていた。

「あんたいったい何者だよ……」

私に抱えられているスウェインもまた、同じような顔をしている。

それに答えることは難しくないが、彼が理解できるかどうかはまた別問題だ。

彼の疑問には答えず、高い位置からヴァイデンの街並みを見渡した。中心にひときわ高くそびえ立っているのが、領主の館だ。そこを中心にして街が広がっているが、西の一角だけが明らかに建築物の高さが低く、見窄《みすぼ》らしい。バラックが無秩序に建ち並んでいる、といったほうが正しいか。

「あそこが悪名高い切り裂き通りさ」

私の視線を追ったのか、スウェインが説明した。

もちろん私も知っているし、足を踏み入れたこともある。ヴァイデンの中で最も治安が悪く、警察すら関知しようとしない無法地帯だ。力なき者は切り刻まれてすべてを奪われる場所、という意味でその名が冠されている。

「切り裂き通りなら、身を隠すのにうってつけだよ」

スウェインが、突拍子もない提案をしてきた。あそこは、少年が気安く入って良い場所ではない。

だが、続く彼の言葉に度肝を抜かれる。

「俺の家もあるし、なんならそこで匿《かくま》ってあげようか」

「住んでいるのか」

思わず口走ったが、切り裂き通りにも住人はいる。スウェインがそうであっても、おかしくはない。

それに、私の暴力に対しても一切、怯《ひる》まず、嫌悪した様子も見せないのがその証拠だ。日々、それらに囲まれて生きてきたことで感覚が麻痺《まひ》しているのだろう。

「――まあ、住めば都ともいうからな」

なんとはなしに付け加えたが、少年はにやりと笑う。「いや、最悪の場所だよ」彼は面白くもなさそうなことを楽しげに言って、その最悪の場所を指さした。

「ちなみにあの辺には、あいつらが使う部屋が幾つかあるんだ。運がよければ、あんたの相棒がいるかもね」

だけど、と少年は続ける。「もちろん、今のより強いのがわんさかいるだろうけど」忠告するようにそう言ったが、すぐに自分でそれを打ち消した。

「でも、あんたの腕前なら大丈夫かな」

彼の目には、偽らざる賞賛と僅かな打算が垣間見《かいまみ》えた。

特に追及するわけではないが、スウェインの父親を手にかけたというようなことを男が口走っていたのを私は聞いている。カルテイルについての情報を求めていた私に接触したのは、そのあたりに起因していそうだ。

私は小さく肩を竦《すく》め、屋根の上を移動し始める。

そのとき、通信機から新たな音声が飛び込んできた。

2

　リリーたち三人はすでに退出し、見張りと思《おぼ》しきひとりがドアの近くで椅子に腰を下ろしたところまでは通信機からの音声で確認している。そこからはリロイの鼾《いびき》しか聞こえてこなかったが、それが途切れ、獣の唸り声のようなものが流れ始めていた。

　どうやらようやく、目覚めたらしい。

　起き抜け早々、なにやら悪態をついているのは、全身が汗だくだからだろう。体内の毒素を分解、排出するエネルギーで、リロイの体温はかなり上昇しているはずだ。通常なら脳細胞が破壊されてもおかしくない高熱だったろうが、もともと壊れているのでそこは心配ない。

　見張りの人物が、慌てて立ち上がる物音がした。早すぎるリロイの覚醒に、動き出した足音は乱れている。

『おい、あんた』

　見張りの男は、リロイが目覚めたことを報《しら》せに部屋の外へ出ようとしたのだろう、ドアノブを回す音が聞こえてきたが、それを止めたのは拉致された人間のものとは思えないほど、悠然とした口調だった。

『汗かいたから、替えのシャツ持ってこいよ』

この状況でどうすればそれほど居丈高に要求できるのか、と思わず感心してしまう。見張りの男がそう思ったかは定かではないが、返事はない。その無言の中に伝わってくるのは、緊張感だ。

『あとついでに、酒も用意しろ。喉が乾いてるんだ』

傍若無人な態度だが、見張りの男はそれに対し怒りを見せるわけでもなく、じりじりと靴裏を滑らせている。

まるで、野生の肉食獣と対峙したかの如《ごと》き対応だが、あながち間違いではない。凶暴な黒き獣は、男の中に怯《おび》えの臭いを嗅ぎ取りでもしたのか、可笑《おか》しそうに喉を鳴らした。

『なんだよ、無口なやつだな』

相棒の声に被《かぶ》さって、なにか鈍い音がしていた。

『じゃあ、勝手にさせて貰《もら》うぞ——文句ないな？』

挑発的にリロイが問いかけたと同時に、見張り役の男が驚愕《きょうがく》の声を漏らした。

リロイが跳ね起きる音と、靴底が床板を蹴る音はほぼ同時だ。

争う物音は、最小限だった。聞こえてきたのは、見張り役の男のものであろう、踵《かかと》で床を蹴る音だけだ。

その音もすぐになくなり、リロイが監禁されていた部屋に静寂が戻った。

一瞬の出来事だが、なにが起こったかを推測するのは容易だ。

縛られていたリロイは、肩の関節を自分で外して縄抜けし、見張り役に襲いかかったのだろう。そして、自分を縛っていた縄で相手の首を絞めた——男の踵が床を打っていたのは、窒息の苦しみを表していたのだ。

自由の身になったリロイは、すぐさま部屋を出るかに思えたが、足音は部屋の中をうろついている。汗で濡《ぬ》れたシャツの代わりを探している——というのも間抜けな話だが、当たらずとも遠からずだ。

拉致されたとき、馬車の中に置いたままだった自分の荷物を探しているのだろう。荷物といってもたいしたものを持っているわけではないが、あの銃だけは別だ。あまり物への執着を示さないリロイが、唯一といっていいほど大事に扱っていた。それこそ、壁板を引っぺがしてでも探し出そうとするに違いない。

聞こえてきた舌打ちからすると、どうやらここには見当たらなかったようだ。

本来なら足音ひとつたてず、気配を殺し、誰にも気づかれることなく脱出することもできたはずだが——単細胞な我が相棒は、足音を盛大に上げながら突き進み始める。

荷物を——銃を——奪われたことが、それほど腹に据えかねたのだろう。

毒塗りの短剣で後ろから刺されて拉致されたというのに、そちらのほうへ怒りの矛先が向くのだから、やはり度し難い。

部屋を横切り、最初に立ちはだかるであろう障害物である扉を、リロイは開けなかった。

聞こえてきたのは、なにかが砕け散り、吹き飛び、激突する音だ。

まあ、リロイのことだから、腹立ち紛れに扉を蹴り壊したのだろう。

ともあれこれで、騒ぎは一気に大きくなるはずだ。スウェインの言うとおり切り裂き通りのどこかにいるのなら、近づくだけでそうと判別できるだろう。

だからといって安心できる状況でないのは、理解していたつもりだった。

しかし私は、通信機からの音に意識を割《さ》きすぎていたらしい。

気づいたときには、屋根を踏み抜いていた。

追っ手を振り切るために屋根伝いに駆け抜けていたのだが、その一部が腐食して脆《もろ》くなっていたようだ。私の身体《からだ》は小脇に抱えたスウェインごと屋根を突き抜け、その勢いで天井を破って誰かの部屋の中に墜落した。

大量の粉塵《ふんじん》と破片が部屋中に充満し、スウェインが激しく咳《せ》き込んだ。幸いにも着地は完璧だったので、彼に怪我《けが》はない。

背後で、小さな悲鳴が上がった。

振り返る私の視界に飛び込んできたのは、下着姿の女だ。天井が崩落する騒音に、バスルームから慌てて駆けつけたのだろう。短くカットした金髪がまだ濡れている。猫のような瞳と、右の目尻にある黒子が印象的な女性だ。

「これは事故だ」

女の口が開き、そこからなんらかの言葉が飛び出す前に、私は開いた掌《てのひら》を掲げて見せた。

「決して、不法侵入するつもりなどなかったことは明言しておきたい」

そして立ち上がると、彼女に一礼して身をひるがえした。追っ手はまだ、完全に振り切っていない。ぐずぐずしていたら、すぐにもここへやってくるはずだ。

私は部屋を出るべく、玄関口へ向かう。

その眼前に、下着姿の女が立ちはだかった。

天井の破片が、私の背中を叩《たた》く。突風が発生したかのように、粉塵が渦を巻いていた。

「ちょっと待ちなさい」

女は、少し呆《あき》れたように言った。

「事故だとしても、天井に大穴開けてなにもしないで出て行くつもり？」

私の背後から目の前へ高速移動した非常識な女の言い分は、ごく常識的だった。

改めて観察すると、彼女の肉体は見事に鍛錬《たんれん》されている。体脂肪率をぎりぎりまで絞り、しなやかな筋肉を全身にまとったその立ち姿に隙はなく、相当な手練《てだ》れであることをうかがわせた。

「ホテルに払わなきゃいけない損害賠償の代金ぐらいは、置いて行きなさいよ」

まっとうな彼女の指摘に、私はぐうの音も出ない。

しかし残念ながら、私は現金をそれほど持ち合わせていないので支払いは不可能なのだ。

それを率直に伝えると、彼女は嘆息して眉間を指先で揉《も》みほぐした。

「そもそも、どうして子供連れで屋根なんかに登っていたのよ」

「のっぴきならない事情があってだな」

どう説明したものか、と私は迷いながら言った。

「やむなく屋根の上を走っていた次第で――」

「その、のっぴきならないとやむなく、の部分を話しなさい」

下着姿ではあるが、泰然自若《たいぜんじじゃく》と仁王立ちする女は、肉体美と相まって妙な迫力があった。

ここが住居ではなくホテルだということは、彼女はこの街の住民ではない可能性が高い。詳しい話をしても理解してもらえるか疑問だし、そもそもそうする意味はあるだろうか。とはいえ、先ほど見せたリロイに勝るとも劣らない身体能力を鑑みると、このまま部屋を出て行くのは難しそうだ。

ここはひとつ、正直に話すのも手か。

私はそう判断して口を開こうとしたが、女は怪訝《けげん》な面持ちで自分の背後――玄関のほうを気にしていた。

「あれは、あなたたち？」

「なにがだ」

彼女の言わんとしていることが理解できず、私は小首を傾《かし》げた。彼女は自分の足下を指さし、赤褐色の瞳を剣呑《けんのん》に輝かせる。

「フロントに、荒っぽい連中が来てるわ。どうも誰かを追ってるみたいだけど」

私は反射的に自分の足下を見たが、見えるのは崩落した天井の破片と、埃《ほこり》まみれになった床だけだ。

いや、違う——音か。

それならば透視よりは現実的だが、それにしたところで尋常ならざる聴力だ。

「誰か、というよりも間違いなく私たちのことだとは思うが、随分といい耳だな」

私が正直に認めると、女は目を細めて笑う。「厄介な連中に追われてるみたいね」彼女は意外なことに、こちらの事情の断片を理解しているらしい。ただの旅行者、というわけではなさそうだ。

「できれば、行かせてほしいのだが」

私は、懇願する。リロイのように、こんなところで大立ち回りなどというはた迷惑な真《ま》似《ね》はしたくない。

女は、「うちの会計の子、煩《うるさ》いんだけどなぁ」と渋い顔で呻《うめ》いた。

「天井の補修費、あとで支払うというのはどうだろうか」私は、提案する。そうこうしているうちに、私の耳にも荒々しい足音がかすかに聞こえてきた。下っ端にしては、なかなか仕事が早い。女はちらりと玄関を見やり、わずかに逡巡《しゅんじゅん》を見せた。

「ああ、もう」そして彼女は、なにかを吹っ切るように呟《つぶや》くと、窓辺に向かった。壁の半分ほどを占める大きな窓は、開くと向こう側にテラス、というには少し狭い足場がある。促されて近づくと、その足場の端には非常階段が設置されていた。

「そこから逃げなさい」

「感謝する」

私は頷《うなず》き、音もなく足場へと降り立った。私に抱えられたままだったスウェインは、階段を降りていく頃になってようやく、口を開く。

「あんた、よく冷静に話ができたね」

なんのことか、と思って彼を見やると、頬が赤くなっている。「あの格好で平気なあの人もどうかと思うけど」スウェインは、照れ隠しのように呟いた。

ふむ、どうやら少年には少し刺激が強い眺めだったか。

「興味がないからな」彼の反応が普通なのだ、と慰めるように、私は言った。

するとスウェインは、ぎょっとしたように身を竦《すく》ませた。

「女の人に興味がないって——どういうことさ」

なぜだろうか、彼の声は少しばかり震えていた。

「そのままの意味だ」

答えながら階段を駆け下りていた私は、数人の男たちがホテルの裏口——つまり今、私たちが使用している非常階段付近に張りついているのを発見した。

そしてそれは、あちらも同様だ。こちらを指さしてなにやら怒鳴り合っている。

引き返すわけにはいかないのだから、進むしかない。

男たちは当然、階段を駆け上ってきた。スウェインが、「俺、自分で歩けるよ」とどこか怯えた様子で主張したが、それはまだ早い。

私は階段の踊り場から、殺到してくる男たちめがけて跳躍した。

立体映像《ホログラム》ではあるが、私の身体には相応の重量が存在する。それをまともに受け止めた先頭の男は、支えきれずに後ろの仲間へと激突した。数人が絡まり合うようにして、階段を転げ落ちていく。華麗に着地していた私は、すぐさま手すりを飛び越え、一気に地上へと舞い降りた。

そこにはまだふたりほど、追っ手が待ち構えていた。

着地と同時に私は、手前のひとりの足を払う。肩から舗装された道に倒れ込んだ男は、すぐには起き上がれない。その胸部を踏み潰し、肋骨《ろっこつ》を折りながら二人目へ間合いを詰めた。男は鉄の棒を横薙《な》ぎに振るってきたが、その速度は遅い。スウェインの「ね、ちょっと下ろしてってば」という懇願を無視して、跳んだ。

中空で一回転し、踵を男の頭頂部に振り下ろす。

その一撃で意識を刈り取られた男を尻目に、私は走り出した。正面からホテルに乗り込んでいた男たちが、駆けつけてきたからだ。まったくもって、勤勉な連中である。

しかし残念ながら、戦闘技術が未熟なら基礎体力もお粗末だ。私の疾走についてこられず、ひとり、またひとりと脱落していく。

ただ、情報の伝播《でんぱ》だけは侮れないので、私は追っ手がいなくなっても走る速度は緩めなかった。「俺も走れるよ」スウェインが健気《けなげ》に主張するが、さすがに彼の足では追っ手は振り切れない。

私は先の失敗を教訓にここまで通信を遮断していたが、道はしっかりと舗装されていて、いきなり踏み抜く心配はなさそうだ。

通信を再開すると同時に、鈍い打撃音と人の呻き声が聞こえてきた。続いて、人間の身体が木製の壁に激突し、これを拉《ひしや》げさせる響きが届く。

音の反響からして、まだ室内にいるようだ。

リロイならばさっさと脱出できただろうに、どうやら悠長に荷物探しを続けていたらしい。

『俺の荷物、どこにやった』リロイの詰問に、くぐもった苦悶《くもん》の声が応じていた。聞き取りづらいが、「知るか」らしきことを口にしている。私の時と同じ——なかなかどうして、口の堅い連中だ。

語彙《ごい》の少なさには辟易《へきえき》するが。

『知らないなら仕方ないな』

しかしリロイは、彼等《ら》の忠誠心になんら感銘を受けなかったようだ。骨の砕ける音が、男の絶命を伝えてくる。

それと重なるように、床板を蹴る音が複数、近づいてきた。怒号や恫喝《どうかつ》の声はない。私を追っている連中とは違い、暴力のプロなのだろう。

ただ残念ながら、リロイは戦闘と殺人のプロだ。

入り乱れる靴音の中、骨が砕け、関節が破壊され、内臓が押し潰される音が続いた。

『俺の荷物の行方を知ってるやつはいるか』そして、おそらく何度も繰り返したであろう問答が始まる。結果はまあ、同じだろう。

「あいつらはみんな、ああなのか」

私の発した問いかけに、スウェインはびくりと身を震わせた。街路を駆け抜けるその速度に、通行人が皆振り返っていくが、気にしてはいられない。

「……なにが？」

探るような少年の声に眉根を寄せながら、私は補足する。

「いわゆる三下であるにもかかわらず、口を割らない。能力は低いが統率はそれなりに取れている。なんともちぐはぐに感じるのだがな」

「それはもちろん、あいつが怖いからさ」少年の口調が、やや元気を取り戻した。「手下であれなんであれ、あいつに逆らえばこの街じゃ生きていけないし、下手を打てば打ったでやっぱり生きていけないしね」

恐怖による支配は人類社会に於《お》いて最も古典的な方法だが、それが今日《こんにち》まで続いているのはやはり、それだけの効果があるからだ。ただしその効果は恐怖の質にもよるし、それを与える人物のカリスマ性によっても左右される。

私が見る限り、カルテイルとやらの影響力はなかなかのものだ。

「でもね、中には心酔して従ってる連中もいるんだよ」

心酔、とは子供にしては大人びた言い回しをして、スウェインは語る。

もともとは、小さな犯罪組織だったという。そこにある日現れたのが、カルテイルという人物だ。彼は組織の幹部たちを軒並み叩き潰すや、自らが首領の座に収まった。

「それが、〝深紅の絶望《クリムゾン・ディスペアー》〟の始まりってわけさ」

高速移動中なので周囲の人間には殆《ほとん》ど聞こえないとは思うが、スウェインは声をひそめた。

「随分と詳しいな」私は感心する。スウェインは首を横に振った。

「調べたのは父ちゃんさ。記者だったからね」

なるほど、だから殺されたのか。

ということはこの少年は、父の遺志を継ごうというのだろうか？

だから私に、声をかけた？

疑問はあれど、今ここで問いただす意味はない。

そして、そうこうしているうちに、周りの景色が変わり始めている。

建築物が明らかに古く、修繕もされていない状態のものが増え始めた。道の舗装は割れ、ゴミが散見されるようになる。

私が、カフェで紅茶を飲みながら眺めていたような人々の姿も次第に減っていく。着ているものは粗末になり、いずれも顔つきは荒《すさ》んでいるか、虚《うつ》ろだ。道の端に襤褸《ぼろ》をまとって動かない人間は、寝ているだけなのかそれとも死んでいるのかすら定かではない。

漂う異臭が、全身にまとわりついてくる。

これは、この区画に下水道が整備されていないからだ。都市が拡大されていく中で、もともとスラム街であったこの近辺はその開発の対象外となり、完全に切り捨てられた。

犯罪の温床となるのも、宜《むべ》なるかな。むしろ、大都市の悪性腫瘍を転移させずに一所《ひとところ》に留《とど》めようとした政策、という一面も否定できない。

どこからか怒鳴り声と、子供の泣き声が聞こえてきた。

私はここに至り、ようやく速度を緩める。周囲の建物はどれも、外壁の漆喰《しっくい》も剝げ落ちた廃墟《はいきょ》に近い民家で、窓は雨戸で閉ざされていた。いずれも、人が住んでいるのかそうでないのか分からない。

「こっちだよ」私がようやく小脇に抱えていたスウェインを下ろすと、彼は狭く入り組んだ道を迷うことなく進み始めた。父親が記者だったのならば、最初からこの地区に住んでいたとは考えにくい。

「母親はどうした」訊かねばならないことではなかったが、口から飛び出した言葉は取り消せない。

スウェインの足取りが、わずかに乱れた。

「死んじゃった」

子供の声にしては嗄《しわが》れ、疲れていた。

私は「そうか」と、愚にもつかない相槌《あいづち》を打つより他にない。無言のまま辿《たど》り着いたひとつ目の家屋は、周囲と大差ない状態で、廃屋のように静まりかえっていた。

リロイの様子を伝える通信機からは、家具が粉砕して四散する騒々しい音や、ガラス製品が砕け散る悲鳴が聞こえてくる。さすがにここではないだろう。

「違う？」と確認するスウェインの様子にはもう、おかしなところはない。強いのではなく、強くならざるを得なかったことは間違いないが、それでもこの少年の逞《たくま》しさには敬意を覚えた。

「次を頼む」私の要請に、彼は静かに頷いた。

二軒目は、先ほどとは違い周囲が騒がしい。切り裂き通りにも当然、商店はあるのだが、そこは飲食店などが建ち並ぶ一角だった。人通りもかなり多い。そしてそれを目当てに、物乞いをする者が道端に座り込んでいた。

喧噪《けんそう》の中、スウェインが示したのはやはり、なんの変哲もない家屋だ。周りに、見張りらしき人影もない。むしろ、そうすることによって、完全に周囲に溶け込んでいた。

「どうかな」何気ない足取りで近づいていく少年は、やはり周囲に溶け込んでいるものの、私はかなり浮いている、と認識せねばならなかった。

幾重にも重ね着したローブは、汚れひとつない。その上に、この美形だ。女たちはともかく、男たちも私のほうを邪《よこしま》な目で見つめてくる。あまり一所に長居すると、余計なトラブルに見舞われそうだ。

だが、その心配はすぐに無用となる。

通信機から届く騒音が、目の前の家屋から漏れ出てくるものと重なり始めたからだ。

そしてひときわ大きな、ガラスの砕け散る音が、通信機の向こう側と眼前で重なる。

弾《はじ》かれたように振り仰いだ私の視界を、なにかが横切った。ガラス片にまみれながら激しく回転し、向かいの家の外壁に激突したのは——人間だ。風雨に晒《さら》され、手入れもされていなかったであろう外壁は、人間砲弾を受け止めきれずに粉砕する。壁の破片が大量に降りそそぐ中、その人影は受け身も取らずに路面に叩《たた》きつけられた。

悪夢にうなされているような低い呻《うめ》き声を漏らすその男は、手の関節が逆向きに折れ曲がっている。男の落下地点には、一度は避難していた物乞いたちが、ふたたび集まり始めていた。彼を、救護するためではない。動けなくなった彼の身ぐるみを剝ごうというのだ。

私は二、三歩、後退し、彼が発射されたと思《おぼ》しき場所を見上げた。

通りに面した二階の窓が割れ、壊れた窓枠が今にも落下しそうになりながら揺れている。そこから聞こえてくるのは、物が破壊される音と怒号、そして断末魔の悲鳴だ。すべて、通信機から届く音と一致している。

「少し、隠れていろ」

さすがに、スウェインをあの中に連れて行くのは不味《まず》い。彼は小さく頷くと、すぐに、野次馬の中へ姿を消した。

私はそれを見届けてから、ドアへ歩み寄る。表面はささくれ立ち、風雨に変色しているが、ドアノブを回してみるとさすがに施錠されていた。

ただし、通常の鍵である。

力任せにノブを回すと、向こう側で金属が歪《ひず》み、折れる手応えが返ってきた。

もはやなんの抵抗もしなくなったドアを押し開き、私は中へ踏み入っていく。

その目の前に、なにかが落ちてきた。重々しい響きをたてて床に激突したのは、大柄な男だ。衝撃で床板が撓《たわ》み、亀裂が走るとともに粉塵《ふんじん》を巻き上げた。

さらにそこへ、黒い影が舞い降りる。

レザージャケットの裾をひるがえして男の腹部に着地したのは、誰あろう、リロイだ。

私は、ちらりと視線を上げる。

玄関口のすぐ上は吹き抜けになっていて、二階部分の通路がある。男はそこからリロイに投げ落とされた上に、着地のクッション代わりにされたようだ。

内臓でもやられたのか、血を吐いて悶絶《もんぜつ》する男を、リロイは一顧だにしない。

私は無言で、背負っていた剣をリロイに放り投げる。

リロイは受け取ると素早く鞘《さや》から引き抜き、階段の陰から飛びかかってきた男へと向き直った。

ふたりが対峙《たいじ》したと見えた瞬間、すでにリロイの腕は振り切られている。

飛びかかってきた男は体勢を崩し、手に握っていた短剣も取り落とした。

その足下に、液体が激しい勢いで噴き出す。

彼の首から噴き出した鮮血だ。

リロイの一閃《いっせん》は、正確に彼の喉笛を切り裂いていた。

自らが作り出した血溜《だ》まりに崩れ落ちる男の傍らを、リロイは駆け抜ける。

今にも通路から飛び出そうとしていた小柄な男は、迫るリロイの速度に反応できなかった。

彼の目に最後に映ったのは、鋭利な切っ先か死神色の男か。

繰り出された刺突の一撃は、小柄な男の左胸に突き刺さり、肋骨《ろっこつ》を砕きながら肺を貫通した。一瞬の停滞もなく剣が引き抜かれると、その弾みで膝をついた男の喉が、空気の漏れる甲高い音を立てる。

そして噴き出すのは、血の色の泡だ。

胸を押さえたまま、彼は顔面から床に倒れ込んでいく。

そこに、なにかが飛来した。

無数の煌《きら》めき——リロイは素早く後ろへ跳躍しながら、剣で光を打ち払う。飛んできたのは投げナイフの一種で、鏢《ひょう》と呼ばれるものだ。ナイフよりも細く、どこにでも隠せる優秀な暗器だが、一度にこれほどの量を、しかも正確に狙いをつけて投擲《とうてき》するとは、並外れた手腕である。

リロイが最後の鏢を打ち払い、鋼同士の激突が生む反響音が鳴りやまぬうちに、それはリロイの死角から忍び寄っていた。その動きは、音と気配を断ち、ターゲットの間合いへと滑り込む卓越した暗殺者の動きだ。

その必殺の間合いに、リロイは寸前で気がついた。

死線を何度もくぐり抜けた経験と、なによりも獣じみた本能が、リロイの肉体を突き動かす。殺気どころか気配すらなく繰り出された一撃は、しかし、空気を裂くかすかな音だけは消すことができなかった。

その音の軌跡を断つべく振るわれた剣は、固い手応えに弾かれる。反射的な斬撃には力が乗らず、絶妙の角度で捌《さば》かれたのだ。

相手がどんな得物で、そしてどう弾いたのか、リロイの視界に入ってはいなかったが、それを確かめようとはしない。

踵《かかと》を支点に素早く身体《からだ》を回転させながら、跳び退《すさ》る。

その動きを影のように追尾するのは、細身の男だ。握っているのは、大きめの鏢——先ほど投擲したのは脱手鏢《だっしゅひょう》、手にして使うのを絶手鏢《ぜっしゅひょう》と呼んで区別している。東方の島国、弥都《やと》に端を発する闇器のひとつだ。

細身の男は、凄《すさ》まじい速度で絶手鏢を打ち込んでくる。短剣や短刀よりもさらに短い絶手鏢の攻撃は、拳の打撃に近い。長剣でそのすべてを捌くのは相性が悪い——そう判断したリロイは、迷わなかった。

なんの躊躇《ためら》いもなく剣を手放し、男の連続攻撃を素手で捌き始めた。

リロイの手刀は正確に、絶手鏢を握る男の手首を打ち払う。

肉と肉が打ち合う鈍い響きは、ほんの数秒で終わりを告げた。

リロイの速度が、男を上回ったのだ。

男の手首を打ったリロイの手刀は、そのまま握り拳に形を変える。男の第二撃が襲い来るよりも先に、黒い姿は踏み込んでいた。

硬い拳は、男の胸骨を痛打する。

重々しい打撃音とともに、骨のひび割れる音が弾けた。鏢の使い手はよろめきながら後退し、咳《せ》き込みながらも身構える。かなりの激痛だとは思うが、端整な顔はそれをうかがわせない。

「一応、訊《き》くけどな」

リロイは、鏢使いから視線を外さないまま、剣を拾い上げた。

「俺を拉致した理由は？　話しても話さなくても、おまえは死ぬから、どっちでもいいぞ」

身も蓋もないリロイの言いぐさに、さすがに鏢使いの顔に苦いものが広がる。荷物の在《あり》処《か》ではなく事態の核心を詰問したのは、相手がこれまでの雑魚とは違う、と認識したからだ。

男の目は、リロイが手にする剣に向けられる。

それが、元々リロイのものであることは分からなくても、武装解除したはずの人間がなぜ、自分の与《あず》り知《か》らぬ武器を手にしているのか、疑問に思ってもおかしくはない。

彼の視線が慌ただしく周囲を索敵し始めたのは、何者かがリロイに武器を手渡した、と考えたからだろう。そして、リロイの仲間がどこかにひそんで自分の隙をうかがっている、と警戒しているのだ。

正解だが、見つかるわけがない。

私はリロイに剣を手渡したあと、立体映像《ホログラム》の姿を解除しているからだ。

まさか、今リロイが手にしている剣が自分の足でここまでやってきたなどと、想像すらできないだろう。

男は訝《いぶか》しげに眉根を寄せたが、その疑念を晴らしている場合ではない、と判断したらしい。手にしていた絶手鏢を上着の中に戻すと、戦う意志がないことを示すかのように両手を軽く持ち上げた。

「あんたに、ある人に会ってもらいたい」

一言一言を確認するような男の口調は、重い。

この声は、リリーと会話していた男のものだ。確か名前は、レヴァンといったか。

「後ろから刺しておいてか？」

辛辣な切り返しだが、リロイはそのこと自体、あまり気にしているわけではない。単なる、皮肉だ。

しかし、だからといって問われたほうが苦笑いできるわけもなく、レヴァンとやらは言葉に詰まった。

まあ、私が聞いた限り、カルテイル某がリロイとの邂逅《かいこう》を望んでいるのは確かなようだが、どうもそれだけではなさそうな気配があるのも確かである。

「まあ、いいや」

しかしリロイは、あっさりと追及をやめた。その淡泊さに、おそらくはどう言いくるめようかと苦悩していたはずのレヴァンが、呆気《あっけ》にとられた顔をする。

「それよりも、俺の荷物だ。銃があったろ？　あれを返せ」

結局、リロイにとっては、この事態の核心は何者に拉致されたのかよりも、銃がどこにいったか、ということなのだろう。

常人には、まったくもって理解し難い。レヴァンもその例に漏れず、リロイの真意を推し量るように目を細めて観察していた。

そしてその顔に、打算の色が浮かんだのは、すぐだ。

リロイに対する手駒がある、と思い至ったらしい。

その瞬時の判断は褒めてやらなくもないが、なにぶん、彼はリロイを知らなすぎた。

レヴァンは狡猾《こうかつ》さを双眸《そうぼう》に閃《ひらめ》かせ、言った。

「大事な物なのか？　返してほしければ――」

そして、その交渉への第一歩は唐突に断ち切られる。

レヴァンは、果たして我が身に起こったことを正確に把握できただろうか。

リロイは予備動作もなく、動いていた。

骨の砕け散る音が、撥《は》ね上がる。

レヴァンの身体が回転し、側頭部から床に激突した。彼の身体は衝撃でバウンドし、床上を転がる。苦鳴すら漏らさないのは、頭を打ち付けた時点で意識を失っているからだ。

ただの、足払いである。

レヴァンへと刹那に間合いを縮めたリロイは、彼の両足を鋭い蹴りで払ったのだが、威力の桁が違う。払われたレヴァンの足は骨が砕け散り、身体は体勢を崩すどころか宙を舞った。

そして、可動域を超えて捻《ひね》り上げる。

リロイは俯《うつぶ》せに倒れているレヴァンに歩み寄ると、その右腕を摑《つか》んだ。

苦鳴とともに、レヴァンが覚醒した。

肩と肘の関節が粉砕され、筋肉や神経、血管を引き千切っていく。本来ならのたうち回るほどの激痛だが、リロイの靴底は彼の首筋を踏みつけ、それを許さない。

折れた骨が皮膚を突き破り、血が噴出した。レヴァンの喉が、抑えきれずに震える。

「返してほしければ、じゃない。返せ、って言ったんだ。分かるか?」

悶絶するレヴァンに対し、リロイは落ち着いた、淡々とした口調だ。

人間の腕を破壊するのに、そこらに落ちている枝を折るのと変わらない感慨しか持ち合わせていない。

脂汗をかき、顔を歪《ゆが》めながらリロイを見上げるレヴァンの目には、戦《おのの》きながらも理解の色があった。

彼も、気がついたのだろう。

自分の腕を容赦なくへし折った男は、話が通じる相手ではないことに。

野生の虎や熊と交渉しようなどという人間は、いないのだ。

「さあ、まだ壊せる場所は残ってるぞ」

楽しげでもなく、さりとて脅すふうでもなく、リロイは事実だけを口にした。

それが却《かえ》って、聞く者の心胆を寒からしめる。

レヴァンは激痛に呻《うめ》きながら、無駄な交渉を断念したかのように細い息を吐いた。

「お、俺は、知らない――」

その掠《かす》れた言葉を、リロイは無惨にも靴底で押し潰した。

レヴァンの首を踏みつけている足に、力を込めたのだ。気管が圧迫され、レヴァンの喉が発したのは言葉ではなく唸《うな》るような音だけだった。

「さっき、知ってるふうだったのはなんだよ」特に激昂《げきこう》した様子があったわけではないが、静かな声色の奥底に、冷徹な殺意が潜んでいた。

「嘘《うそ》をついたな?」ただ単に確認しているだけ、としか聞こえないその声も、レヴァンからすれば死刑宣告に等しかったのかもしれない。

死にたくない、というよりも、生命の危機に肉体が勝手に反応したようにも見えた。

破壊された右腕と喉が潰されていく激痛に、彼自身は半ば失神しかけている。左手が持ち上がり、袖口の中で手首が奇妙に動いたのも、痙攣《けいれん》を起こしているかのようにも見えた。

だが、かすかな物音とともに飛び出したのは、鉄製の矢尻だ。

袖箭《ちゅうせん》、と呼ばれる隠し武器で、中空の筒の中からバネ仕掛けで小さな矢を発射する単純な仕組みだが、その殺傷力は馬鹿にはできない。バネ仕掛けそのものの性能にもよるが、急所を狙えば十分に人間を葬ることができるほどだ。

しかし、躱《かわ》されてしまっては元も子もない。

発射音に気がついたリロイは、その音の位置から狙いを予測し、わずかに首を傾《かし》げた。本来なら、リロイの首筋に突き立っていたはずの矢尻は、空《むな》しく壁を貫く。

そして同時に、レヴァンの喉が断末魔の声を吐き出した。

袖箭の攻撃を躱すと同時に、首の骨を踏み砕いたのだ。

大きく開いた口から大量の血を床に垂れ流すレヴァンの屍《しかばね》を見下ろすリロイは、小さく罵り、握ったままだった彼の腕を無造作に振り払った。

「なんなんだよ、こいつらは」

忌々しげに、呟《つぶや》く。その苛立《いらだ》ちにも似た感情は、私が感じたものと同じだろう。「おまえが嫌いな人種であることはわかっているがな」そう言うと、リロイは小さくも禍々《まがまが》しい笑みを口の端に乗せた。

「寝覚めはいいようだな」

確認すると、リロイは自分の肩を揉《も》みながら腕を軽く回した。

「軽く運動したからな」

下級眷属《けんぞく》とはいえ〝闇の種族《ダーク・ワン》〟が即死する猛毒をわずか数時間で分解してしまうとは、さすがに誰にも予測がつかなかったようだ。レヴァンは厄介なことになる、といっていたが、自分たちが皆殺しにされるとまで考えていただろうか？

「そっちはどうだった」リロイは、腰に差し直した剣の握りを拳で叩《たた》く。「ゆっくり一服できたのか」

「――なんの話かな」

返答に一瞬、間が空いたのは失策だった。

リロイは口の端をつり上げ、意地悪く笑う。

「とぼけるなよ。紅茶の匂いがしたぞ」

どうでもいいことには、鋭い男だ。そして、その嗅覚が獣じみていることを忘れていたのは、私らしくないミスである。

なにか言い返そうとしてみたが、なにを言っても無様になるだけだろう。

選んだのは、沈黙だ。

リロイはそれ以上追及することもなく、すでに家捜しの続きに取りかかっている。

銃は高価であり、貴重品だ。

その製造工程のすべてを、ヴァナード王国唯一の自治都市ヴェリールに本拠を置くドヴェルグ社が牛耳り、価格競争がないために値段が下がらない。見よう見まねで作られた模造品ならば安値で出回っているが、いつ暴発してもおかしくない粗悪品ばかりだ。

リロイの銃は、正真正銘ドヴェルグ社で制作されたもので、シリアルナンバーも刻印されている。型が古く、最新のものと比べれば価値は劣るだろうが、それでも、欠かさずメンテナンスしてきたために状態は良好で、売れば高値がつくに違いない。

リロイを拉致した連中がそこに目をつけたとすると、どこかに大切に隠したと考えるよりも、すでにどこかへ売り払われていると考えるべきかもしれなかった。

戸棚の中のものをあたりにぶちまけ、テーブルをひっくり返すリロイの様子を見ていると、それが分かった上での八つ当たりのようにも見える。

まあ、一通り探してみなくては納得するはずもないか。

私は家捜しの手伝いを申し出ようとしたが、それより早く、部屋の戸口から声がした。

3

「探しているのは、これ？」

聞き覚えのある、冷えた声色だ。

振り返ったリロイは、戸口に立つ美女を目にして顔をしかめた。

背中の痛みでもぶり返したのだろうか。

リロイを現状に追い込んだ張本人である女――レナは、その細い指に無骨な武器を握っていた。

銃だ。

リロイは思わず身を乗り出したが、相手が相手だけに迂闊《うかつ》に近寄る気になれないのか、踏み止《とど》まった。

「返せよ」

「大事に使っているのね」

レナはその場を動かず、リロイに銃を差し出した。

取りに来い、と言っているようだ。

リロイはわずかに逡巡《しゅんじゅん》したようにも見えたが、大股に歩み寄ると、乱暴に自分の銃を奪い取った。

そしてすぐに、撃鉄、引き金、シリンダー内の弾丸など、変な細工がなされていないか丁寧に点検する。

驚くほど大雑把に生きているリロイだが、生死を分ける事柄で手を抜くことはない。

「誰も触ってないわよ」

レナは感情を込めずに言い、銃とは逆の手に提げていた薄汚れたナップザックを、リロイの足下に放り投げる。予備の弾薬や手入れのための道具、最低限の生活用品が入ったリロイの私物だ。

彼女が取り返してきてくれた――そう考えるほど、さすがのリロイも馬鹿ではない。

「他に言うことがあるだろ」

銃に異常がないことを確認したリロイは、すぐさま、その銃口をレナに向けた。

至近距離で銃を向けられても、レナは眉ひとつ動かさない。

漆黒と翡翠《ひすい》の双眸が、熱と冷気を孕《はら》んで激突した。

無言の睨《にら》み合いは周囲の空気を軋《きし》ませ、沈黙が肌を刺すほどの緊張感を生み出す。

やがてそれを破ったのは、美しい紅唇だった。

「特になにもないわね」

あまりにも堂々と言い放たれ、さしものリロイも鼻白む。

彼女にとって、リロイを背後から刺すことはなんら特別なことではないということか。

氷のような眼差《まなざ》しと人間味のない美貌からは、彼女の本心はまったくといっていいほど窺《うかが》い知ることができない。

リロイは怒りのあまり銃口を震わせながら、言葉を噛《か》み砕くようにして吐き出した。

「ついさっきのことが思い出せないなんて、冷血《コールド・ブラッド》が頭に回って中身が凍ってんじゃないのか」

挑発的なリロイの物言いは、しかし、レナの顔の筋肉ひとつ動かすことはできない。小さく、分かるか分からないぐらいかすかに鼻を鳴らしたのが、唯一の感情表現だ。

小馬鹿にすらされないとは、なんという惨めさだろうか。

あまつさえ、銃を向けているというのに、それが存在しないかのように身をひるがえされるとは。

呆気《あっけ》にとられ、長く美しい金髪が靡《なび》くのを数瞬、見つめていたリロイだったが、我に返るといきなり銃の引き金を引いた。

レナの足下の床板が、弾《はじ》け飛ぶ。

さすがに歩みの止まったレナへと、リロイは素早く間合いを詰め、振り返らない彼女の後頭部に銃口を押しつけた。

「話は終わってないぞ」

「銃なら返してあげたでしょう」

あくまで上から目線のレナの態度に、リロイの双眸《そうぼう》が暗く煌《きら》めいた。

「舐《な》めるのもいい加減にしろよ」

リロイは手にした銃で、彼女の頭部を強めに小突く。

その、瞬間だった。

なにかが、リロイの眼前を斜めに駆け抜ける。

血飛沫《ちしぶき》が舞い、同時にレナの姿がかき消えた。

彼女の残像を追う銃声は一度きり——そしてそれは、レナではなく部屋の戸口付近の壁に穴を空け、銃本体はリロイの手の中から滑り落ちた。

「……油断、というわけでもなさそうだな」

私は、驚嘆の呟きを漏らす。

レナの一連の動きは、俊敏であるのは確かだが、それ以上に精緻の極みといえた。

銃口で小突かれた瞬間、振り返りざまにレナが繰り出したのは、リロイの喉元を狙った短剣による一閃《いっせん》だ。死角から飛び込んでくる刃を、リロイは咄嗟《とっさ》にその軌道を予測し、銃を握った手で払おうとしたのだが——レナは、リロイが防御行動に出ることを知っていたかのように、短剣の狙いを変化させた。

飛び散った鮮血は、滑らかに切り込まれたリロイの手首から迸《ほとばし》ったものだ。的確な一撃を与えてすぐに、レナは部屋の戸口へと疾走する。リロイはすぐさま銃の照準を合わせ、足を狙って銃撃した。リロイの腕ならば外す距離ではなかったが、手首の傷は腱《けん》まで到達して切断していたのか、狙いを逸《そ》らした上に、発砲の衝撃を受け止めることができずに銃が掌《てのひら》の中からこぼれ落ちる。

リロイは素早く、左手で銃を拾い上げた。

そしてそのまま、戸口に向けて疾走しようとして——停止する。

リロイが見据える先にいるのは、あの巨大な銀狼《ぎんろう》だった。レナへの追跡を阻むように戸口に立つしなやかで美しい巨軀《きょく》は、室内で見ると、その大きさが否が応にも際立っている。

だが、なによりも驚くべきことは、彼の黄金の瞳に宿る知性の輝きだ。リロイの黒い瞳を見つめ返す狼《おおかみ》の双眸には、深い思慮と憂いに満ちた決意があった。

リロイは、どう出るか。

銀狼の巨大な牙と顎、そして鋭い爪は、鬼を屠《ほふ》ったときに見せつけたように、強力な武器だ。狭い室内をあの巨軀でいかに立ち回るかが鍵だが、容易に勝てる相手ではない。

「また、邪魔するのか」

リロイは忌々しげに呟き、腰の後ろにあるホルスターへと銃を収めた。それを確認した銀狼は、かすかに頷《うなず》くような仕草を見せ、ゆったりとした動きで戸口から姿を消す。それを見届けたリロイは、ようやく右手の程度を確認し始めた。今も血は止まることなく流れ続け、肘から大量に滴り落ちている。

だが、腱をなかばまで断裂するような傷にしては、出血の勢いが弱い。

というよりも、急激に弱まっている。

今、リロイの傷口では、急速な組織の修復が常人のそれを遥《はる》かに上回るスピードで為《な》されているのだ。

普通なら失血死しかねない手首の傷も、リロイの特異的な体質のおかげで致命傷にはなり得ない。

とはいえ、これほどの手傷を負った直後に、「腹が減ったな」と言い出すのには正直、呆《あき》れるしかない。

まあ、大量に血を失えば、それを補うための栄養が必要になるのが道理だが——リロイの場合は、そのあたりのさじ加減が人間というよりも獣じみている気がしてならない。

「腹拵《はらごしら》えも結構だが、彼女は追わないのか」

「無駄だろ」

素っ気なく言って、リロイはナップザックを拾い上げる。追っても捕まえられないのか、捕まえても意味がないのか、どちらかは分からないが少なくとも追う意思はないようだ。

本人がそれでいいというならば、私が口を出すことではなかろう。

「そういえばおまえ、カルテイルという名に心当たりはあるか」

監禁されていた部屋を出ようとしているリロイに私が聞くと、ほんの少し考えたあと、頭を横に振った。

「誰だ、それ」

「おそらく、おまえを誘拐した黒幕だろう」

そう言うと、リロイは、そうか、と頷いた。

まるで興味がなさそうな様子だったが、黒い双眸が一瞬、剣呑《けんのん》に閃《ひらめ》いたのを私は見逃さない。

売られた喧嘩《けんか》は、相手を完膚無きまで叩き潰してなお、やめないような男だ。

このまま、この件について忘れる、などということは、いくらこの男の頭がお粗末だとしても、あり得ない。

監禁されていた家の扉を開け、外に踏み出していく足取りには、獰猛《どうもう》な決意が込められていた。

「ところで、私がここに辿《たど》り着けたのは協力者がいてだな」私は、スウェインについてざっと説明する。

リロイはただ、頷いた。そいつはどこだ、と周囲の野次馬たちを一瞥《いちべつ》するが、その眼光の鋭さでは脅しているとしか思えない。

私の姿がないので、ことさら警戒しているのだろうか、彼の姿は見当たらなかった。

それとも、まだ事が終わったと判断できずに隠れたままなのだろうか。

リロイは、歩き出す。寸前までの、殺意に満ちた足取りではない。野次馬たちはそれでも、得体の知れない黒ずくめの男には直接関わりたくない、とでも思ったのか、三々五々、その場をあとにし始めた。

少年の姿は、どこにもない。

「おかしいな」

私が呟《つぶや》くと、リロイは散歩でもするかのような足取りで、周囲の路地を確認していく。

やがてその足が、止まった。

細くて暗い、無数にある路地のひとつだ。なにかを感じとったのか、迷うことなく、黒い姿が路地の闇に溶け込んでいく。

細い路地は、十メートルほど入ったところで小さく開けた空間につながっていた。建物と建物の隙間にできた、狭隘《きょうあい》な土地だ。

そこから、下卑《げび》た笑い声が聞こえてくる。

リロイがそこに足を踏み入れると、なにかがぶつかってきた。

小さな悲鳴を上げたのは、スウェインだ。

地面を転がりながらリロイの足に激突した少年は、頭を両手で抱えて蹲《うずくま》っている。なにかに躓《つまず》いて転倒した、というわけではなかろう。

小さなその空き地には、いかにも柄《がら》の悪い連中が屯《たむろ》していた。荒事慣れした顔つきで、いずれも、貧相ではあるが武装している。追っ手か、とも考えたが、私を追跡していた男たちとはどうも、その表情から鑑みるに真剣さが足りないようにも思えた。

一見すれば、ここらでは珍しくもない、ただの馬鹿にも見える。

「おまえが、スウェインか」リロイは彼らが眼中にないのか、蹲ったままのスウェインを助け起こした。少年の頰は腫れ上がり、切れた唇からの出血が顎を赤く染めている。立ち上がりはしたものの、すぐによろめいてリロイにもたれかかった。頭部への打撃で、脳震《のうしん》盪《とう》を起こしているのだ。

しかし、小刻みに震えているのは身体《からだ》のダメージのせいばかりではない。

「――そうだけど」応えるスウェインの声は、虚《うつ》ろで張りがない。理不尽な暴力に慣れてしまったのか、そこには子供らしくない諦観があった。

リロイは、ぶつかったときに落ちた少年の帽子を拾い上げ、付着した砂を手で払う。

「相棒が、世話になったな。助かったよ」それを、少年の頭へ無造作に乗せた。そして、まだ立ち上がらないほうがいいと判断したのか、スウェインを座らせる。

「今度はこっちが助ける番だ」

リロイは彼の前に膝をつき、その細い肩を大きな掌で叩《たた》いて笑う。

それは、少年の心に染みついた恐怖と諦めを払拭するような――そんな、笑みだった。

リロイは立ち上がり、男たちに向き直る。

その顔から笑みは消え、先ほど見せていた獰猛な怒りとは別の表情が浮かんでいた。もっと静かで穏やかな、しかしより深い怒りだ。

男たちが、ゆっくりと近づいてくる。

彼らの目には、リロイがどう映っているだろうか。帯剣した、全身黒ずくめの長身の男――黒髪黒瞳の風貌は、どちらかといえば東方の顔立ちだが、繊細さよりも精悍《せいかん》さのほうが際だっている。

決して、与《くみ》しやすい相手には見えないはずだが。

「あんた、そいつの知り合いか」

嗄《しわが》れた声は、短髪の、一番体格のいい男が発した。背はリロイよりわずかに低いが、横幅は一・五倍ほどある。鞘《さや》に入れず、抜き身のまま腰に提げた段平は、手入れされていないのか刃の部分が黒ずんでいた。

人間の血と脂がこびりついているのだ。

「今、知り合ったばかりだが、それがどうした」

応じるリロイの声にやや険があるのは、それを見取ったからだ。

短髪の男に付き従う男たちは、リロイが反抗的な態度をかいま見せた途端、それぞれの得物に手を伸ばす。剣を持っているのは短髪の男だけで、他の連中は棒に布を巻いただけのものや、錆《さ》びた短剣程度のものしか持っていない。

リーダー格の男は仲間の動きを制止し、品定めするような眼差《まなざ》しでリロイを睨《ね》めつけた。

「俺たちはそいつに金を貸してるんだ。知り合いなんだったら、立て替えてくれねぇかな」

「おまえ、金借りたのか」

リロイは、自分の後ろで座り込んでいる少年を振り返った。彼は頷いたが、すぐに、

「でも、そいつらが言うほど借りてないよ」と、鼻血を服の袖で拭いながら言った。

これに短髪の男が、威嚇するように歯を剝《む》く。

「利子だよ、利子。そんなこともわかんねぇのか、糞《くそ》ガキ」

「ガキだから、分からなくて当たり前だろうよ」

冷めた目で男の顔を見据えながら、リロイは吐き捨てる。

すると短髪の男は、いきなり顔を寄せ、「なんか文句あんのか、てめぇ」と威嚇してきた。これまでもそうやって相手を恫喝《どうかつ》してきたのだろう、堂に入った強面《こわもて》ぶりだ。暴力慣れした人間独特の威圧感は、普通の人間ならそれだけで震え上がるだろう。

しかしリロイは、顔をしかめ、いきなり男の顔を摑《つか》むと押しのけた。

「おまえ、口臭いぞ。歯、磨けよ」

「この野郎……！」

男は顔色を変え、腰にぶら下げた段平の柄を握った。

それに呼応して、他の連中も身構える。一気に高まる刺すような殺気に、リロイの背後

でスウェインが身を震わせた。

「で、いくらなんだ」

一触即発の雰囲気の中、リロイは涼しい顔でレザージャケットの内側に手を入れた。引き抜かれた手に握られていたのは財布だ。財布、といってもただの頑丈な布袋だが、それなりに中身が入っているのは見た目で分かる。元S級傭兵《ようへい》の稼ぎとしては侘《わ》びしいものだが、ここらを塒《ねぐら》にしている者たちからすれば大金だろう。

「俺が払ってやるよ。それで文句ないんだろう」

短髪の男は、気を削《そ》がれたような顔で、剣の柄に添えた手を握ったり開いたりしていた。すでに、生意気な相手を叩きのめす心持ちになっていたのだろう。

挑発したあとすぐに従順な態度を見せる、という行動パターンは彼の中に予測として存在しなかったに違いない。

「だから、いくらだって訊《き》いてるんだよ」

別に計算して自分のペースに持ち込んでいるわけではないので、リロイは返事がないことに眉根を寄せた。

男はその声で我に返ったのか、二、三回、瞬きしたあと、改めてリロイが手にしている財布を凝視する。

下劣で卑しい表情が浮かぶのに、それほど時間はかからない。

「そ、そいつ丸ごとで手を打ってやるよ」

金を出す、ということは、リロイは見かけ倒しだと踏んだのだろう。

短髪の男は、臆面もなく言い放つ。

おそらく――というか間違いなく嘘《うそ》なのだが、リロイは特に反論せず、あっさりと財布を男に向かって放り投げた。

受け取り、中身を確認した短髪の男は、涎《よだれ》を垂らさんばかりに相好を崩す。想定外の臨時収入に、今にも小躍りしそうな様子だ。そして、その図体《ずうたい》には似つかわしくなく、神経質な動きで財布を懐にしっかりとしまい込む。

「聞き分けのいいやつは長生きするぜ」

すっかり機嫌をよくしたのか、男はリロイの胸元に指を突きつけ、にやりと笑った。

リロイは、特になんの感慨も受けていない顔で肩を竦《すく》める。

彼はさらに、リロイの後ろでこの成り行きに目を白黒させている少年に向かって、

「おい、糞ガキ、これで分かっただろう。ここじゃ俺様みたいな強いやつがやりたいようにできるんだ。悔しかったら、強くなるんだな」

と、楽しそうに言い放つ。少年は怯《おび》えたように首を竦めたが、リロイはこの男の発言に薄笑いを浮かべた。

男はリロイのその表情には気づかず、勝ち誇った顔でリロイのブーツに唾を吐きかけ、仲間の元へと戻っていく。

リロイは何気ない足取りで、それに続いた。

足取りの軽い短髪の男は、後ろからついてくるリロイには気がつかない。合流しようとしていた仲間たちに指摘され、初めて振り向いた。

瞬間。

通常の足取りから疾走へと移行したリロイの黒い姿は、短髪の男に一切の防御行動を許さぬままに間合いへ踏み込んだ。

そして、跳ね上がる。

男の下顎を捉えたのは、膝だ。

スピードと体重、そしてリロイの脚力が乗った膝は、男の下顎をガラス細工のように粉砕する。そしてそのまま上顎に突き刺さり、一気に男の顔が半分ほどに圧縮された。膝蹴りの威力は男の身体を浮き上がらせ、頭部が可動域限界まで後ろに傾いた状態で宙を舞う。

ほぼ一回転しながら、ごろつきのリーダー格は地面に叩きつけられ、そこで初めて、苦鳴らしきものを漏らした。

その周囲に散らばるのは、折れたり砕けたりした、彼の歯だ。

これほど完膚無きまでに顔面の下半分を破壊されては、もう一生、物を噛《か》んで食べることはできないだろう。

リロイは、悶絶《もんぜつ》した男に歩み寄ると、その上着にブーツを擦りつけた。吐きかけられた唾を拭っているのだ。

そして、綺麗《きれい》に拭えたのを確認すると、男の腹を容赦なく蹴り飛ばす。

くの字に折れ曲がった男の身体は、地面の上を激しく回転しながら吹っ飛び、近くの家の壁に激突した。

木でできた外壁は砕け散り、破片と粉塵《ふんじん》が舞い散る。

短髪の男は、蹲ったまま大量の血を地面に吐き出し、声もなく痙攣《けいれん》し始めた。

どうやら、今後の食事に頭を悩ませる必要はなくなりそうだ。

「ちょ、ちょっと待ってくれ」

事態がよく飲み込めないままにリーダー格をやられた男たちは、完全に戦意を喪失していた。武器を手にするでもなく、自分たちへと向き直るリロイに対し、怯えたように後退《あとず》さる。

残る男たちのうち、スキンヘッドの男が、自分たちのリーダーを指差して言った。

「金なら返す。それでいいだろ」

「俺は、おまえたちに金なんて貸してないぞ」

リロイはスキンヘッドの男に近づくと、その腰に下げていた棒を手に取った。持ち主は、蛇に睨《にら》まれた蛙《かえる》の如《ごと》く身動きひとつしない。

「さっきのは、おまえたちに金を返しただけだ。どうしてそれをまた、俺が返してもらうことになるんだよ」

リロイは棒の握りを確認し、軽く掌《てのひら》に打ち付けて具合を確かめる。それでどうするつもりか、あまり想像したくない仕草だ。

スキンヘッドの男は、身近に死でも感じたのか、大量の汗で頭部を濡《ぬ》らしながら声を震わせた。

「じゃあ、なんであんたは、こんなこと——」

「強いやつがやりたいようにできるんだろ、ここは」

リロイは、言った。

「だから、やりたいようにやらせてもらうさ」

そしてスキンヘッドの男が弁明するより早く、打撲音と破砕音が、同時に炸裂《さくれつ》する。

リロイの手にした棒が、唸《うな》りを上げて汗だくの頭部に喰らいついていた。

こめかみを痛打された男は横っ飛びに吹き飛び、頭から地面に激突する。そして二転、三転し、地面に横たわったままぴくりとも動かなくなった。

こめかみは大きく陥没し、鼻孔からは血と混じって別の液体が流れ出ている。

棒のほうはといえば、衝撃で木っ端みじんに砕け散り、リロイが握っている部分だけが残っていた。

ごろつきたちは、愕然《がくぜん》と立ち竦《すく》む。

弱い者を見定めて暴力を振るう輩《やから》は、それがいざ己に向けられると大抵こうだ。理不尽で圧倒的な暴力に自らが曝《さら》され、思考が停止してしまう。

一番最初に我に返ったのは、最もリロイから離れた位置にいた、長髪の男だった。踵《きびす》を返し、この場から逃げ去ろうとする。

彼はしかし、一歩目を踏み出したあと、続く第二の歩を進めることはかなわなかった。逃走の動きをいち早く察知したリロイが男たちの間を駆け抜け、彼の長い後ろ髪をひっ摑まえたのだ。

男が一歩を踏み出す間に、リロイは十数メートルを疾駆したことになる。

長髪の男は嘆願のような言葉を発したが、リロイは聞いていなかった。素早く、男の腰のベルトから短剣を奪い取る。手入れをされていないため錆びついた、切れ味などまったくない代物だ。

それを力任せに、長髪の男の肩胛骨《けんこうこつ》の間へ捻《ひね》り入れた。

刺された男の喉から、悲鳴が迸《ほとばし》る。

それに突き動かされたのか、立ち竦んでいた別の男が、意味不明な言葉を叫びながら駆け出した。

リロイは慌てることなく、刺したばかりの短剣を抉《えぐ》りながら引き抜く。

足下に崩れ落ちる長髪の男には一瞥《いちべつ》も与えず、振り返りざまに、短剣を投擲《とうてき》した。

限界まで引き絞られた弓から放たれる矢の如く短剣は空を貫き、逃げる男に突き立つ。後頭部に鍔《つば》もとまで突き刺さったそれは、確実に延髄を破壊していた。

その男は、短剣が激突した衝撃で前方に投げ出され、地面の上を前のめりに滑る。顔面を強《したた》かに打ちつけ、削られたはずだが、彼が起き上がって痛みを訴える様子はなかった。

「待て、待ってくれ！」

さすがに逃げるのは不可能と悟ったか、残ったふたりのうち、目の細い男が叫んだ。

「あんたを怒らせたのは、悪かった。謝るよ。この通りだ」

彼はその場に膝をつくと、上体を深々と倒し、土下座した。それを見たもうひとりも、慌ててそれに倣《なら》う。

リロイは、不快げに口もとを歪《ゆが》めた。

身体《からだ》を丸め、小さくなったふたりのごろつきからは、凄《すさ》まじいまでの緊張感が伝わってくる。逃げることはかなわず、かといって戦って勝てる相手ではないことは、重々、承知しているはずだ。このまま抵抗せずに殺されてしまうか、それとも、ここまで惨めを晒《さら》せば見逃してもらえるか——

リロイという人間をよく知っていれば、こんな分の悪い賭けには出なかっただろうに。

「おまえたちは、許してやったことがあるのか？」

それは問いかけの形を取っているが、決してそうではない。

しかし細めの男は、光明を見いだしたかのような表情を浮かべて顔を上げると、口を開こうとした。

その頭を、リロイが両手で摑む。

そして一気に、ねじり上げた。

枯れ木をまとめて折るような音は、頸骨《けいこつ》が砕ける響きだ。

断末魔の悲鳴はない。

完全に背中を向いてしまった彼の顔には、苦悶《くもん》の表情ではなく驚愕《きょうがく》がへばりついていた。

最後のひとりが、悲鳴のような雄叫《おたけ》びをあげる。

恐怖と絶望のあまり錯乱したのか、目を血走らせてリロイに飛びかかってきた。その手に握られているのは、武器というよりも生活用品に近い小さなナイフだ。

至近距離からの急襲としては、まあそれほど悪くない。切れ味の悪いナイフでも、首筋に切りつけ、角度によっては大量出血によるダメージを見込めるだろう。

だが、圧倒的に遅い。

彼のナイフを握った手は、リロイにあっさりと摑《つか》み取られていた。

「悔しかったら強くなれ——と、言いたいところだが」リロイは、笑った。「もう死ぬから、意味ないな」

死に逝く者が最後に見る笑顔としては、あまりに酷薄だろうか。

音が、する。

それは細目の男の指が、握り潰される音だ。へし折れ、押し潰され、砕け散る彼の指先から、ナイフが滑り落ちる。

リロイはそれを空中で受け止めると、悲鳴を上げる男の左目へと突き刺した。

鈍った切っ先でも、柔らかい眼球とその奥にある薄い眼窩《がんか》の骨を貫くのは容易だ。男は反射的にリロイの腕を摑んで押し止《とど》めようとしたが、膂力《りょりょく》の差は歴然である。

哀《かな》しげとも聞こえる男の悲鳴は、切っ先が脳に到達すると奇声に変わった。

そして、ナイフが抉るように動くと、それがぴたりと止まる。リロイの腕を摑んでいた指先から力が抜け、糸の切れた操り人形のように崩れ落ちた。

ごろつきとはいえ男を五人、殺害しても、リロイは顔色ひとつ変えていない。指先についた血と体液を男の服で拭い、最初に仕留めた短髪の男へと向かう。

そのふところを探って取り出したのは、自分の財布だ。

「結局、取り返すのか」私がそう言うと、リロイは笑う。「死人は使えないからな」

それは今し方、人を殺《あや》めた人間の浮かべる表情ではない。

あるいはごろつきたちを、人間とは思っていないのか。

害虫を叩《たた》き潰すとき、人は罪悪感を覚えたりはしないものだ。

「――あんた、めちゃくちゃ強いんだな」

座り込んだまま眺めていたスウェインは、驚きすぎて傷の痛みも忘れたのか、ぽかんと口を開けたまま惚《ほう》けている。だがすぐに、「でも、だったらなんで金を渡したのさ」とくるところが実に逞《たくま》しい。

「借りたものは返すのが筋だ」財布をジャケットの内ポケットに収めながら、リロイは言った。

ふむ、リロイから人としてまっとうな意見が聞けるとは、感慨深い。

しかし少年は、周りで倒れている男たちを見回し、納得いかない顔をした。「でも、結局やっつけたじゃん」それもまた、まっとうな意見だ。

相棒は、なんと答えるか。

「胸糞《むなくそ》悪かったからな」

非常に乱暴で、教育上よくない言葉が出てきた。

「おまえも、気が晴れただろ？」

あまつさえ、子供にその片棒を担がせようとするとは。

さすがにスウェインも、これには首肯しない。困ったような苦笑いを浮かべただけだ。

すぐに顔を顰《しか》めたのは、緊張が解け、傷の痛みを自覚したからだろう。

「まずは病院だな」リロイがそう言うと、スウェインは首を横に振った。「これぐらい放っとけば治るよ」

これは嘘《うそ》だとすぐに分かる。脳震盪《のうしんとう》を起こすぐらい殴られて、平気なわけはない。

「安心しろ」リロイも、それは分かっていた。ズボンのポケットから、くしゃくしゃになった紙幣と小銭を取り出す。「怪我《けが》をさせたやつらに出してもらえばいい」どうやら、あの立ち回りの中で彼らのふところからくすねていたようだ。その早業と抜け目のなさに、スウェインは感心したように溜息《ためいき》をついた。

情操教育の悪い見本のような男だな、こいつは。

「ほら、病院まで背負ってやる」

リロイは、スウェインの前に背中を向けてしゃがみ込んだ。

少年は、大きな背中をきょとんとした顔で眺めるだけで動かない。

「遠慮するな」リロイが促すと、少しぎこちなく、スウェインはリロイの背に負《お》ぶさった。

すでに物乞いたちが、死んだごろつきたちに群がりはじめている。ものの数分もすれば、身ぐるみ剝がされるだろう。

哀れ、と思わなくもないが、自業自得、因果応報だ。

スウェインも、一顧だにしない。リロイに背負われて面映《おもは》ゆそうにしていた彼が辺りを見回したのは、ごろつきたちの末路を見届けるためではなかった。

「ねえ、あんたの相棒は？」

「いるぞ、すぐそこに」

リロイは嘘をついたわけではないが、先ほど一緒に走り回っていた相手が剣になってベルトに提げられている、などと誰が考えるだろうか。

「いないよ」案の定、ふたたび周りを見渡したスウェインは眉根を寄せた。

「あいつ、影が薄いからな」

リロイの返答は、実に腹立たしい。

私ほど見目麗しい美青年を捕まえて影が薄いなどと、愚昧《ぐまい》の極みだ。

「そんなわけないよ」だが、小さな援軍は頼もしい。「あれだけ目立つ人も珍しいって」

スウェインは、相棒の愚かさを的確に指摘する。やはり、見所のある少年だった。

「あんな変な格好、生まれて初めて見たからね」

そうでも、なかったらしい。

リロイが小さく、吹き出した。

私は、怒ったりはしない。

服装のセンスは時代とともに移り変わるものだ。今を生きる彼らに理解できないのは仕方のないことであるし、またその罪を責めるのは狭量というものだろう。

「ところでさ」密《ひそ》かに赦《ゆる》されていたことなど知らず、スウェインは言った。

「――あんた、いったい何者なの？」

そういえば、我々は自己紹介すらしていなかったことに遅まきながら気がついた。

「ただの傭兵《ようへい》だ」リロイの返答は、至って簡潔だ。しかし、この男を知る者からすれば、間違ってもただのなどとは付けないだろう。

スウェインも、そのひとりだった。

名前を聞かれたリロイが答えると、「〝疾風迅雷のリロイ《リロイ・ザ・ライトニングスピード》〟!?」と驚嘆したのだ。

有名な傭兵のふたつ名は、子供たちが憧れとともに口にする。命の危険が伴う職業柄、親が子供に推奨したり応援したりはしないだろうが、それでも悪漢や〝闇の種族《ダーク・ワン》〟から皆を守るヒーロー、という側面は否定し難い。

無論、傭兵ギルドが地道な広報活動《キャンペーン》を怠らなかった成果でもある。

たとえばSS《ダブル・エス》級でも最強と名高い〝光刃のアグナル《アグナル・ザ・グリームエッジ》〟や、史上最年少でSS級に上り詰めた〝凶獣《ビースト》〟イヌガミ・アズサなどは誰もが知る傭兵のひとりだろう。

だがリロイの場合、ギルドにとってはある意味、汚点なので、知る人ぞ知る存在だ。

だからスウェインが、「父さんから聞いたことあるよ」と続けたのには納得する。新聞記者だったならば、そういった裏の事情に精通していても不思議はない。

「SS級になれるはずだったのに、辞めちゃったんでしょ。どうして？」

子供らしい遠慮のなさで、率直に疑問を口に出す。

それとも、新聞記者だった父親の血か。

「なにもないさ」

その件に関して、リロイの口は堅い。

しかし珍しく、言葉が続いた。

「ただ、そこにいる意味がなくなったから辞めたんだよ」

とはいえ、曖昧な表現であることに変わりはない。さらに追及するかとも思ったが、スウェインはリロイの口調になにかを感じ取ったのか、「そっか」と頷《うなず》くだけだった。

そしてすぐに、話を変える。

「でも、辞めたってことは、今は自由契約《フリーランス》なんだよね」

「なんだ、依頼でもあるのか」

自由契約の傭兵を雇う金額は当然、千差万別だ。危険の度合いに因っても大きく変わる。

厳しいことを承知でいうならば、スラム街にひとりで暮らす少年では、傭兵ギルドの最低ランクであるE級の傭兵ひとりすら雇えないだろう。

ましてや、リロイは元S級だ。

スウェインもそのあたりは分かっているようで、リロイに促されてもすぐには言葉が出てこない。

「言ってみろよ」背中の気配になにかを察したリロイが、気軽に促す。「言うだけなら金はかからないぞ」

それはもはや、私からすれば、ただ働きしますと言っているようにしか聞こえない。

随分とリーズナブルな元S級なことである。

「――助けて欲しい人がいるんだ」

リロイの言葉に背を押されたスウェインは、事情を話し始めた。

その少女を目にしたのは、一週間ほど前に遡《さかのぼ》るという。

飲食店や風俗店が多く軒《のき》を連ねるスラム街の一角で、彼は深夜、いつものようにゴミ漁《あさ》りをしていたらしい。スウェイン曰《いわ》く、食べられるものだけでなく、売れば小金が稼げるようなスクラップ等も割と手に入るらしく、それを生活費に充《あ》てているのだそうだ。

そんな場所に入り浸っているとなにかと危険な目に遭うこともあるだろうし、犯罪などを目撃することも日常茶飯事だろうと危惧するが、彼のような状況の子供が生き抜くには、周りの援助がない限りそれも致し方ないことなのかもしれない。

その日、大きな袋を抱えて移動する男たちを見かけても、スウェインはいつものように物陰に隠れるだけで関わろうとは思わなかったようだ。

袋の中身が、見えさえしなければ。

突然、中身が暴れ出し、男たちが慌ててそれを押さえようと四苦八苦しているうちに、袋の縛り口が緩んだのが原因だろうか、ずるり、と逆さまに少女が飛び出し、隠れて様子を眺めていたスウェインと目があった――というのが、彼の主張だ。

そしてスウェインは、いつもなら関わらないはずのトラブルに、自ら近づいていく。ふたたび袋に押し込められた少女のあとをつけ、彼女の運び込まれた先まで特定したのだ。

「〝紅の淑女〟《スカーレット・レディ》はこの辺じゃ一番、羽振りのいい店なんだ」

名前から察するに、娼館《しょうかん》の類いか。リロイは大抵どの街にも馴染《なじ》みの店があるが、ヴァイデンでそこを訪れたことはなかったように思う。

「確か会員制で、飛び抜けて高い店だったな」リロイのその言葉に、なるほど、と私は合点がいく。

この男はサービスのいい高い店より、庶民的なほうを好む傾向があるからだ。

金銭的に行けない、というわけではないのだが、その理由を訊《き》いたところ、「こっちのほうが落ち着く」らしい。育ちのせいだ、とも言っていた。

「俺さ、その子と話したんだ」

スウェインがそう言うと、「どうやってだ」と、リロイが食いついた。この男はとかく、こういう話が好きな傾向にある。

こういう話、というのは、決して色恋沙汰のことではない。

「そこの店の裏庭に、地下室の明かり取りの小窓があるんだ」どうにかその娘とコンタクトを取ろうと、彼は夜な夜な、店の周囲を探ったらしい。その結果、見つけたのが、雑草で覆われて殆《ほとん》ど意味をなしていない小窓だったのだ。

覗《のぞ》いてみると、そこは物置に使われているようで、たくさんの箱や荷物が散乱していた。小窓には鉄格子が嵌《は》められていて、進入は不可能。試しに、小さな声で話しかけてみると応答があった――顛末《てんまつ》は、そういうことらしい。

シェスタ、と少女は名乗ったようだ。

彼女は、ある組織に拉致され、そこに監禁されている、とスウェインに事情を説明する。そして、どうにか助けを呼んでもらえないか、と請われ、彼は現実を思い知ったのだ。

自分ひとりでは、鉄格子すら手に余る。

助けてくれるような人間が、周りにひとりもいない。

そもそもスラム街の人間が、縁もゆかりもない相手を危険を冒してまで助けてくれるはずがないのは、彼自身も痛いほど分かっていただろう。

「でもさ、父さんが言ってたんだ。困ってる女の子がいたら助けるのが男だって」

「いい親父《おやじ》さんだな」

リロイの口調には、真摯さがあった。特に子供は、そういうところに敏感だ。

「うん」スウェインは嬉《うれ》しそうに、笑う。そういう顔をすると、やはり年相応の幼さが表れた。

「よし、じゃあ助けに行くか」

それは、あまりに緊迫感のない決断だった。

「え？」喜ぶべきはずのスウェインが戸惑ったのも、無理はない。近所へ散歩にでも行くかのような口調だったのだ。

「ちょっと待って」だが別の理由で、彼は救いの手にすぐさま飛びつかなかった。「〝紅の淑女〟は、〝深紅の絶望《クリムゾン・ディスペアー》〟の店なんだ。あんた、カルテイルと揉《も》めてるんだろ？」

それは明らかに、少年にとって不利益な情報だった。それを隠してリロイに助けてもらうのは、彼の良心が許さなかったのだろうか。

「助けてくれるなら嬉しいけど、でも――」

スウェインは、着古した上着のポケットをまさぐり始める。

やがて取り出したのは、一枚の破れかかった紙幣と三枚の銅貨だ。

「お金だって、これだけしかないんだ」

「だから、あいつらに借りたのか」

リロイが訊くと、スウェインは首を横に振った。彼らに金を借りたのはもうずいぶんと昔の話で、少しずつ返していたのだが、時折ああやって絡まれていたのだという。

母親が病気になったため、その治療費が必要だった、とスウェインは言った。

話を聞いていたリロイは、「そうか」と頷いただけで、特に慰めの言葉は口にしない。

「その金はしまっとけ」代わりに、そう言った。

スウェインはこれを、依頼が断られるのだ、と勘違いした。

「いくら必要なのかわかんないけど、少しずつ、働いて返すよ」

自分に不利な情報を正直に提示したからといって、断られたらすぐに諦める、というわけではないようだ。どうにかリロイを翻意させよう、という意思が言葉に籠もる。

「手先は器用だから、仕事さえあれば稼げると思うんだ。あんたさえよければ、傭兵の仕事だって手伝えるよ。子供にしかできない情報収集の方法もあるしね」

「出世払いってことか」

なぜかリロイは、懐かしむような、それでいて哀《かな》しげな顔で笑った。

郷愁が、その面《おもて》を過《よ》ぎる。

「駄目かな」

スウェインの声に、落胆の色が浮かぶ。

「やっぱり、カルテイルにこれ以上、睨《にら》まれるのも不味《まず》いよね」

諦観を帯びた少年の呟《つぶや》きに、リロイは笑った。

まさか笑われるとは思ってもみなかったスウェインは、目を白黒させる。

「そいつは間違ってるぞ、スウェイン」

リロイは、不敵に笑う。

その顔に、昔日を思う影はもうない。

「睨まれてるのは、そいつのほうだ」

この街でどれほどカルテイルが絶対的な存在かを知っている者からすれば、不遜で命知らずな態度に思えることだろう。

私からすれば、いつもどおり、なにも変わらずだが。

「それに、もうひとつ間違いがある」

絶句しているスウェインに、リロイは続けた。

「子供はな、助けて、って言えばそれでいいんだ。お金の心配なんかしなくていい」

そもそも、誰かを助けると決めたとき、そこにどんな障害が待ち受けているかで態度を変える男ではない。

「じゃあ、本当に――」スウェインは、その事実を噛《か》み締めるようにゆっくりと言葉を紡いだ。

「助けてくれるの？」

「おう、任せとけ」

請け合うリロイの声の、なんと力強いことか。

それだけで、少年の顔に安堵《あんど》が広がった。

しかし、意外である。

スウェインがリロイに依頼するとすれば、父を死に追いやったカルテイルの殺害、あるいは〝深紅の絶望〟の壊滅ではないだろうか、と思っていたのだ。

それがまさか、囚《とら》われの少女の救出とは。

もしも彼女と出会っていなかったら、彼はどうしただろうか、と考えずにはいられない。

出会いは常に偶然だ。

しかしながら、その偶然が重なり合ったとき、まるで必然の如《ごと》く人の運命を翻弄するときがある。

リロイにはその運命をねじ曲げる力と意思があるが、この少年にはまだそれが芽生えたばかりだ。それが摘み取られないことを、神ならぬ身の私としては祈ることしか出来ない。

もっとも、私には祈る神などいないのだが……。

第二章

1

ヴァイデンの領主からリロイへ送られた依頼書は、確かに本物だった。

ＩＤをコンピュータで管理することなど叶《かな》わぬ時代、王侯貴族から小さな村の長まで、その公的身分を保証するものは紋章だ。各国各地の紋章は大から小まで編纂《へんさん》され、送付時と受領時に各地の郵便事業所で確認される。そのシステムを信頼するとすれば、リロイを〝深紅の絶望〟が企《たくら》む罠《わな》に嵌《は》めたのは、ヴァイデンの領主ということになるだろう。

あるいは、領主がリロイに仕事を依頼することを嗅ぎつけ、〝深紅の絶望〟がそこに乗じたか。

私としては、後者が望ましい。

「ヴァイデンの南部辺境地域における重要性を、今更、説く必要はあるまいな」

「なんだよ、藪《やぶ》から棒に」

リロイは、周囲から奇異の視線を浴びている。

スラム街の中でも特に、貧しい人たちが暮らす地域だ。

草臥《くたび》れた諦観が重い霧のように漂う中、覇気と生気に満ちた姿はあまりに似つかわしくない。住民たちは、黒ずくめの男がなんの目的でここにいるのか訝《いぶか》しがるように、そして恐れるように、遠巻きにしていた。

「この大都市が機能不全に陥れば、辺境地域にとって大打撃になる、と言っている」

「人を災害みたいに言うなよ」

リロイは笑ったが、私には笑えない。

この男が都市機能を破壊する、とまでは言わないが、それに準じる多大な人的被害をもたらすことは十分、可能だ。騙《だま》されたことを理由に領主とその側近らを皆殺しにしてしまえば、ヴァイデンは簡単に仮死状態に陥るだろう。

そして我が相棒は、相手が領主だろうが国王だろうが、臆することはないし迷いもしない。

「犯罪組織を潰すのとは、わけが違うぞ」

「同じさ」

リロイは即答する。

「やったらやり返される、ただそれだけのことだろ」

「本当にやったか、見誤らないことだな」

私がそう釘《くぎ》を刺したところで、目の前にある荒《あば》ら屋のドアが軋《きし》んだ。

現れたのは、大きな鞄《かばん》を背負ったスウェインだ。

「おまたせ」

「――その大荷物はなんだ？」

リロイの疑問に、スウェインは「全財産」と応じる。

まだ腫れの引いていないその顔には、少年らしい実直さで、決意が浮かんでいた。骨に異常がなかったので、裂けた皮膚を縫うだけで済んだのは不幸中の幸いだ。

「うん？」

全財産、と言われ、リロイは咄嗟《とっさ》に言葉が出ない。

背負えるほどにしか財産がないことよりも、なぜそれを背負っているのかが解せないのだ。

病院で治療を受けたあと、スウェインはリロイと一緒に一度、自宅へ戻った。

家、とはいっても、雨風を辛うじてしのげる屋根と壁があるだけの代物だ。

「もうここには戻ってこないからね」

スウェインはこともなげにそう言って、家のドアを閉じた。

そして、「じゃあ、行こう」と歩き出す。

「別に、旅に出るわけじゃないぞ」

リロイが困惑気味に指摘すると、スウェインは振り返った。その拍子に、背中の荷物の重みでよろける。

「知ってるよ」

スウェインは、ずれた帽子を直しながら言った。

「でも、〝深紅の絶望〟に楯突《たてつ》こうって言うんだからさ、少なくともここには住めなくなるよ。あいつらが領主とつながってるのも、公然の秘密だしね」

私が恐れていた事実を、スウェインはさらりと口にする。

「だから、あの子を助けたら俺も街を出るって決めてたんだ」

これは、驚いた。

この少年は、リロイなどよりもよほどしっかりと、自分の行動がどういう結果をもたらすか考えているではないか。

爪の垢《あか》を煎《せん》じて飲ませてやりたいものだ。

「おまえはここにいてもいいんだぞ」

リロイの提案に、スウェインは首を横に振る。

「あんたやあの相棒さんと一緒にいるところを大勢に見られてるし、そもそも俺は目をつけられてたから、これでいいんだ」

悲壮感のない、どこか清々《すがすが》しささえ感じさせる覚悟だった。

正直、年端も行かぬ少年がひとりで街を出るなど、自殺行為に他ならない。

誰もがその無謀を制止するか、あるいは嗤《わら》うだろう。

「そうか」

だが、リロイは嗤わない。

たとえ子供だろうとも、自分自身で考えて下した決断を、この男は馬鹿にしたりはしない。

「じゃあ、この家ともお別れだな」リロイは、家、と呼ぶのが憚《はばか》られそうなそれを眺める。

「これ、おまえが建てたのか」

「空き家だったんだよ」

同じような荒ら屋が無数に建ち並ぶこの周辺には、おそらく、土地や建物の所有権という概念がないのだろう。誰かが出て行くか、あるいは死亡したら、すぐに別の誰かが勝手に住み始める、といったところか。

「行くところがなくなって道端で寝てたら、ここが空いたから使え、ってブランデスさんが言ってくれたんだ」

幸い、屋根と壁を少し修繕すれば、寝床としては道端よりも格段に快適だったらしい。

「変なおじさんに触られたりしないしね」と、少年は付け加える。

「そのブランデスとやらに挨拶はしなくていいのか」

リロイが珍しく気の利いたことを言ったのだが、スウェインは頭を振った。

「先月、殺されちゃった」

それもまた、ここでは日常茶飯事なのだろう。

少年の口調に、重苦しさはない。

乾いた哀《かな》しみだけが、へばりついていた。

「じゃあ、行くか」

リロイは、少年の小さな肩を軽く叩《たた》き、歩き始める。

途中、同年代の子供たちやその親たち、あるいは老人たちが、スウェインに小さく手を振った。背中の荷物と表情で、彼がここを出て行くのだとわかったのだろう。

ひとりの老婆は、皺《しわ》だらけの手に握りしめていた銅貨を一枚、強引に手渡してきた。

言葉は、ない。

ただ誰もが、最底辺のこの場所から立ち去る少年に、祈るような眼差《まなざ》しを向けていたのが印象的だった。

「行く当てはあるのか」

掌《てのひら》の銅貨を見つめていたスウェインは、リロイの問いかけに少し遅れて反応した。

「そりゃもちろん、ヴァナード王国かアスガルド皇国だよ」

辺境に住む者の例に漏れず、スウェインもまた、大陸中央の二大大国への強い憧れを胸に秘めていた。

フレイヤ女王が治めるヴァナード王国は大陸最古の歴史を誇り、国民すべてに生活の保護と教育の権利が与えられ、大学や学術機関のレベルの高さでは群を抜いている。

歴史ある建造物や史跡が多いことでも有名で、国を挙げての保全と研究が盛んだ。

それらは観光資源としても非常に価値が高く、冬の王国の美しさは大陸随一といわれている。

一方、皇帝バルトロメウスが支配するアスガルド皇国もまた、ヴァナード王国に匹敵する歴史と版図《はんと》を持つ大国だ。いち早く蒸気機関の実用化に成功し、それにより飛躍的な発展を遂げた。国中の至る所で蒸気機関が電力を供給し、皇都エクセルベルンは日が落ちてもなお煌々《こうこう》と輝いている。

まさに不夜城、というわけだ。

しかし、蒸気機関の燃料となる石炭を掘るため、炭鉱では常に労働力を求めているが、それは過酷な労働環境、ひいては人身売買にまで発展していると聞く。

生活と教育の保障に力を入れ、貧困層をなくそうという王国とは対照的だ。

そして王国では近年、蒸気機関の開発が急ピッチで進められている。才能がある者を積極的に登用してきた皇国と違い、教育の底上げを計った王国はチームによる研究で多くの成果を挙げていた。

身寄りのない子供にとってどちらが良い国か、と問われれば、私としてはヴァナード王国を薦めたいところだが、いずれにせよ――

「遠いな」リロイは、端的に言った。「金がないんなら、当然、徒歩だろ？」

「無理かな」少年の顔に、初めて不安が浮かぶ。

「無理じゃないぞ」その不安をかき消すように、リロイの言葉は力強い。「その気になれば、どこへだって歩いて行ける」

これにスウェインの表情が明るくなったが、リロイはただし、と付け加える。

「山賊に身ぐるみ剝がれる、野生の肉食獣に食われる、〝闇の種族《ダーク・ワン》〟に殺される――そういった危険を回避できればな」

子供だから、と曖昧な返答はしない男だ。

怖がらせて意志を挫《くじ》こう、という意図がないだけに、その言葉には、ただ嗤うだけより相手の心を折る力がある。

「難しいかな」

スウェインは、呟《つぶや》いた。

利発な彼のことだ、自分でもうすうすは分かっていたに違いない。

過酷な事実を突きつけられても、その顔に落胆の色はなかった。

「簡単じゃないな」

リロイは頷《うなず》く。控えめに言ってほぼ不可能だとは思うが、私が口を差し挟む問題ではない。

「――でもさ、やってみないと分からないよね」自暴自棄とは違う、子供らしい無鉄砲さで、スウェインは言い放つ。「隊商にもぐり込むって手もあるし――」

「そうだな」

リロイは、スウェインの頭に掌を載せる。

「だがな、スウェイン。おまえ、忘れてるぞ」

なにを？　と首を傾《かし》げる少年に、リロイは笑う。

「さっき、言ったろ。子供はただ、助けて、って言えばいいんだよ」

スウェインは目を丸くして、言葉を失った。

「——俺も？」

「どう見てもおまえは子供だぞ」

頓珍漢なやりとりだが、スウェインは、囚《とら》われた女の子は子供として認識していたのに、自らはその範疇《はんちゅう》に入れてなかったらしい。

劣悪な環境は、子供として甘受できたはずの庇護《ひご》を彼から奪い取っていたのだ。

「それに」と、リロイは続ける。「〝深紅の絶望《クリムゾン・ディスペアー》〟と領主がいなくなれば、慌てて街を出なくてもいいだろ」

その言葉の意味するところがスウェインの脳に染みこむまで、わずかに時間がかかった。

彼が鈍いわけではなく、まさかそんなことをしようとする人間がいるなんて、という常識が理解を邪魔したのだ。

それが当然である。

私とて、好きこのんで理解しているわけではない。

「本気で言ってるの？」

スウェインがそう訊《き》いたのも、ごく自然なことだ。

この街のどの人間に言っても、同じ反応が返ってくるか、あるいは嗤われてお終《しま》いだろう。

すべてをめちゃくちゃにしてしまうのでは、と本気で心配しているのは、おそらく私だけだ。

「俺はいつでも、なんでも本気だぞ」

リロイの口調に、戯《おど》けた響きなど欠片《かけら》もない。

ある意味この男が一番、子供なのだ。

スウェインは、これまでの人生で出会ったことがないだろう人種を目の当たりにし、衝撃を受けている。

同時にその青い瞳に浮かぶのは、憧憬だ。

少年なら誰しも強い男に憧れるのは、まあ仕方ない。

できれば、リロイの中にある希少な美点のみを、見倣って欲しいところだ。

2

スウェインはリロイを、切り裂き通りの歓楽街へ案内する。

リロイが監禁されていたのも飲食店の立ち並ぶ地域だったが、あちらは金のない人間が馬鹿騒ぎするための場所だ。

市街地とスラム街の境界線上に広がるその一角は、もっと華やかでもっと騒がしく、淫《いん》靡《び》で享楽的であることに疑う余地はなかった。

そこかしこから聞こえてくるのは、酔った男の声と女の嬌声《きようせい》、秘密の囁《ささや》き、そして罵声だ。

殆《ほとん》ど裸に近い格好の女たちが客を呼び込み、あるいは路地裏に誘い込む。もはや人の目など気にならないのか、それとも宿代を浮かせるためか、暗がりで絡み合う男と女はすでに風景の一部と化している。

そして極めつけは、匂いだ。

食べ物と酒、香水、体臭などが混じり合い、ねっとりと肌に吸いついてくるような錯覚を覚えるほどの、濃密な臭気が漂っている。それは路地をひとつ重ねるごとに、時には腐臭であったり、汚物の臭いであったり、または血の香りだったりと、無数の臭いを絡み合わせていく。

ここの住人はきっと、嗅覚が麻痺《まひ》しているに違いない。

視覚、聴覚、嗅覚と、いずれをとっても、スウェインのような年頃の少年を連れてくるにはまったくふさわしくない場所であるが、もともと彼はこういう場所に出入りしていたわけで、周りの雰囲気にも動じる様子はなかった。雑然とした、複雑に入り組んだ迷路のような道を、スウェインは勝手知ったる様子ですいすいと進んでいく。

〝紅の淑女《スカーレット・レディ》〟は、その歓楽街の中でも特に高級、に属する一角に店を構えていた。

いかがわしいことが内部で行われている、などとは思えないほど荘厳《そうごん》で、手入れの行き届いた美しい館だ。

高い壁と、見回り役の男たちが周囲に何人も配置されていて、一見すれば、客以外の人間が入れそうにない。

スウェインは、館の近くにある路地へとリロイを導いた。

ここまでのスラム街に比べると、やはり路地とはいえ、ゴミの量が格段に減っている。寝ているのか死んでいるのか分からない人間も、倒れたりはしていない。

「ほら、ここから入れるんだ」

少年が探し当てたのは、排水路に面した外壁の、破損した部分だ。劣化し、亀裂の入った外壁に排水路の水が流れ込み、腐食している。排水溝から身を屈《かが》めていけば、リロイも通り抜けられそうだ。

応急処置的に立てかけられていた板をどけ、ふたりは館の敷地内へと侵入する。スウェインは、何度も入り込んでは少女と話をしたらしく、リロイを案内する足取りに迷いはない。

辿《たど》り着いた場所はなんの変哲もない、館の一角だ。

すでに、日は落ちている。

夜であれば、殆どの人間は、その壁に注意など払わないだろう。長く生えた草をかき分けると、地面と同じ高さに、鉄格子を嵌《は》めた小窓があった。

「シェスタ、起きてる？」

身を低くして、囁くようにスウェインが呼びかけると、確かに中で誰かが身動《みじろ》ぐ音が聞こえてきた。どうやらその地下室に明かりはないらしく、中で誰がどう動いているのかは、まったく見通せない。

「――スウェイン？」

声は確かに、少女のものだった。

その声色は儚《はかな》げで、透き通るように美しい。

「あまり頻繁《ひんぱん》に来ては、危険よ。見回りもいるんだから」

「今日は、助けを呼んできたんだ」

スウェインの少し上気した声に、闇の奥で「えっ」と小さく驚きの声が漏れた。

もしかしたら、スウェインに助けを求めたのはほんの戯《たわむ》れに過ぎず、彼女自身はそれに過大な期待はしていなかったのかもしれない。

スラム街で暮らす子供に、囚われの少女を救い出すような力がないことは誰の目にも明らかだからだ。

そして、そんな子供に力を貸すような酔狂などいないことも、また。

「助けって、どういうこと？」

明らかに、少女――シェスタの声色には、胡乱《うろん》の陰りがあった。

「誰が助けてくれるっていうの？」

「俺だ」

酔狂な我が相棒は、スウェインの傍らに膝をつき、見えない少女に向かって言った。

「君を助ける為《ため》に、スウェインに雇われた。今からそこへ行くから、待ってろ」

「あなた、何者ですか」

シェスタの声は、硬い。助ける、と言ってくれている相手に対し、疑いの念しか抱いていないようだ。

「この人はリロイって言うんだ。知ってる？　〝黒き雷光《ブラック・ライトニング》〟だよ」

取りなすように、スウェインが言った。

暗闇の中で、息を呑《の》む気配がする。

しかし、反応はない。

十数秒、沈黙が続き、スウェインは不安げな面持ちだったが、リロイは泰然と返事を待つ。

闇の中からふたたび現れた美しい声には、凜《りん》とした中にもかすかな動揺が感じられた。

「あなた、本当にあのリロイ・シュヴァルツァー？　本物の《疾風迅雷のリロイ《リロイ・ザ・ライトニングスピード》》？」

「ああ、そうだ」

わざわざ別の二つ名を出してくるということは、彼女もまた、傭兵《ようへい》リロイ・シュヴァルツァーを知っているらしい。

「本人であるという証拠は?」

「ないな」

リロイは、悪びれもなく応じる。

ギルド所属の傭兵なら、入会時に発行されるIDカードが身分を証明するが、自由契約《フリーランス》だとそういったものは存在しない。

「この人、もの凄《すご》く強いから本物だと思うよ」

スウェインが助け船を出すが、「強いだけの人なんていくらでもいるのよ?」シェスタの応えは素っ気ない。

「まあこの際、あなたが偽物だろうが騙《かた》りだろうが、どうでも良いのですが――」

いずれにせよ、彼女は我々をまったくもって信用する気がないらしい。

「スウェインは、お金を持っていません。いったいいくらでこの仕事を引き受けたのですか」

「こいつが大人になったら、酒の一杯でもおごって貰《もら》うさ」

リロイは冗談めかして言ったが、闇の中の少女はくすりとも笑わない。

「あなた、騙《だま》されてるわよ、スウェイン」

断定的に、言い切った。

「えっ……」彼女の鋭い勢いに差し込まれ、スウェインは絶句する。

「こいつを騙してなんの得があるんだよ」

リロイは苦笑いしたが、シェスタの声は真剣そのものだ。

「あら、顔のいい子は性別に関係なく需要があるものですわよ」

丁寧な口調から育ちの良さを感じさせるシェスタだったが、決して世間知らず、というわけではなさそうだ。

むしろ世間慣れしているはずのスウェインのほうが、顔を蒼《あお》くしたり赤くしたりしている。

「信用してくれ、とは言わない」

苛立《いらだ》った様子もなく、リロイの声は落ち着き払っていた。

「ただ、その部屋のドアを開けたときに出てきてくれればいい」

「――たいした自信ですこと」

闇の中で、シェスタが鼻を鳴らした。

「せいぜい、痛い目に遭わないことをお祈りいたしてますわ」

「そいつは心強いな」

彼女の皮肉に平然と応じて、リロイは立ち上がった。

明かり取りの窓は、格子が無くてもあまりに小さすぎて、少女とはいえ、人間が通れる広さではない。となると、リロイが言ったように、直接、館の内部から地下室のドアを開けるしかないだろう。

「ねぇ、ちょっと待ってよ」

さっさと歩き始めたリロイを、スウェインは慌てて追いかけてくる。彼は巨大な館を指さして、言った。

「忍び込むなら、使われてない部屋からのほうが――」

「囚《とら》われた女の子を助けるのは悪いことか、スウェイン」

リロイは、スウェインの言葉を遮って問いかけた。

もちろん少年は、首を横に振る。

リロイは満足げに頷《うなず》いた。

「正しいことをするんだから、こそこそする必要なんてない。正面から乗り込むのさ」

そのあまりに堂々とした口調に、スウェインは、頭の中では違うと感じたかも知れないが、表面上は納得したかのように首肯していた。

リロイとスウェインは、〝紅の淑女〟の正面玄関へと移動する。

「ここで待ってろ」リロイは、スウェインに言った。「あとで呼ぶから、勝手に入ってきたら駄目だぞ」

神妙な顔で了承する少年を背後に、リロイは館の正面玄関へ向かう。

「正面切って乗り込むのはまあ、いつものことだが」

やる気満々のところに水を差すようで悪いが、私は相棒として釘《くぎ》を刺しておかなくてはならない。

「助けたあと、あの少女をどうするつもりだ」

スウェインの証言から鑑みると攫《さら》われてきた可能性が濃厚だが、貧困を理由に親が子供を売り払う場合もある。後者だとしたら、この場から救い出して親元に送り届けたとしても、迷惑がられるだけではないか。

リロイは私の指摘を黙って聞いていたが、〝紅の淑女〟の豪華な建築物を見上げて、呟《つぶや》いた。

「家に帰りたいって言うなら、連れて帰ってやるさ。誰がなんと言おうともな」

相変わらず、他人の諸事情などまったく考慮しない発言である。

傍迷惑《はためいわく》な存在であることは確かだが、しかしひとつ擁護するならば、リロイは常に、はっきりとしているだけだ。

誰の立場に立つか、ということを。

だから私は苦言を呈することはあっても、止めようとしないのかも知れない。

どのみち私が止めたとしても、この男の歩みを止めることは至難の業だが。

「ただ、娼婦《しょうふ》にするために攫われてきたとは思えないんだよな」

娼館《しょうかん》にとって娼婦は、商品だ。それをどう扱うかの厳格なルールなどないが、無下に扱うのは底辺の店だけであり、〝紅の淑女〟のような高級店は金を生む商品として丁重に扱うものだ、とリロイは言った。

「あんな灯《あか》りもない地下室に閉じ込めるなんて、普通は三流以下のやり方だ」

「三流以下なのでは？」

見た目は煌《きら》びやかでも中身が分からないのは、人間と同じではないのか――私の意見に、リロイは口の端を邪悪に歪《ゆが》めた。

そして、堂々たる足取りで進む。

扉の左右に並び立つのは、黒服の男たちだ。スーツの下に筋骨隆々の肉体が隠れていることは一目瞭然である。ふたりともリロイ並みに上背があり、筋肉も太い。この危険な場所で門番を務めるのだから、腕も立つ、と考えたほうがいいだろう。

リロイが近づいていくと、右側に立っていた、頬に傷のある男が自然な動きで扉の前に立ちはだかった。

「紹介状を」

丁寧だが、威圧感のある声色だ。招待状を出さねばどうなるか、わざわざ言葉にしなくとも伝わってくる。

そして当然、リロイは紹介状など持っていない。

では、どうするか。

「ない」

相棒は堂々と言い放った。

「そもそも、囚われた女の子を助け出すのに、そんなものが必要あるか?」

「なに言ってんだ、こいつ」

頬傷の男は怪訝《けげん》な顔でリロイを指さしながら、左側に立っていた同僚――色黒の男を見やる。

彼は「ただの阿呆《あほう》だろ」と嘲笑を浮かべ、野良犬でも追い払うように手を振った。「紹介状がないなら、回れ右して帰れ。痛い目を見たくなければな」よほど自分の腕っ節に自信があるのか、それともこれが地なのか、挑発的な仕草だ。

頬傷の男もまた、小馬鹿にしたような顔で、「ほら、仕事の邪魔だ。とっとと家に帰って自分で慰めてろ」と、にやにや嗤《わら》っている。

——私には、これが不思議でならない。

リロイの上背は百八十を超え、鍛え上げられた肉体は服の上からでも一目瞭然だ。眼光も鋭く、武装もしていて、与《くみ》し易《やす》いようには見えない。

スウェインを痛めつけていた金貸しの男たちも、そうだ。あえて刺激したくなる相手には到底、思えないはずだが、なぜか彼らはそうせずにはいられないように手を出してくる。

なぜだろうか。

私は、あの少女——リリーの言《げん》が一番、正解に近いと考えている。

危険だと分かっていてさえ、なぜかそれを忘れてしまうのだ。

忘れて、普通の男のように接してしまう。

私はこれを、一種の擬態だと考えている。

しかも、極めて剣呑《けんのん》な擬態だ。

男たちの罵倒を黙って聞いていたリロイを見て、頬傷の男は、その擬態を見破れぬまま、自らが捕食者だとばかりに歯を剝《む》いた。

「さっさと消えろって言ったんだよ」

その太い腕で、リロイの肩を思い切り押し込んだ。

そこで初めて、男の顔に不審の色が浮かぶ。

いつもならそれで、相手が転倒するかよろめくかしていたのだろうが、リロイがびくともしなかったからだ。

「なんだ」

リロイが、拍子抜けしたような顔で言った。

「痛い目、ってのはこれのことか？」

この言葉で、頬傷と色黒の男、ふたりの顔から笑みが消えた。

この手の人種は、舐《な》められることを極端に嫌う。

それをよく分かっているリロイは、さらに続けた。

「なんなら、本当に痛い目ってのを教えてやろうか？」

案の定、笑みの消えた男たちの顔に、まったく別の表情が浮かび上がった。

凶暴な殺意だ。

「調子に乗ってんじゃねぇぞ、喪服野郎」頬傷の男は声に凄みを利かせながら、リロイの胸ぐらを摑《つか》む。激しい怒りとともに、その目には、暴力への愉悦が瞬《またた》いていた。

だが、そのまま崩れ落ちる。

彼は、聞いただろうか。

肉を打つ、重い響きを。

「喪服には死人が必要だな」足下に蹲《うずくま》り吐血する男へ、リロイは冷酷な笑みを向けた。順序が逆だ、と私なら言うだろうが、頬傷の男には届いていないだろう。

そして色黒の男は、ようやく、目の前の男が何者か理解したらしい。相貌を覆っていた獰猛《どうもう》さが、剥がれ落ち始めた。

だが、猛獣の間合いでその危険性を悟ったところでなんの意味があるだろうか。

色黒の男は脇腹にリロイの膝を受け、声もなく豪奢《ごうしゃ》なドアに激突した。ドアに使用されている木材を粉砕しながら、男の身体《からだ》が館の中に転がり込む。膝の打撃は彼の内臓を圧壊《あっかい》し、ドアとの衝突がその骨を砕いていた。呻《うめ》き声すらなく、エントランスホールに倒れたまま動かない。

ホールには従業員と客たちが大勢いたが、突然の騒ぎに声を失っていた。それぞれが固まったまま、悠然と入ってくる黒い男を凝視している。

「邪魔するぞ」リロイが彼ら彼女らを一瞥《いちべつ》すると、身なりのいい男たちは慌てて店から飛び出していき、煌《きら》びやかな衣装を着た女たちはそそくさと店の奥へと消えていった。

そしてそれと入れ替わるように、武装した黒服の男たちがホールに続々と集結する。リロイの背後、壊れたドアからも、店の周囲を見回りしていた男たちが飛び込んできた。

十数人に囲まれても、リロイは平然としている。同じ数の〝闇の種族《ダーク・ワン》〟に囲まれても怯《ひる》まないリロイからすれば、こんなものは危機的状況には値しない。

　黒に囲まれた黒ずくめの我が相棒は、彼らを見渡し、口を開いた。

「地下室に閉じ込められてる女の子を助けに来ただけだ」

　一方的に、告げる。

「端っこで震えてるか、痛みで震えるか、好きなほうを選べ」

　火に油を注ぐとは、まさにこのことだ。〝紅の淑女《スカーレット・レディ》〟の黒服たちは、口々に悪態や罵倒を吐き捨てる。

　その手に握られているのはいずれも、打撃に適した得物だ。外回りの下っ端が使っていたのとは違う理由——店の中を、不要な血液で汚さないためだろう。

　だが、そんな心配は不要になる。

　五分と、かからない。

　彼らは全員、血の海に沈んでいた。呻き声が、足下を漂っている。

　ホールからは二階と地下へ続く階段、そして奥に延びた廊下があるが、向かうべき場所は明白だ。

　静寂が、邪魔する者がもういないことを告げている。

　しかしなぜか、リロイは身をひるがえした。赤い靴跡を残しながら、ドアが破壊された入り口へと戻り始める。

「あら」

その足を止めさせたのは、女の声だった。

振り返るリロイの顔には、わずかに驚愕《きょうがく》の色がある。

ホールに突如として現れた彼女は、黒服たちが全滅している光景を見ても顔色ひとつ変えなかった。他の女たちが肌を露出させたドレスや宝石などで着飾っていたのに対し、地味なパンツスーツ姿だが、その隙のない立ち姿は別の意味で美しい。

気配も音もなく現れた彼女を、私は知っている。

屋根を踏み抜いた先にいた、あの下着姿の女だ。

彼女はゆっくりと近づいてきながら、リロイを興味深げに観察している。

ヴァイデンと〝深紅の絶望《クリムゾン・ディスペアー》〟、そして〝紅の淑女〟の関係を彼女が知っていれば、そんな場所で狼藉《ろうぜき》を働いた男が何者か、興味を覚えてもおかしくはない。

「あんた、ここの人間か」

リロイの問いかけに、女は首を横に振った。それを予期していたのか、リロイは「だろうな」と口の中で呟く。それを聞き咎《とが》めたわけではないかもしれないが、彼女は立ち止まると、不思議そうに「どうしてそう思ったの」と首を傾《かし》げた。

「歩く姿を見ただけでも分かる」

リロイは言った。

「身体の使い方が特殊だな。人間というよりも、どちらかといえば獣に近い」

それは初対面の女性に対して甚《はなは》だ礼儀を失する言葉だったが、なぜだか彼女は、唇の端を少し吊《つ》り上げる。

「そういうあなたは、何者なの？　全身黒ずくめだなんて、〝黒き雷光《ブラック・ライトニング》〟気取り？」

「気取るもなにも――」本人だ、と言いかけてリロイは言葉を切った。今更こんなところで自己紹介も馬鹿らしい、とでも考えたのだろう。

だが彼女の耳は、そのわずかなためらいの意味をも聞き取っていた。「もしかして本物？」彼女は、累々《るいるい》と横たわる男たちを横目にして、思案するかのように顎へ指先を当てる。それはただ単にリロイが本物かどうかを見極めようというよりも、本物ならどうするか、を考えているようでもあった。

リロイは無言で、肩を竦《すく》める。そして、関係者でないなら用はないとばかりにふたたび、踵《きびす》を返した。

「――本物なら嬉《うれ》しいわね」

背中に当たった女の声は、剣呑な響きを持っていた。

リロイを、振り返らせるほどに。

だがその眼前に差し出されたのは、掌《てのひら》に収まるほどのカード――名刺だ。蹴りか拳でも飛んでくる、と思っていたリロイは、虚を突かれたような顔でそれを受け取っていた。

「――ヴァルハラ？」

名刺に目を落としたリロイは、眉根を寄せる。

ヴァルハラ、といえば、大陸では銃の製造工程を独占しているドヴェルグ社と並んで、最も有名な企業のひとつだ。

大陸各地に支社を置き、蒸気機関に関する製品や技術などを中心に、人材派遣や不動産、建設業などを取り扱っている。中央のヴァナード王国とアスガルド皇国、そして北のアルヴヘイム共和国に跨《また》がる鉄道網を敷き、いまもなお拡大させていることでも有名だ。

「あんた、会社員か」まるで、それがそぐわない、とでも思っているようなリロイの口調に、今度は彼女が肩を竦める。

名刺には会社名と彼女の名前しか記入されておらず、役職などは不明だ。

「それより、あなたは本当に本物？」彼女——カレン・ディアマントは、探るような眼差《まなざ》しでリロイを上から下まで具《つぶさ》に観察している。彼女にもリロイ並みの洞察力があれば、自《おの》ずと理解できるはずだ。

「本物なら、ずっと試したいことがあったのよ。個人的に」カレンの双眸《そうぼう》が、炯々《けいけい》と輝き出す。舌先が、鋭く尖《とが》った犬歯を舐めた。わざわざ個人的に、と付け加えるとは妙だが、彼女の全身から漂うただならぬ空気がその小さな疑念を呑《の》み込んでいく。

「それは楽しいことか？」鼻を鳴らすリロイは、言葉尻だけを捉えればよからぬ想像をしているかのようだが、その実、全身に緊張を漲《みなぎ》らせていた。一瞬で最高速度へ達するために筋肉が引き絞られ、そしてその機を逃さぬ為《ため》に、脳が超高速処理に向けて稼働し始める。いつもはその大半が機能を停止しているようなこの男の頭も、この時ばかりは、高性能なコンピュータを凌《しの》ぐ演算能力を得るのだ。

カレンは、わずかに姿勢を低くしながら、言った。「きっと楽しいわよ」その宣言どおり、唇の両端が吊り上がる。

「わたしとあなた、どちらがより速いか――興味ない？」

そして、彼女の姿が視界から消失した。

3

一歩目でトップスピードに乗った彼女の動きは、おそらく普通の人間の目では捉えることはできないだろう。

私のセンサーですら、彼女の存在をロストしていた。

リロイは、反応する。

前進し、左斜め方向へ迎撃の蹴りを放った。

それが空を切ったかと思った瞬間、激しくスピンするカレンがリロイの頭上に出現する。

轟《ごう》、と風が唸《うな》った。

回転の力を加えた蹴りが、振り下ろされる。

まさに完璧なタイミングだ。

だからこそ、必中の一撃に手応えがなかった瞬間、カレンの顔には愕然《がくぜん》とした表情が浮かび、刹那の隙が生じた。

リロイはすでに、彼女の死角へ滑り込んでいる。そして、着地するカレンの足下へ鋭い足払いが飛んだ。足首を痛打されたカレンの身体は、ぐるりと円を描いて肩口から床に激突する。肩の骨が砕けるか脱臼してもおかしくない勢いだったが、彼女はほぼ間を置かずに跳ね起きた。

リロイはすでに、拳を撃ち込んでいる。

〝闇の種族〟を撲殺する拳だ。

人間の身体など容易に破壊してしまう凶器であることは、エントランスホールに横たわる男たちの惨状が証明している。

それを知ってか知らずか、カレンはリロイの拳を防御せず、見事なフットワークで避け続けた。彼女の耳が並外れて優れていることは知っていたが、どうやら動体視力と反射神経も桁外れらしい。

リロイの右拳をダッキングで躱《かわ》した直後、左の追撃をバックステップで回避し、そこから飛び込みざまに蹴りを放つ。リロイは振り切っていた左拳を引き戻し、脇腹を狙う一撃を咄嗟《とっさ》に受け止めた。

動きが止まった瞬間は反撃の好機だが、彼女の蹴りは予想外に重い。左手の筋肉が撓《たわ》み、骨が軋《きし》んだ。

カレンは素早く蹴り足を引くと、素早いステップで半円移動し、痛めた、と判断したリロイの左手側から爪先をねじ込んでくる。

意表を突かれたのは、今度は彼女のほうだった。

リロイがためらうことなく左手で、彼女の爪先を捌《さば》いたのだ。水平に打ち込まれた爪先に対し、左手を振り上げるようにして彼女の脹《ふく》ら脛《はぎ》を打ち据える。蹴り足を撥《は》ね上げられたカレンは大きくバランスを崩し、仰《の》け反《ぞ》るような形で宙に舞った。

そこに肩から、リロイが突っ込んでいく。

背中に体当たりを喰らったカレンは、錐揉《きりも》みしながら吹き飛び――

空中で器用に体勢を整えると、両手両足を使ってふわりとエントランスホールの壁に着地した。獲物を見定めるかの如《ごと》くリロイに向けられた双眸が、煌《きら》めく。

そして間髪を容れず、壁を蹴って跳躍した。

衝撃で壁に亀裂が走り、ホールに重い響きがこだまする。いったいどれほどの脚力なのか、彼女の身体はまさしく弾丸のようにリロイへと飛来した。受けるか、躱《かわ》すかを判断する時間はほとんど無いに等しいタイミングだったが、リロイは地を這《は》うようにして横っ飛びに身を投げ出す。カレンがすぐ側《そば》を通過した風圧を感じながら回転し、起き上がり、振り返ったリロイが目にしたのは、ほぼ眼前に迫った彼女の赤褐色の瞳だった。

壁からリロイへと跳躍したカレンは、リロイに躱されたあと、着地と同時にふたたび床を蹴り、間合いを詰めていたのだ。

やはり、驚嘆すべきスピードといえる。

リロイのふところ深くに踏み込んできたカレンは、鋭い動きで拳を打ち込んできた。それをヘッドスリップで避《さ》けつつ、リロイは彼女の腹部に一撃を叩《たた》き込む。絶妙のタイミングだったはずの拳は空を切り、同時にリロイは、その腕を引き戻し後ろへ肘を叩きつけていた。

今の今まで目の前にいたカレンが、リロイの背後でその肘を掌で受け止める。

彼女は、受け止めたリロイの肘を手首の返しで振り払いつつ、半身になりながらリロイの膝裏に蹴りを叩き込んだ。さしものリロイも膝を折り、しかしすぐさま、その体勢からカレンの脇腹へ回し蹴りを放つ。

彼女はそれを躱すために体勢を大きく崩したが、無理に体勢を立て直そうとせず、そのまま床に倒れ込んだ。

勢いを殺さずに後ろへ転がっていき、十分に距離を取ってから飛び起きる。

「――さすが、速いわね」カレンは、薄く笑う。確信の、笑みだ。自分の目の前にいる男が騙《かた》りではない、と喜んでいる。

私はといえば、ただただ驚いていた。彼女の身体能力がずば抜けていることは最初の邂《かい》逅《こう》でわかってはいたが、これは想像以上だ。リロイに匹敵するスピードの人間などそうそうお目にかかることはないのだが、その上、技量もある。高ランクの傭《よう》兵《へい》に勝るとも劣らない戦闘技術、といっても決して過言ではなかった。

「だとしたら、リロイ・シュヴァルツァー」カレンは、喜色の中に怪訝《けげん》さを流し入れた。「あなたは、こんなところでなにをしているの？」もしも遊びに来た、というのなら、用心棒たちを血祭りに上げる理由がない。

「攫《さら》われた子供を助けに来た」リロイの口調は、遊びに来た、と答えるのと変わらない。

カレンの表情が一瞬、険しくなるが、すぐに困惑へと変わった。冗談なのか本気なのか、咄嗟に判断をつけかねたのだろう。

「——おまえもしかして、拉致に一枚噛《か》んでるんじゃないだろうな」

その逡巡《しゅんじゅん》の隙を突いて——というほどリロイは心理戦が得意ではないが、状況から判断して何気なく放ったその言葉が、彼女をわずかに狼狽《ろうばい》させた。

リロイは、その隙を見逃さない。エントランスホールの中央にある受付に向かって、疾走する。そこを飾るのは、天鵞絨《ビロード》だ。リロイは駆け抜けざまに、壁を彩っていた天鵞絨を毟《むし》り取る。

その瞬間、カレンはこちらの意図を悟ったかもしれないが、タイミングは完全にリロイのものだった。

それでも逃げるのではなく攻撃に転じたのは、なんらかの策があったというよりは彼女の性格だろう。

リロイは向かってくるカレンに対し、天鵞絨を大きく広げて宙に放った。その瞬間、お互いに相手の姿が視界から消える。相手の位置を捉えるのは、足音と空気の流れ、そして経験による予測だ。

カレンはおそらく、いずれかの方向に回り込み、リロイの側面から背後にかけての位置を取ろうとするだろう。

普通は、そうだ。

しかし我が相棒は、加速して正面から突っ込んでいく。軌道を変えようとしていたカレンは、ほんの少しだけだが、速度が落ちていた。選択した行動によって生じたスピードの増減――リロイが天鵞絨越しにカレンの腕を摑《つか》んだとき、まだ彼女の位置はリロイの正面だった。

カレンの驚愕《きょうがく》が、微《かす》かに漏れる吐息からも伝わってくる。

だが、動きの停滞はない。すぐさま、捕縛された腕を軸にして身体《からだ》を回転させ、リロイの指をもぎ取ろうとした。しかしながらリロイも、摑んだカレンの腕、その筋肉の動きから、彼女の行動を読んでいる。

彼女が回転するのとほぼ同時に、自ら指を離した。そして代わりに、天鵞絨を摑んでねじり上げる。

布は瞬く間に強靱《きょうじん》なロープとなり、宙に浮いた状態のカレンへと襲いかかった。足場のない空中では、いかに身体能力が高くても避けきれない。

天鵞絨製の紐《ひも》は彼女を打ち据えるのではなく、その身体を絡め取った。

手足を拘束されたカレンは、受け身も取れずに床へ落下する。

唸るような声は、落下の衝撃に因るものというより、無力化されたことへの憤りか。

リロイは彼女へ不用意に近づいたりはせず、距離を保ったまま、床上のカレンを見下ろした。

「で、どうなんだ」

「なにがよ」

不服そうな顔で、カレンはリロイを睨《にら》むように見上げる。

「拉致に関わったのか？」詰問、というほどの語気ではなかった。だが、問われたほうはそうではない。

「ふざけないで。噛み殺すわよ」

声こそ荒《あら》らげなかったが、猫のような瞳が虎のように険しくなった。彼女にとって、その疑惑は侮辱に等しいものだったのだろう。

「そうか。悪かったな」

それが嘘《うそ》の感情ではない、とリロイは判断したらしく、素直に謝った。

だが、謝罪は、疑ったことのみに対してだ。

天鵞絨の紐で雁字《がんじ》搦《がら》めになったカレンを解放しようとはせず、踵《きびす》を返した。「ちょっと待ちなさいよ」カレンの抗議が背中に当たる。

リロイがまたしても足を止めたのは、しかし彼女に反応したからではない。

面倒くさそうに息を吐き、振り返った。

「随分と乱暴なお客様のようね」

ホールから二階に続く階段の上に、女が佇《たたず》んでいた。豪奢《ごうしゃ》なドレスは胸元を強調し、スリットからは美しい足をこれ見よがしに覗《のぞ》かせている。三十代後半と思われるその美女は、血の海に横たわる黒服たちをブラウンの双眸《そうぼう》で見下ろし、手すりに這わせていた指先を二回、三回と妖しく蠢《うごめ》かせた。

「当館になにか不手際でも?」問いかける眼差《まなざ》しは、妖艶だが鋭い。これほどの被害を受けてもなお、取り乱したりしないのはさすが、というべきか。

「あんたがここの主人か」リロイが確認すると、彼女は微笑《ほほえ》んだ。美しさに貫禄《かんろく》があるならば、こういうことだろう。

「ジェルベーズよ。〝紅の淑女《スカーレット・レディ》〟を取り仕切らせてもらってるわ」名乗るだけで、誘うような声色だ。

「なら、知ってるな。シェスタを解放しろ」リロイは彼女の美貌に動じることなく、単刀直入に切り込んだ。

「なんの話かしら、〝黒き雷光《ブラック・ライトニング》〟」

ジェルベーズはこれを受け、真っ向から切り返してきた。こちらが何者か、先刻承知らしい。

承知していてこの余裕とは、見かけとは裏腹に剛胆なことだ。

彼女は肩に掛かる豊かな黒髪を優美な仕草で払いつつ、階段をゆったりと降りてくる。

「そんなことより、我が館のサービスはいかがかしら」

カレンの動きが野性味あふれる美しさだとすれば、ジェルベーズのそれは男の劣情を誘う、計算し尽くされた所作《しよさ》だ。

「きっと、満足していただけると思うわ」

「——わかった」リロイは頷《うなず》くと、冷たい眼差しで館の主人を貫いた。「勝手に連れて行かせてもらう」

そして警告するかのように、ジェルベーズに指先を突きつける。

「黒服にも言ったが——そのまま二階へ戻るか、ここで悲鳴を上げるか、好きなほうを選べ」

ジェルベーズは、艶然と目を細めた。

「悲鳴を上げるのは、誰かしらね」

リロイの足下で、鋭い音が弾《はじ》ける。衝撃波が全身を打ち、鼻腔《びこう》を空気の灼《や》ける臭いが刺激した。

彼女の手には、革製の鞭《むち》が握られている。達人が振るう鞭は時として先端の速度が音速を超えるとも言われるが、彼女のそれは間違いなく音の壁を超えていた。「わたしの鞭は、あなたより確実に速いわよ」ジェルベーズの声にも、自信のほどが現れている。「試してみる?」

この蠱《こ》惑的《わくてき》な挑発に、リロイは顔を顰《しか》めた。

「結果が分かってるのに、誰がわざわざ試すんだよ」

ジェルベーズの背後で、リロイはうんざりしたように言った。

彼女は、振り返ることすらできない。

リロイの移動によって生じた烈風が、彼女の美しい髪を激しくかき乱した。

骨の砕ける音を、悲鳴がかき消す。

ジェルベーズが鞭を握っていた手を背後から一撃で破壊し、リロイは鞭を素早く奪い取っていた。それを彼女の首に巻き、膝で背中を固定して手前に引き寄せる。首を絞められて海老《えび》ぞりになったジェルベーズは、その美しい顔を苦悶《くもん》に歪《ゆが》めた。

「おまえ、俺の大嫌いな連中の臭いがするな」

彼女の身体から漂う高級な香水の奥に、リロイはいったい、なにを感じ取ったのか。容赦なくジェルベーズの気道を圧迫しながら、彼女の耳元に囁《ささや》く。

「チャンスをやる。シェスタをどんな理由でどこから攫《さら》ったのか話せば、腕だけで勘弁してやろう」そして話せるように、彼女の細い首を縛っていた鞭を緩める。ジェルベーズは激しく咳《せ》き込みながら、身をよじった。

その左手が、閃《ひらめ》く。

太腿《ふともも》のガーターベルトに隠し持っていた、細身の短剣だ。

引き抜く動作はなめらかで、切りつける軌跡も美しい。

リロイは無造作、ともいえる動きで、手刀を撃ち込んだ。

その一打でジェルベーズの短剣を持つ手首がへし折れ、細い刃は床で跳ねて滑っていく。

同時に、鞭を絞めるリロイの腕に力がこもった。彼女の喉で、呻《うめ》き声が押し潰される。

「往生際が悪いのは嫌いじゃない」

リロイは、冷酷な笑みを浮かべる。

「だが残念ながら、俺はおまえらが大嫌いなんだ。言動には気をつけろ」

気道と頸動脈《けいどうみやく》が完全に塞がれ、ジェルベーズは激しく痙攣《けいれん》していた。果たしてリロイの言葉が正確に脳へ伝わっていたかは怪しいが、次に鞭を緩めたとき、少なくとも彼女は、呼吸するのが精一杯で抵抗する気配はない。

ようやく話せるようになると、ジェルベーズは息も絶え絶えに言った。

「生きてこの街を出られないわよ」

そしてそれが、最期の言葉になる。

鞭が、頸骨《けいこつ》を破壊する勢いで彼女の首に食い込んだ。一瞬で喉が潰れ、断末魔の声すら出すことができない。

「気をつけろ、って言ったぞ」

絶命した美女を、リロイは惜しむ様子もなく投げ捨てる。

すると、落胆と悲嘆の混ざり合った呻き声が、リロイの足下から這《は》い上がってきた。

「なんてことしてくれたのよ」

カレンだった。

彼女の瞳が、赫怒《かくど》に揺れていた。

「わたしがここに出入りを許されるまで、どれだけかかったと思ってるの!?」憤激に、彼女の髪が逆立って見えた。敵意や殺意には慣れていても、怒られる、あるいは叱られる、という体験の少ないリロイは、困ったように頭を掻《か》く。

「そういうことは先に言えよ」

「言ったら殺さなかった!?」

激しい剣幕のカレンに、リロイは小さく肩を竦《すく》めた。

「いいや」

「――でしょうね」

彼女は疲れ切ったように持ち上げていた頭を落とし、深々と溜息《ためいき》をついた。そしてぶつぶつと口の中で悪態をついていたが、リロイがまた踵を返すより先に、「まあ、いいわ」と諦めの呟《つぶや》きを漏らした。

「とりあえず、これ解いてよ」

もう襲ったりしないから、とカレンは続ける。

そしてこのままここに放置されるとあらぬ嫌疑をかけられ、会社に迷惑がかかる可能性があるので、それは避けたいのだ、と彼女は主張した。

リロイは、胡乱《うろん》な眼差しでカレンを見下ろしている。

いきなり襲ってきた女に信用しろ、と言われて、はいわかりました、と頷けるものではない。彼女もそこは理解しているのか、真摯な表情の中に苦いものが混じっていた。

私個人としては、彼女は悪い人間だとは思わないが、果たしてリロイはどう判断するか。

「目的はなんだ」

質問は至ってシンプルだ。

カレンの顔を、逡巡《しゅんじゅん》の影が過《よ》ぎる。

なにを考えたのかは計り知れないが、次に浮かんだ表情は、束縛から解放されるための打算ではなかった。

「この娼館《しょうかん》を通じて、〝深紅の絶望《クリムゾン・ディスペアー》〟に接触することよ」

この言葉に、私はなるほど、と納得する。リロイも理解したのか、「だから俺に襲いかかったのか」と呟く。

侵入者を撃退し、点数稼ぎでも、と考えたのだろう。彼女は素直に頷きながら、「それだけでもないんだけど」と口の中だけで呟く。

その言葉を聞き逃さなかったリロイは、頬を歪めた。

「もしかして、本気でどっちが速いか試したかったのか。そこの女みたいに」

リロイは、絶息したジェルベーズを指さした。口調には、馬鹿にしたような響きがある。

カレンの目に、鋭さが甦《よみがえ》った。「――悪い？」

「別に悪くはないが」

呆《あき》れたように、リロイは言った。

「駆けっこの一等賞が欲しかったのか？　子供じゃあるまいし」

カレンは怒りに顔を少し赤らめたが、なにも言い返さずに顔を背けた。

リロイの言っていることに、間違いはない。

だが、なぜだろう。

この男が大人ぶって正論を口にするさまが、どうしようもないほどに腹立たしい。

「まあ確かに、敵意や殺意はなかったな」

リロイは納得したように、剣を鞘《さや》から引き抜いた。

「あったらどうだったの？」

好奇心か、カレンがそう尋ねると、リロイは引き抜いた剣の切っ先でジェルベーズを指した。

普通なら顔が強《こわ》ばるところだが、彼女は勝ち気な微笑を浮かべる。

自由の身になったカレンは、ジェルベーズのように無駄な反撃をすることなくしなやかな動きで立ち上がった。

それを油断なく確認しながら、リロイは剣を鞘に収める。

「〝深紅の絶望〟と接触するのは、なにが狙いなんだ」

「企業秘密」

カレンは即答したあと、肩を竦めた。

「と言いたいところだけど、正直、知らないわ。わたしの仕事は渡りをつけるまでだから」そして、その話はこれで終わり、とばかりに話を変える。「それで、そのシェスタって娘《こ》の場所は分かってるの？」

「地下だ」リロイはそう言って、地下へ続く階段に背を向けた。カレンは戸惑いながら、

「地下――じゃないの？」と怪訝《けげん》な顔だ。

「囚《とら》われのお姫様を助け出すのは、王子様の役目だろ」

振り返りもしないリロイに、「は？」と間の抜けた声だけが届く。

「厄介な話になってきたな」

エントランスホールから外へ出て行くリロイへ、私は言った。

「ヴァルハラといえば表向きはただの民間企業だが、裏ではいろいろ非合法なことにも手を出していると聞く。さすがに、ヴァイデンと〝深紅の絶望〟にくわえて相手にするのは無茶だと思うがな」

「思わないな」

案の定、その声に不安や怯懦《きょうだ》は一切、存在しない。

この男ひとりならば、それでいいだろう。

「おまえはすでにスウェインを保護し、今からそれがもうひとり増える。それを忘れるな」

「忘れちゃいないけどな」

リロイは腰に差した剣の鍔《つば》元を掌《てのひら》で叩《たた》き、にやりと笑った。

「俺とおまえで、できないと本気で思うのか」

「――だから、おまえが暴走しなければ、と言っている」

この男は時々、こちらの苦言を無視するでなく、焚《た》きつけて我を通そうとするからたちが悪い。

そしてそれを許してしまうのは、私の甘さだ。

「私のフォローにも限界があることを、ちゃんと理解しろ」

自戒を込めた私の言葉は、しかしながら、リロイには本来の意図が伝わらない。

「大丈夫だ」根拠もなく自信満々に、我が相棒は言い放つ。「限界が見えてきたら、全力で無視しろ。気づいたら通り過ぎてるぞ」

「そんなわけあるか」

通り過ぎてくれないから、限界と言うのだ。

馬鹿という概念を人型に形成してイカスミでも流し込めば、この男が出来上がるに違いない。

さらに忠言を重ねるべきか、とも考えたが、これ以上イカスミになにを言っても無駄だろう。だから私は、「彼女は、数少ない味方になってくれる人物かもしれないぞ」とだけ言っておいた。

「そんなに器用な立ち回りを、俺に要求するなよ」

リロイは、苦笑いする。

自分がなんでもできる、と自惚《うぬぼ》れないだけ、まだマシか。

壊れたドアから外に出たリロイは、こちらの様子をうかがっていたスウェインを手招きした。

大きな荷物を背負ったままだったスウェインは、多少覚束《おぼつか》ない足取りで、それでも息急《せ》き切って駆け寄ってくる。

「もう終わったの？」

「ドアを開けるのはおまえの役だ」

ふたりがホールの奥へ向かうと、カレンがまだそこで待っていた。

大荷物を背負った少年を見て彼女は眉根を寄せたが、すぐに気がついたようだ。

声に出したのは、スウェインが先だ。

「下着の人」

思わず口走ったであろうその言葉に、珍しくリロイが眉をひそめた。

「おまえ、子供になにしたんだ」

「するわけないでしょ」

カレンはリロイを睨《にら》みつけてから、スウェインの前に膝をついた。

「怪我《けが》してるわね」スウェインに向ける彼女の声は柔らかく、優しい。「彼はどうしたの？」

スウェインは、首を横に振った。

「どこにいるかはわかんないけど、リロイの相棒なんだって」

「――なるほど」

その事実を知ってしまったカレンの声には、不吉な響きがあった。

スウェインの怪我の具合と治療について確認したあと、彼女はリロイに向き直る。

「おまえら、知り合いだったのか」リロイが訊《き》くと同時に、それに重ねるようにして「彼、あなたの相棒だったのね」とカレンが言い放つ。

「彼ってどいつのことだ」

「ひらひらした変な格好の、浮き世離れしたちょっと失礼な彼のことよ」

リロイの喉が、変な音を立てる。

笑いを押し殺したからだろう。

笑いたいなら笑えばよかろうに。

所詮、彼女も、時代の流れには逆らえない存在だったというだけのことだ。

「彼、わたしが借りてる部屋の天井を突き破ったのよ」笑いを堪《こら》えているリロイを、瞼《まぶた》を半分下ろした剣呑《けんのん》な目つきで見やりながら、カレンは言った。

「相棒だったら、代わりに弁償してくれるかしら」

「ははは、断る」

リロイは、即答する。

さすがに、これほど朗らかに否定されるとは予想だにしていなかったのか、カレンは二の句が継げなくなった。

「は――」

開きっぱなしだった口から、脱力したような吐息が漏れる。当然、怒りが込み上げてくるべき場面だが、彼女はそれを無理矢理、抑え込んだように見えた。

状況を鑑《かんが》みたのか、あるいはリロイの馬鹿さ加減に呆れたか。

おそらくは後者だろう。

「――相棒のフォローをしようとか思わないの？」

まるで、子供の悪戯《いたずら》を咎《とが》めるような口調だった。

黒ずくめの子供は、なぜか得意げに鼻を鳴らす。

「フォローにも限界ってもんがあるからな」

全力で無視するんじゃなかったのか、おまえは。

器用な立ち回りは出来ない、と言っていたが、これは器用不器用以前の問題だ。

「あなたね……」一旦は収まりかけていた怒りの火種が、カレンの裡《うち》で燻《くすぶ》り始める。

着火寸前でそれを消し止めたのは、焦燥《しょうそう》したスウェインの声だった。

「ねえ、喧嘩《けんか》してる場合じゃないよ」

それは至極まっとうな意見だったので、飛び出しかけていた罵倒をカレンはなんとか呑《の》み込んだ。

「そうだな、急ごう」

いけしゃあしゃあと言って地下への階段に向かう黒い背中を、彼女の視線が射貫《いぬ》いていた。

地下への階段は、薄暗い。

地上部分には電気による灯《あか》りが供給されているが、階段とその先を照らすのは壁に設置された蠟燭《ろうそく》だ。

地上部分だけとはいえ、電気が使えるのは辺境地域、それもスラム街ともなれば異例中の異例である。

中央の二大大国アスガルド皇国やヴァナード王国、あるいは北のアルヴヘイム共和国などとは違い、西や南の辺境地域では、灯りといえば蠟燭かランプが主流だ。

辺境とはいえ、ヴァイデンぐらいの大都市になると、さすがに全域とはいかないが、公的機関や高級ホテル、傭兵《ようへい》ギルド等の重要施設に限って送電されている。〝紅の淑女《スカーレット・レディ》〟が重要か、となると異論は多いだろうが、それは領主と〝深紅の絶望〟との癒着に信憑性《しんぴょうせい》を持たせる事例ではあろう。

階下は左右に通路が延び、装飾のないシンプルなドアが並んでいた。

「どの部屋か分かるか」

「こっちだよ」

先ほどシェスタと話した場所と館の構造を脳内で照らし合わせれば、彼女が閉じ込められている場所は概《おおむ》ね推測できる。

わざわざスウェインに確認したのは、わずかなりとも彼にシェスタ救出の一端を担わせようという配慮だろう。

どうして、その気遣いが――いや、やめておこう。

スウェインが辿《たど》り着いたのは、通路の一番奥まった場所にあるドアの前だ。

ドアノブを一応、回してはみるが、やはり鍵がかかっている。

「鍵開けならできるわよ」カレンがスーツの内ポケットからなにかを取り出そうとしたが、

「こっちのほうが早い」リロイがいきなり、ドアノブ付近に靴底を叩きつける。ただの一撃でドアノブは陥没し、鍵は粉砕される。木材と金属片が、薄闇の中に舞い散った。本来ならドアを吹っ飛ばすこともできただろうが、中にいるシェスタを考慮して手加減したのだろう。

この男にしたら、上出来だ。

衝撃で傾いたドアを押すと、軋《きし》みながらゆっくりと開いていく。

リロイは、スウェインの背中を押した。

「シェスタ、いる？」明かりのない部屋の中に、少年の声が虚《うつ》ろに響く。物置に使われていた部屋なのか、乱雑に箱が積み重ねられ、そこら中に物が散乱していた。

「……スウェイン？」

闇の中に、銀鈴《ぎんれい》の声が鳴った。

衣擦《きぬず》れの音が、ゆっくりと近づいてくる。

やがて現れたのは、スウェインより二つ三つ年嵩《としかさ》の少女だ。

薄明かりに浮かび上がった繊細で整った顔立ちは、あと五年もしないうちに、世の男たちを虜《とりこ》にするであろう可能性に輝いていた。翡翠《ひすい》色の瞳には知性が宿り、引き結ばれた小さな桜色の唇からは意志の強さを感じさせる。

「どうしたの、その荷物」

助けられた人間が最初に言う台詞《せりふ》ではないかもしれないが、彼女の凜《りん》とした姿からは虜《りょ》囚《しゅう》となっていた心労や衰弱は感じられなかった。

手の込んだ刺繍《ししゅう》と飾り布で彩られたワンピースはどう見ても安物ではなく、足下に目を向ければ、可愛《かわい》らしいリボンのついた革靴を履いている。

一見するに、金に困った寒村から売られてきた、とは思えない。

むしろその容姿も相俟《あいま》って、どこかの貴族令嬢といわれたほうが得心するだろう。

「気にしないで」スウェインは、それよりも早くここを出よう、とシェスタを促した。

どこまでも健気《けなげ》な少年だ。

だが、シェスタはなぜか、ためらいを見せる。誘拐され、ここに軟禁されていたのなら、脱出を逡巡《しゅんじゅん》する理由などないはずだ。

「ほら、行こう」

自由への一歩を踏み出さない少女に、スウェインは手を差し出した。

薄闇でも美しい輝くシェスタの瞳が、迷うように揺らめく。

白く細い指先がそっとスウェインの掌《てのひら》に触れたのは、もう一度、彼が呼びかけようとする寸前だった。

軟禁されていた倉庫から外へ歩み出たシェスタは、つと視線を上げ、なにか言いたげにリロイを見据える。

「どうした?」しかしリロイが問いかけても、答えは返ってこない。代わりに彼女は、リロイからカレンへと視線を移動させた。

「あなたは、一体どこのどなたなのでしょうか」

「わたし?」

シェスタの大人びた話し方に少し戸惑いながらも、彼女はスーツの懐から名刺を取り出した。「わたしは、こういう者よ」手渡された名刺に目を落としたシェスタは、形の良い眉を少し持ち上げる。

「大企業にお勤めなんですね」そう褒められて、どう反応して良いのか困ったらしく、カレンは曖昧な微笑《ほほえ》みを浮かべた。

「では」

シェスタは、肩がけにしていた小さなポシェットへ名刺をしまうと、控えめな胸を反らして宣言した。

「わたくしを救出したのは、スウェインということでいいですわね」

「——なんで?」

真っ先に異を唱えたのは、当のスウェインだった。

「俺はなんにもしてないよ」

「そもそもあなたがいなければ、この黒いのがここに来ることもなかったのですよ」

シェスタはごく自然にリロイを軽視する発言をしつつ、スウェインの功績を主張した。

「道義的親切心を最初に発揮したあなたが、わたくしを救ったのです。もっと誇るべきですわよ」

「そ、そうかな……」

スウェインは、目を白黒させる。

「まあ、確かにそのとおりだな」

シェスタに黒いの呼ばわりされたリロイは、特にそこには言及せずに頷《うなず》いた。

賛同したはずなのに、シェスタに余計なことを言うなとばかりに睨まれたのには、さすがに同情する。

カレンはもとより、たまたま居合わせただけと自分でもわかっているので否応《いやおう》もない。

「みなさん、それでいいですわね」

宣《のたま》う彼女に、異議を唱える者はいない。

これほど高慢な被救出者が、かつていただろうか。

まあ、助け出したリロイたちがそれでいいのならば、私が口を出す問題ではなかろう。

「よし、じゃあ行こう」ここまでのやりとりに苛立《いらだ》った様子もなく、リロイは身をひるがえした。シェスタのエスコートは、そのままスウェインに任せるらしい。

「あの男の子は、この街に住んでるの？」傍らに並んだカレンが、声のトーンを落として訊いた。リロイが頷くと、「女の子は？」と続ける。

「さあな」

この、正直といえばそうだが無責任とも取られかねない答えに、カレンは大人として当然の疑問に行き着いた。

「どうするの？」

「スウェインは王国か皇国に行きたいらしい」カレンの口調が伝える深刻さに比して、リロイのそれはあまりに軽い。「シェスタについては、これからだな。まだ名前しか知らない」

「――呆《あき》れたわね」

言葉ほどには責める調子はなく、しかし一抹の不信感ものぞかせてカレンは言った。

「いつもそんなに行き当たりばったりなの？」

「そんなわけないだろ」

そんなわけあると思うが、私とリロイの見解は天と地ほど離れているらしい。

「たまたまいつも、不測の事態が起きるだけだ。臨機応変さ」

間違ったことを主張しているわけではないが、人生が行き当たりばったりの男が言うと説得力がない。

そもそも、計画を立てて行動したことなどないだろう、おまえは。

「行き当たりばったりなのね」

それを見抜いたのか、カレンはまともに取り合わない。

リロイは反論せずに、肩を竦《すく》めた。

「そうやって——」

なぜだろうか、シェスタが背後から割り込んできた。

「よく考えもしない言動で、人を救うどころか傷つけたこともあるのではないですか」

どこか、攻撃的な感じさえ受ける言い草だ。「うん？」リロイはその意図を確認するように訊《き》き返したが、彼女は視線を外してそれを無視する。

リロイは、困ったような顔で前に向き直る。

「なにか、恨まれるようなことでもしたの？」

小声で訊いてくるカレンに、「身に覚えはないなぁ」とリロイは首を捻《ひね》る。

女に恨まれることは無きにしも非《あら》ずだが、子供となると確かに珍しい。

釈然としない顔のリロイだったが、地上のホールへ続く階段の途中で足を止めると、その顔つきに鋭いものが戻ってきた。

傍らのカレンもまたそれに気がつくと、後ろのふたりに、動くな、と身振りだけで伝える。

特に目配《めくば》せや言葉もなく、リロイとカレンは階段を上っていった。

館は静まりかえっている。

エントランスホールに残るのは、黒服たちとその主人であるジェルベーズの屍《しかばね》だけだが——そこに男がひとり佇《たたず》んでいる。ファーのついた外套《コート》をまとった、細身の青年だ。

リロイより年下だろうか。美しいが病的な相貌が退廃的な印象を与えるその男は、視線を落としていたジェルベーズの死体からゆっくりと顔を上げた。

長い睫《まつげ》の奥で、暗い瞳が鈍く輝いている。

「リロイ・シュヴァルツァー」

紅を差したような唇が、生気のない、墓場の奥から聞こえてくる悲嘆にも似た声を紡いだ。

4

「なにか用か」

リロイの傲然《ごうぜん》とした対応は、まるでこの館の主《あるじ》が如《ごと》くだ。

「ちょっと忙しいから、大事な用事じゃなきゃあとにしろ」まるで蠅《はえ》でも追い払うように、手を振った。

「ふざけた男だな」

美しき青年の表情は、死人のように暗い。

「これだけ殺しておいて、なにか用か、だと？」

確かに、彼の言い分はもっともだ。

しかし、ジェルベーズを始め黒服たちの死体を見る男の目には、悲憤や哀惜《あいせき》はない。彼の声が含むかすかな痛みは、少なくとも目の前の惨劇に因《よ》るものではないように思えた。

「返り討ちに遭っただけだろ」

そのあたりを見抜いているのかいないのか、リロイは当たり前のように言った。

「間抜けなことをほざくなよ、三下」

「――聞きしに勝る傍若《ぼうじゃくぶ》無人《じん》だな」

大抵の人間はここらあたりで激昂《げきこう》するものだが、彼の淡々とした口調は揺るがない。

「そこまで言うのなら、自分が返り討ちに遭っても文句はないな？」

「ところで下っ端」

リロイは、男の言葉を完全に無視した。端から見れば、挑発に乗ってこない男をどうにか苛立たせようとしているかの如くだが、それは違う。

「カルテイルとやらに伝言があるんだが、おまえ、ちゃんと覚えられる頭はあるか？」

ただ単に、この男が基本的に人の話を聞かないだけだ。

そして、言うに事欠いて人様の記憶力を疑うとは。

これほど自分のことを棚に上げた発言は、なかなか聞けるものではない。

退廃的な美貌の男は、かすかに鼻を鳴らした。

「言ってみろ」

リロイはこれ見よがしに、剣の柄《つか》をゆっくりと握った。

「先の短い人生、今のうちに楽しんどけ――そう伝えろ。覚えやすいように短くしてやったんだが、まだ長いか？」

「――安心しろ」男の顔に、ようやく表情が浮かぶ。微笑――禍々《まがまが》しく、暗い笑みだ。

「おまえの死体に刻んで、送り届けてやる」

「字が書けるのか。凄《すご》いな」

リロイも笑う。

血に飢えた獣の如く。

穏やかな口調とは裏腹の剣呑《けんのん》な言葉が、剣戟《けんげき》の如く火花を散らした。

その一触即発とも思えるふたりの間に、カレンが割り込んできた。

「シルヴィオ」

「その人とやり合うのはかまわないけれど」あるいはそれは、彼女なりの、〝紅の淑女《スカーレット・レディ》〟に対する最低限の礼儀だったのかもしれない。「子供たちを外に出してからにしてくれるかしら」なぜなら断りを入れずとも、彼女ならふたりを抱えて瞬く間にこの場を離脱できるからだ。

男――シルヴィオは、初めてリロイから視線を外し、カレンを見据えた。

「勝手にしろ」

枯れた声は、彼女達《たち》にまったく興味がないことの表れか。シェスタを幽閉していたのが誰であれ、彼は関与していないか、あるいはどうでもいいと思っているらしい。

「おまえは一緒に来い」

すぐに、淀《よど》んだ眼差《まなざ》しをリロイへと戻した。

「訊きたいことがある」

そう言うとシルヴィオは、こちらの反応を待たずに背を向ける。

これは、致命的な愚策だ。

リロイは後ろから斬りつけることを躊躇《ちゅうちょ》しない。

そしてやはり、相棒は剣を鞘《さや》からゆっくりと引き抜いた。気づいているのかいないのか、シルヴィオは振り返ろうとしない。

一秒もかからずに、彼の頭は胴体から離別しているはずだった。

しかし引き抜かれた剣は、血と脂に濡《ぬ》れることなく、ふたたび鞘へと戻される。

思《おも》い留《とど》まったわけではない。

剣は三度、閃《ひらめ》いていた。

しかしそれはシルヴィオの首筋でなく、なにもない空間を撫《な》で斬っている。

――なにもない、というのは語弊《ごへい》があった。

剣閃《けんせん》は、金属の擦《こす》れるような音と小さな火花を生んでいる。目には見えないなにかを、刃は切断したのだ。

シルヴィオの足が、止まった。

その指先が、なにかを手繰るように蠢《うごめ》いている。

しかし振り返らず、再び歩みを再開した。

「あの子たち、わたしの部屋に連れて行くわ」

カレンが、リロイの背中に言った。

「場所は、相棒に訊きなさい」

「了解」

振り返ったリロイは、カレンの背後、階段からこちらの様子をうかがっているスウェインとシェスタに気づく。

「おまえら、大人しくしてろよ」

不安げなスウェインと、相変わらず刺々《とげとげ》しい視線を向けてくるシェスタに言った。この状況で自分にできることなどないとわかっているスウェインは素直に頷いたが、やはりシェスタはそっぽを向いてしまう。「あなたに命令される謂《い》われはありませんわ」と、腹立たしげに呟《つぶや》いていた。

リロイは苦笑いしつつ、シルヴィオのあとに続く。

案内されたのは一般の客室ではなく、事務所のようだった。家具は高級だが派手さはなく、足下の絨毯《じゆうたん》は踝《くるぶし》まで埋まるが色は抑えめだ。当たり前だがベッドはなく、巨大な部屋の中央には革張りの応接セットが鎮座している。

部屋に入ったリロイは、勧められるより先にソファへ深々と身を沈め、ガラス製のテーブルに傷がつくのも構わず無造作にブーツを載せた。

不貞不貞《ふてぶて》しいにもほどがある。

キャビネットから酒瓶とグラスを取り出していたシルヴィオは、しかしその不作法を咎《とが》めなかった。

「意外だな」むしろ彼は、リロイの態度に怒りを覚えるよりも感心していた。グラスに琥《こ》珀《はく》色の液体をそそぎながら、「大人しくついてくるとは思わなかった」と独りごちる。

「なんでもかんでも暴れりゃあいいってもんじゃないだろう」

リロイは、驚愕《きようがく》の言葉を吐き出した。

どの口がそれを言うか、と思わず突っ込んでしまうところだ。

この男、時折、私の忍耐力を試すような言動を唐突に放り込んでくるので恐ろしい。

「おまえのユーモアは俺には理解できんね」

シルヴィオは、言葉どおりにこりともしない。

その点については、私も同意だ。

彼はリロイに歩み寄ると、酒をついだグラスを差し出した。

「違いがわかる舌だとは思えないが、よく味わえ。高い酒だ」

リロイはソファにふんぞり返ったままそれを受け取り、口の端を小さく歪《ゆが》めた。

「高けりゃ旨《うま》いのか？　貧相な舌だな」

そう言って、酒を呷《あお》る。

その一口で、グラスの半分ほどが消えた。

シルヴィオはそれを冷めた目で一瞥《いちべつ》し、ソファには座らず、部屋の奥で存在感を示す黒《こく》檀《たん》の机にもたれかかる。酒には口をつけず、グラスは机の上に置いたままだ。

「それで、なんの話があるんだ」

リロイは落ち着いていた。こういうときに短慮を見せては精神的優位に立てないことを、よく知っている。「遺言なら、俺に言わずにちゃんと紙に書いとけよ。戯言《たわごと》を覚えていられる自信はないからな」

シルヴィオは、やはりこの挑発には乗ってこない。

「貴様、生きたままカルテイル様にお目にかかる気はないか」抑圧された感情が、言葉の隙間からかすかに漏れ出していた。「あの方は、それをお望みだ」

「おまえに言われるまでもない」

リロイは、グラスの中の酒をゆっくりと揺り動かした。

「俺に殺されるのが望みなんだろ？　今すぐここに呼び出せよ」

「――口の減らない奴《やつ》だ」シルヴィオの声色から、隠しても隠しきれない心の裡《うち》がじわりと滲《にじ》む。

震えるほどの怒り――あるいは、哀《かな》しみの果ての憎しみか。

シルヴィオは、黒い革の手袋に包まれた指先でグラスを持ち上げる。

「やはり、五体ばらばらにしてからのほうがよさそうだな」

「話がそれだけなら――」

リロイは凶暴に瞳を輝かせながら、酒の残りを一気に喉へ流し込んだ。そして空になったグラスを絨毯の上に転がし、立ち上がる。「そろそろ死ぬ時間だぞ」

「慌てるな」シルヴィオは、グラスを口元へ運ぶ。「死に急ぐ理由がおまえにあるのなら、別だがな」琥珀色の液体を呑《の》み干し、空になったグラスはリロイと同じく床に放り投げた。毛足の長い絨毯はそれを受け止め、殆《ほとん》ど音を立てない。

「貴様、十年ぐらい前に弥都《やと》に行ったことがあるだろう」独り言のように、呟いた。「そこでなにをしたか、覚えているか」

十年前ならリロイは十代で、まだ私とは出会っていない。なんと答えるのか、興味がないと言えば嘘《うそ》になる。

リロイは少し考えたあと、言った。

「相棒の足をへし折ってやった」

なにをしているんだ、おまえは。

私は心底呆《あき》れたが、男はそうではない。驚異的な自制心で抑えていた感情が、どうしようもなく溢《あふ》れ始めていた。「そうじゃない。そうじゃないだろう」すり切れた金属のように声を軋《きし》ませる。リロイを見据える瞳には、渇望ともいえる熱があった。「おまえはそこで出会ったはずだ。彼と」

「記憶にないな」リロイは素っ気なく一蹴する。

その一言の語尾は、後ろへ流れた。

リラックスしているように見えたリロイだったが、決して気を抜いていたわけではない。なにかに反応し、リロイは靴底で床を蹴り、ソファの背もたれ側へと身体《からだ》を後方回転させた。着地したリロイは、すでに剣を引き抜いている。その眼前で、今の今まで座っていたソファが真っ二つになった。

鋭利な刃物で切断されたような、滑らかな切り口だ。

なにかが空を切る音が、不気味に響いていた。

「アルコールで鈍った頭も、少しは醒《さ》めたか」男は机にもたれかかったまま、動いていない。私としては、相棒の頭が鈍いのはアルコールのせいではない、と主張したいところだが、それより早くリロイが動いた。

なにもない空間めがけて、剣を振り抜いたのだ。

それは一度に留まらず、続けざまに、あらゆる方向へ刃を閃かせる。端から見れば、リロイがひとりで剣を振り回している奇異な光景に見えたことだろう。

だが、リロイの斬撃が宙を裂くたび、鋼の噛《か》み合う音が弾《はじ》け飛ぶ。

そして周囲では、さらに不可思議な現象が起きていた。

絨毯の長い毛が切断されて宙を舞い、カーテンが引き裂かれ、壁に亀裂が走る。リロイの斬撃で弾かれたなにかが事務所の中でのたうち回り、当たるものすべてを断ち割っているのだ。

男は黒檀の机の前で、黒い指先を奇妙に動かしていた。いったい、彼の得物はなにで、どのようにしてリロイを攻撃しているのか。

防戦一方のリロイだったが、それは決して、手も足も出ない状態ではなかった。不可視のなにかを防ぎながら、隙をうかがっていたのだ。

ひときわ大きく、天井に幾筋もの亀裂が刻まれた瞬間、リロイは動いた。

防御から攻撃への移行は大きな隙を生むものだが、リロイのそれは滑らかで、そして速い。

前進する為《ため》の一歩目は、その蹴り足の凄《すさ》まじさで絨毯が波打った。

踏み込みの音が響く中、黒い影が疾走し、彼我の距離を無に等しくする。

だが――

本来なら、本人が自覚するより前に首が切断されていたはずの男は、悠然と佇《たたず》んでいた。

リロイはその眼前、首もとに剣を構えたまま、動きを止めている。異様なのは、動きを止めたその身体の至る所から、血が噴き出していることだ。

「伏糸《ふせいと》を耐えたか」男は面白くもなさそうに、言った。「普通なら、四肢切断だが――大した反射神経だ」

そこで初めて私にも、男がなにを操っていたのかがわかった。

糸だ。

それもただの糸ではなく、鋼線を限界まで細く研ぎ上げた鋼の糸である。それがリロイの全身に絡みつき、肉体に食い込んでいた。彼の言うとおり、あと一歩、踏み込んでいれば、鋭利な糸がリロイの身体を分解していたかもしれない。

鋼糸を使い、姿も見せずに遠方から標的を殺害する暗殺術は、東方の弥都に古くから伝わる秘技中の秘技だ。話には聞いていたが、まさかそれを、こんなところで目にすることがあろうとは。

「――いや、違うな」リロイへの賞賛の言葉を自ら否定する男の声、その奥底には、暗い陰鬱な感情が見え隠れしていた。「彼に師事したのだろう?」全身を切れ味鋭い鋼糸で絡め取られたリロイへ、彼は歩み寄る。伸ばした指先が、糸の隙間をすり抜けてリロイへと到達した。

「我々、鋼糸使いとの戦い方を」問いかけではなく断定的に、男は掠《かす》れた声で囁《ささや》くように言った。「そして、彼を殺した」

身動きがとれないリロイは、しかし追い詰められた表情などまったく見せず、むしろ冷徹に事態を観察しているように見えた。

それとは対照的に、追い詰めているはずの男のほうが、我を忘れんばかりに目を血走らせている。最早《もはや》、平静を装うこともできないのか、憎悪の視線が真っ向からリロイに突き刺さった。「おまえが、殺したんだ」呪うような声色は、糸を小刻みに震わせてリロイの肌を裂いていく。

「――おまえは、逃げたな」

なぜだろうか、挑発的ではなく、淡々とした口調でリロイは言った。

「殺せなかったな」

「当たり前だ……！」

シルヴィオは、血を吐くように言った。

「殺せるものか！」彼の指先が、リロイの額に食い込む。「殺せるはずがないだろう！」

今にも憤死してしまいそうなほど、シルヴィオの憎しみは苛烈だった。

だが激しく感情を吐露したあと、唐突に、声から激しさが失われる。

「貴様を殺すことだけを考えて生きてきた」

シルヴィオは呟くと、うっすらと笑みを浮かべた。

「今それが果たされる」

「復讐《ふくしゅう》か」

対照的に、リロイは落ち着き払っていた。

「なら、さっさと殺すべきだったな、下っ端」

言いざま、リロイの足が跳ね上がる。ブーツに仕込まれていた刃が飛び出し、シルヴィオの身体を下から上に駆け抜けた。

怒りと驚愕がない交ぜになった罵声が彼の喉から迸《ほとばし》り、大きく後退《あとずさ》った。その蹴りは彼だけでなく、リロイを捕らえていた鋼糸をも切断する。腕が自由になれば、あとは剣で切り裂くだけだ。全身を絡め取られたと見えたリロイだったが、辛うじて、右足だけは糸の支配を逃れていた。それも男が言うように、鋼糸使いに師事した経験が生きたのだろうか。

本来なら追撃の好機だが、リロイはするすると後退する。剣がひるがえり、周囲で火花が散った。

低い、笑い声が流れる。

シルヴィオは、顔の左半分を血に濡《ぬ》らしながら、喉を引き攣《つ》らせ、甲高い笑い声に肩を震わせていた。「殺してやるぞ」彼は、リロイの蹴りで裂けた頬に指先で触れ、口の端を吊《つ》り上げた。

「身体を切り刻まれる痛みで狂い死ね」

「言い訳はもう考えたか」もう隠そうともしないシルヴィオの殺意を浴びながら、リロイは挑発的に笑う。「地獄で彼に会うときに、必要になるぞ」

「地獄で彼に詫《わ》びるのはおまえのほうだ、リロイ・シュヴァルツァー！」シルヴィオの雄《お》叫《たけ》びは、無数の空裂音となってリロイを取り囲んだ。

目に見えぬ鋼糸が、リロイを切り刻むべく牙を剝《む》く。

迎え撃つリロイは、狂ったように剣を四方八方へ撃ち込んでいった。

静止していても殆ど視認できない極細の鋼糸は、高速で振るわれた場合、人間の動体視

力で見切ることはほぼ不可能だ。リロイとて、目で見て打ち払っているわけではない。

ではどうやって、見えない攻撃を防いでいるかといえば、それは音だ。

鋼糸が空を裂いて飛来する音で方向と位置、そして角度を瞬時に計算し、そこへ刃を撃ち込んでいるのである。脳機能の大部分を戦うことに割き、日常生活をポンクラ仕様にしているリロイだからこそできる芸当だ。

そして徐々にではあるが、前進している。手数からいえば、シルヴィオは両手の指を使っていることから鋼糸は十本——単純に、リロイの十倍だ。時折、弾く角度が甘かったのか、頬や肩、手や足などが血を飛沫《しぶ》いている。それでも驚嘆すべき速度と技量で、鋼糸の雨をかいくぐっていた。

攻めるシルヴィオの顔にも、先ほどの興奮した表情はなく、むしろ極度の集中に強張《こわば》っている。これだけの数の鋼糸をこの速度で操るのに、いったいどれほど精緻な技術と揺るぎない精神力が要求されるのだろうか。

鋼糸使いの数が暗殺者の中でも圧倒的に少ないのは、後継者を絞っているのではなく、受け継ぐに値する人間の絶対数があまりに少ないからだと聞いたことがあるが、この攻防を前にすればそれが真実であることは一目瞭然だ。

高速で動く剣の軌跡に、鋼同士の激突が生む火花を散らせながら、リロイは間合いを詰めていく。操っているシルヴィオに近づけば近づくほど、鋼糸の動きは速くなるが、リロイの動きもそれに合わせて高速化していた。息つく暇もなく繰り出され、弾かれる鋼の糸は、リロイの周辺にあるもの――床や壁、天井はもちろんのこと、真っ二つになっていたソファをさらにバラバラにして吹き飛ばし、中に入っている高そうな酒瓶ごとキャビネットを破壊する。

それらの破片が宙を舞う中、刈り取られた絨毯《じゅうたん》の毛が部屋中で躍り狂った。

そして遂《つい》に、リロイが自分の間合いにシルヴィオを捉える。

死に物狂いで鋼糸を操り、リロイの身体を切り刻まんとするシルヴィオだったが、あまりにそのことだけに執着するあまり、我が身の危機を感じ取るのがわずかに遅れた。

鋼糸を次々に弾き返していた剣が、次の鋼糸を打ち落とすまでのほんのコンマ数秒、軌道を変える。

切っ先がシルヴィオの腹に突き刺さり、すぐさま引き抜かれた。致命傷を与えるならさらに深く突き刺すか、あるいは捻《ひね》って傷口を広げなければならないが、そのための刹那の時間が今度は逆に、リロイに致命傷をもたらしかねない。

噴出する血飛沫《ちしぶき》を浴びながら、鋼糸が飛来していた。

剣を引き抜いたその動きで鋼糸を撫《な》でるようにして弾きつつ、逆の方向から跳んでくる糸は身体を低くして躱《かわ》す。そして一気に間合いを詰めながら、頭上から落ちてくる糸の一撃を横手へ薙《な》ぎ払った。

必殺の間合いまであと一歩――そこへ、下から二本の糸が跳ね上がってくる。

身体を旋回させながら一本を躱し、もう一本は受け流しつつシルヴィオの側面へ回り込んだ。刃を鋼糸が削り、縦に火花が飛び散る。それが切っ先から上へ抜けた瞬間、剣身はシルヴィオの首筋へ斜めに喰《く》らいついた。

〝闇の種族《ダーク・ワン》〟をも両断する刃にとって、人間の肉体など紙を切るが如《ごと》くだ。

それが、皮一枚切れずに停止する。

彼の肉体が〝闇の種族〟を上回る硬性を持っていた、わけではない。それが必殺の一撃だと瞬時に判断し、攻撃を捨てて十本の鋼糸すべてを防御に回したのだ。シルヴィオの首の皮と剣の刃の間に鋼糸が滑り込み、糸の厚みで辛うじて阻んでいた。

阻んだ直後、反撃の糸が跳ぶ。至近距離で動きの止まったリロイへ、すべての糸が襲いかかった。空を切る鋼の音が、リロイの全身へと集約されていく。それらが重なったとき、黒い姿は四散するはずだった。

だが、凄まじい風が生じる。烈風の源は、剣だ。刃ではなく剣の腹を向けて、リロイは自身ごと旋回する。刃で弾き返すのではなく、剣の刃でまとめて絡め取り、そのまま回転の力を利用して床上に叩《たた》きつけた。

鋼糸の束は絨毯を切り刻み、その下の床板を次々に破壊して捲《まく》りあげる。シルヴィオの制御から離れた鋼糸は事務所の床上で暴れ回り、実に部屋の半分近くが音を立てて陥没した。すでに破壊されていたキャビネットや黒檀の机が、次々とその穴へ飲み込まれていく。大量の粉塵《ふんじん》が舞い上がり、視界を奪った。

リロイは着地と同時に崩れ落ちる床から跳躍し、剣に絡みついていた鋼糸を振り払う。

自由を取り戻した糸はすぐさま自制を取り戻したが、シルヴィオ自身は床の崩落に巻き込まれていた。

リロイは、斜めに傾《かし》いだ床上を疾走する。

体勢を崩して倒れているシルヴィオは、立ち上がる暇《いとま》を惜しんで鋼糸を操った。

鋼の摩擦が生む火の花が、リロイの軌跡で激しく瞬く。

連続する鋼糸との激突が、ひと連なりとなって金属の絶叫を響き渡らせた。

リロイの急所を狙う糸の攻撃は的確だったが、シルヴィオ自身が体勢を崩しているせいか、迎撃範囲に穴があった。

そこに、黒い弾丸と化して突っ込んでいくリロイ。

跳んでくる鋼糸に対してではなく剣を振るったのは、静止して目に映らない伏糸を切断したからだ。そしてその切っ先を回転させ、シルヴィオの防御の隙間へと一撃を叩き込む。

刃は滑らかに、彼の左腕を肩口から斬り飛ばした。

その指先で操っていた鋼糸は途端に命を失い、宙を舞う。切断された血管からは、大量の鮮血が迸った。リロイはその血を浴びながら、よろめくように後退するシルヴィオとの間合いを詰めていく。激痛にのたうち回るか、即座に意識を失ってもおかしくはないが、鋼糸使いは歯を食い縛りながら右手に残った鋼糸で反撃に移った。

しかし精彩を欠く攻撃はすべて、リロイに撃ち落とされる。

壁や天井へと弾《はじ》き返された鋼糸がふたたび攻撃に移るより早く、リロイの止《とど》めの一撃がシルヴィオの頭上へと振り下ろされた。

躱すことも受けることも、彼にはできない。

だからなぜ、突然リロイが攻撃を中断して跳躍したのか、私にはわからなかった。

理由を悟ったのは、跳び退《すさ》りながら剣を振り回し、前後左右で火花を飛び散らせる中、リロイの肩口と脇腹から血が噴き出ているのを目にしたからだ。

それは紛れもなく、鋼糸による攻撃だった。

だが、シルヴィオの残った右手ではない。

切断した左手が鋼糸に命を吹き込み、止めを刺しに来るタイミングに背中から攻撃してきたのだ。

大きく間合いを取ったリロイは、一片たりとも苦痛の色は浮かべずに、不敵な笑みを浮かべた。

「まさか、そんな技があるとはな」

しかし間違いなく、その声には驚嘆が隠されていた。

私にも、辛うじて視認できる。

シルヴィオの肩の切断面と、斬り飛ばされた腕をなにかが繋《つな》いでいた。

それは、血の色をしている。

気づいた途端、私は戦慄した。シルヴィオは切断された神経の代わりに鋼の糸で肩と腕を繋ぎ、まるで遠隔操作でもするかの如く指先の糸を操ったのだ。

まさに、人外の技――どれほどの才覚と鍛錬《たんれん》が、それを可能にするのか。

あるいは、耐えがたいほどの絶望がもたらしたのか。

失血に青ざめたシルヴィオの顔の中で、双眸《そうぼう》だけが凄絶《せいぜつ》な意志を秘めてぎらついていた。

「刻んでやる」

それはリロイに対する宣誓ではもはやなく、自らの決意の吐露に過ぎない。

「無理だな」

挑発ではなく冷徹に、裂けたレザージャケットに滲《にじ》む血を指さし、リロイは言い放った。

「これが最後の好機だった。届かなかったぞ」

これにシルヴィオは、言葉で返さない。

十本の鋼糸が、彼の意志が宿ったかの如く猛然とリロイに向かって奔《はし》った。

5

この期に及んで、さらに鋼糸の動きが加速した。

リロイは足下から跳ね上がってくる糸を打ち落とし、同時に背後から忍び寄ってきた二本を立て続けに弾き返す。

そして前進しようとして、仰《の》け反《ぞ》った。

首を切断すべく横薙ぎにされた一糸を間一髪で躱《かわ》したのだ。

その不安定な姿勢を、シルヴィオの糸は見逃さない。舞い散る部屋の破片を粉砕しつつ、追撃する。

リロイは、仰け反った体勢を無理して維持しようとはせず、後方へ跳躍した。

それを追うように陥没した床が弾け飛び、舞い上がった破片がさらに寸断される。着地と同時に、絶妙のタイミングで、挟み込むように鋼糸が襲いかかってきた。

リロイの左右で、斜めに火花が走る。時間差がほぼない、といっていい挟撃だ。それを高速の剣撃で打ち払い、そしてその切っ先は休むことなく撥《は》ね上がる。

頭上からの、身体《からだ》を両断せんとする一撃を受け止め、弾き飛ばした。反動でのたうつ鋼糸がリロイの周囲を抉《えぐ》り取り、床がさらに崩落する。部屋全体が激しく振動し、壁から天井へ至る亀裂が徐々に広がっていた。

今にも、部屋自体が崩れ落ちそうだ。

だが、シルヴィオの攻撃には一切の考慮がない。

リロイの死角を突くために、その進路上にあるものを悉《ことごと》く切断する。天井を撫で切りにし、壁を削り取り、すでに崩落している床を粉砕した。

リロイは、前進する。

背中へ回り込んできた一糸を振り返りもせずに剣の腹で叩き落とし、横手から叩きつけられる続けざまの斬撃を打ち払い、リロイは突進した。

シルヴィオは、このままリロイが間合いを詰めてくる、となんの疑問も抱いていなかっただろう。

私ですら、そう思っていた。

だがまさか、鋼糸の凄《すさ》まじい連続攻撃のさなか、命綱たる剣を手放すなどとどうして予測できるだろうか。

足下から跳ねてくる鋼糸を切り払ったかと思った次の瞬間、いきなり剣を投擲《とうてき》したのだ。

もしもシルヴィオ本人を狙っていたならば、いかに意表を突いたとはいえ、十本の鋼糸に阻まれていたかもしれない。

しかし、弾丸の如きその切っ先が捉えたのは、彼の左腕だった。

割れた床の間に挟まったまま鋼糸によって操られていた左腕に、飛来した剣が突き刺さる。衝撃で、周囲の木材が破砕して飛び散り、切り裂かれていた絨毯の毛が粉塵とともに舞い上がった。

剣に貫かれた腕も、跳ねて壁に激突する。

指先の鋼糸が、この瞬間、シルヴィオの制御を離れてあらぬ方向へと迸《ほとばし》った。

鋭い鋼糸が、凄まじい勢いで跳ね回る。空気を切断する甲高い音が、めまぐるしく室内を暴れ回った。

糸の斬撃は壁面を縦横無尽に切り刻み、これを粉砕する。廊下に飛び出した鋼糸は、留《とど》まることなく触れるものすべてを分解した。

跳ね上がった一糸は、天井に深々と喰らいつく。天井は壁よりも頑強だが、鋼糸はその名の通り鋼をも切り裂く鋭利な凶器だ。木造の館では、これを阻めるはずもない。

天井が、切り裂かれた。

部屋全体が激しく振動し、木材の乾いた悲鳴が響き渡る。すでに崩壊している床が、不協和音を奏で始めた。

そして、ひときわ大きな破砕音が頭上で轟《とどろ》く。木がへし折れる音とともに天井が傾き、悲鳴と家具が一緒になって滑り落ちてきた。ベッドやキャビネットは空中で解体され、飛散する。大量の瓦礫《がれき》が激突し、轟音《ごうおん》が押し寄せた。

無骨な色合いの中、赤と緑の派手なドレスが宙を舞う。

上の部屋にいた、不運な娼婦《しょうふ》たちだ。

三メートルほどを落下するなら、怪我《けが》ですむ。

だが階下は、鋼の糸が跳ね回っていた。彼女たちの身体が階下の床に叩きつけられるより早く切り刻まれるのは、火を見るより明らかだ。

リロイは、迷わない。

いつ抜いたのか、その手には銃が握られていた。左手の鋼糸を失ったシルヴィオへ一気に攻め入る算段だったようだが、その考えは即座に打ち捨てる。

銃をジャケットの内側へ戻しながら瓦礫の間を駆け抜け、跳躍し、彼女たちの細い腰を摑《つか》んだ。

そこへ、鋼糸の空を切り裂く音が、上下から襲いかかってくる。リロイは、跳躍の勢いで床に突き立っている巨大な天井の破片へ到達し、これを足場に斜め上へと飛んだ。

振り下ろされた一糸は、リロイの肩を抉って床を撫《な》で切る。跳ね上がった別の一本は、太股《ふともも》を削り取って上階の廊下を次々に断裂していった。

そして娼婦たちを抱えたままリロイが着地した途端、床が崩壊する。すでに陥没していたところに崩れ落ちてきた上階の重量が加わり、限界を超えてしまったようだ。

耳を劈《つんざ》く音が、周囲の一切合切を階下へ叩きつける。

連鎖的に通路も砕かれ、そこに連なる部屋の壁までもが剝がれ落ちた。木材がへし折れ、砕け、裂けていく音がどこまでも続いていく。

大量の粉塵で視界が利かなくなる中、リロイは小脇にふたりの娼婦を抱えたまま、それでも危なげなく着地していた。落ちてくる瓦礫や破片を巧みに躱《かわ》し、移動する。

シェスタが囚《とら》われていた、館の地下部分だ。

「自分で逃げられるか」リロイは、ふたりを地下の通路へ下ろした。彼女たちは思ったよりも怯《おび》えた様子はないが、強《こわ》ばった顔でしっかりと首肯する。

ふたりの娼婦が地下通路を駆けていくのを見届けていたリロイの背後で、瓦礫の山が勢いよく吹き飛んだ。

空を切る音が、肉薄する。

剣を手放したリロイは、躱すしか選択肢がない。

音と殺意が重なる場所が、糸の軌道だ。

リロイは身体を屈《かが》めて初撃を躱すと、一気に加速した。黒い残像を、二本、三本と鋼糸が切り裂いていく。

シルヴィオの姿は、瓦礫の山と粉塵《ふんじん》に隠れたままだ。鋼糸の動きは千差万別で、攻撃の方向からでは彼の居所は摑めない。

相棒が、それでも迷いなく向かう方向にいるのは――当然、私だ。

鋼糸使いは、自らが操る糸の感覚だけで状況を読み取り、確実に標的の首を落とす。彼らにとって見えないことは、なんら不都合ではない。疾走するリロイを、驚くほどの正確さで糸が攻め立てた。

私が実体化して――という選択肢もないことはないのだが、正直このレベルの攻防において私の存在は足手まといに過ぎない。

リロイは、普通の人間には知覚することすら出来ない糸の猛攻を躱し続けた。周囲の瓦礫や家具の破片が、リロイの代わりに切断されて舞い上がる。

私は、シルヴィオの左腕に突き刺さったまま、割れた床板の上に転がっていた。鋼糸で操られていたその左腕は、すでにもうぴくりとも動かない。完全に、シルヴィオの制御下から離れたようだ。

そう、思っていた。

リロイが鋼糸の追撃を躱して私のもとへ辿《たど》り着いた瞬間、その左腕が、突如として息を吹き返すまでは。

その五指から放たれた鋼糸が、至近距離でリロイに襲いかかった。

私が刺さっているせいか精緻《せいち》さにおいては劣るが、速度は十分だ。そして最初からこのタイミングを狙っていたのか、後方から鋼糸が飛んでくる。シルヴィオは、リロイが剣の回収を最優先すると考え、罠《わな》を張っていたのだ。

考える暇など、ない。

リロイは、自分に向かってくる左手の鋼糸に向かってそのまま突進した。

自殺行為だ。

血など通っていない私の血の気が失《う》せる。

だがリロイは、自暴自棄になったわけではなかった。

その身を引き裂こうとする鋼糸に対し、なにも握っていない右手を伸ばす。私には、その指先から鋼の糸で切り裂かれる相棒の姿が見えたような気がした。

リロイの指先が、私にも視認できない速度で動く。

私が認識できたのは、シルヴィオの左腕が痙攣《けいれん》したかと思った次の瞬間に爆《は》ぜ割れ、周囲で金属音が複数の火花を生んだことだけだ。

リロイは、傷ひとつない姿で私に手を伸ばす。刺さっていたシルヴィオの左腕はずたずたに裂けていて、剣を持ち上げると、ずるりと抜け落ちた。

「なにをした？」

「昔取った杵柄《きねづか》ってやつさ」

面白くもなさそうに——というよりもどこか不快げに——リロイは言った。

どうやら、話したくなさそうな気配だ。こうなると頑として口を割らないし、そもそもそれを追及するような状況でもない。

まあ私としては、この男が無事だったことで十分だ。

だが、答えは別の人間がもたらした。

「糸剝《いとは》ぎか」

シルヴィオの、声だ。

大きな瓦礫の裏から姿を見せた彼は、まるで幽鬼のようだった。左肩口の傷は、どうやったものか、すでに血は止まっている。しかし失血のせいで顔は青ざめており、その立ち姿に力はない。

「まさか、その技まで教えていたのか、彼は」

その事実が彼を打ちのめしたのか、見開いた目は血走り、微《かす》かに唇が震えていた。

糸剝ぎ、ならば言葉だけは聞いたことがある。

鋼糸使いの操る糸の支配権を奪い取り、相手の腕のみならず全身を切り裂いて絶命させる秘技中の秘技だそうだが、あまりに技の難度が高く、鋼糸使いの中でも限られた者しか体得できなかった、という話だ。

そもそも数が圧倒的に少ない鋼糸使い同士が敵対状態に陥ることは希《まれ》で、なかば伝説化した技術といっていいだろう。

まさか相棒が、それを会得していようとは。

「最低限、これが出来なきゃ殺せなかった」

リロイは、右手の指をゆらゆらと揺らしながら、言った。

「もう使う気はなかったんだがな」

忸怩《じくじ》たるものでもあるのか、リロイは頬を歪《ゆが》める。

シルヴィオも、頬を歪めた。

「いいだろう」

憎悪が滴り落ちそうな声色で、シルヴィオは、右手をゆっくりと持ち上げた。

「師を屠《ほふ》った技を、俺が破る。これで幕引きだ」

「悪いが」

リロイは、シルヴィオの悲壮ともいえる決意に対し、素っ気なく応じた。

「もう使う気はない」

そして同時に、右手の鋼糸を放つ。

糸剝ぎは本来、相手の攻撃を返すことで最大の成果を上げる技だ。シルヴィオも当然、自分の攻撃に対してリロイが仕掛けるだろう、と踏んでいたらしい。

わずかに、反応が遅れた。

しかし、糸が向かう先はシルヴィオではない。

まだ倒壊していない壁、廊下、天井やあるいは床を、無差別に切断する。

娼館《しょうかん》だ。

すでに大半が、崩壊寸前だった。

鋼の糸が辛うじて支え合っていた部分を切断するや否や、雪崩のように崩れ落ち、リロイとシルヴィオの頭上へお互いがぶつかり合いながら落下してきた。

大量の破砕音が降ってくるのを目にし、シルヴィオは「正気か」と呟《つぶや》くが、すぐに対応する。

当たり前だが、落ちてくる落下物を避けるため、その範囲外へ移動しようとした。

勿論《もちろん》、リロイに隙を突かれまいと警戒は怠らない——そのつもりだったろうが、それはあくまで、瓦礫に押し潰されない状況に至ってからを想定していたのだろう。

リロイが、落下物を無視して真っ直《す》ぐ向かってくるとは、思ってもいなかったに違いない。

シルヴィオも、リロイのこの行動に対応できなかった。

あらゆる状況で攻撃を最優先させる決断は、獣としては生存本能に欠け、人間としては理性に欠ける。

瞬きの間に肉薄していた黒い男を、シルヴィオはどんな思いで目にしたのだろうか。

それでも、瞬時に鋼糸を操って迎撃したのはさすが、といわざるを得ない。

猛進してくるリロイに対し、五本の糸が弧を描いた。

剣を手にしているリロイは、糸剣がしではなく、斬撃でこれを打ち弾《はじ》く。左右同時に火花が飛び散り、そこへ最初の瓦礫が激突した。

リロイの斜め後方だ。

シルヴィオの視線がわずかだが、至近距離で砕け散る床の一部へ移動する。

リロイは袈裟《けさ》斬りの糸を、撥《は》ね上げた剣身で弾き返した。

その糸が、ふたりの間に落下してきた壁の破片を真っ二つに切り裂き、それぞれが回転しながら床に突き刺さる。

シルヴィオの指先がかすかに、反応した。自らの身体《からだ》に当たるならば、糸で防ごうとしたのだろう。

足下に延びてきた鋼糸を断り払うリロイの横手で、巨大なクローゼットが破砕した。無数の木片が飛び散り、中に入っていた色とりどりのドレスがばら撒《ま》かれる。

ひときわ巨大な天井の一部がシルヴィオの背後で爆砕し、足下が揺れた。

シルヴィオは一瞬の停滞もなくリロイを攻撃し続けたが、押し寄せる爆音と粉塵が、その指先に微少な遅延を与える。

だがリロイは、一瞬あとには自分を押し潰すかもしれない瓦礫など意識の外だ。

シルヴィオの言ではないが、正気の沙汰ではない。

飛んでくる小さな破片がこめかみを直撃しても瞬きひとつせずに、鋼糸の連続攻撃をすべて押し退《の》けた。

間合いに、踏み込む。

刃は、シルヴィオの首めがけて最短距離を踏破した。

火花が、散る。

この絶対の一撃を、驚くことにシルヴィオは鋼糸をもって防いで見せた。それを予見していたわけではないだろうが、リロイは素早く身体を旋回させ、反対側の胴へ剣身を叩《たた》き込んだ。

シルヴィオの真後ろで窓枠つきの壁面が砕け散り、甲高い響きがガラス片を撒き散らす。

彼の胴を断ち割らん勢いの剣撃は、これもまた鋼糸が阻んだかに見えたが、わずかに弱い。刃は彼の脇腹に到達し、その肉に喰《く》い込んだ。

立て続けに剝がれ落ちた天井が床で爆ぜ、そしてそのうちのひとつが、ふたりに影を落とした。

反射的に、シルヴィオは飛び退こうとする。

リロイは、さらに踏み込んだ。

放ったのは剣による斬撃ではなく、爪先だった。

意識が剣と瓦礫《がれき》に向いていたシルヴィオにとっては、これは予想外の一手だったらしい。鋼糸で迎え撃たれれば、剣と違ってリロイの足が切断される。それだけに、無意識下でシルヴィオも、武器による攻撃以外の可能性を低く見ていたのだろう。

あるいは落ちてくる瓦礫がなければ、彼も対応したかもしれない。

〝闇の種族《ダーク・ワン》〟の頑丈な骨格すらへし折るリロイの足は、防御されることなくシルヴィオの腹部に突き刺さり、彼の身体を吹っ飛ばした。

同時にリロイは、蹴り足を引き戻しつつ剣を振り上げる。斬るのではなく剣の腹で、直撃寸前の床を木《こ》っ端微塵《ぱみじん》に叩き潰した。

蹴り飛ばされたシルヴィオは、残骸だらけの床の上を跳ね、激しく回転しながら壁に激突する。

即死してもおかしくない打撃だ。

しかし彼は、なお立ち上がろうとした。激しく咳《せ》き込み、血を吐きながら、壁に縋《すが》りつくようにして身を起こす。

凄《すさ》まじい憎悪が、その双眸《そうぼう》からこぼれ落ちていた。

「危ないぞ」

リロイは、彼の頭上を指さした。

大量の瓦礫が、最後とばかりに降ってくる。

シルヴィオの瞳に宿っていた果てない憎しみの奥から、絶望の影が広がっていった。

そして彼の身体は、強烈な衝撃と粉塵に飲み込まれる。

爆風が押し寄せ、細かい破片となった建材が雨のように降り注いだ。

視界を塞ぐ塵煙《じんえん》が収まるのを待ってから、リロイはゆっくりと歩を進める。

それほど探すでもなく、シルヴィオはすぐに見つかった。

大小の瓦礫に身体の殆《ほとん》どを押し潰され、瀕死《ひんし》の状態だ。

それでもなお、リロイを見上げる目には呪うような陰鬱な輝きが点《とも》っている。

「ひとつ、確かめておきたいんだが」もう喋《しゃべ》ることもできなそうな男に対し、リロイの口調には一切の情が籠もっていない。「ホールでの去り際、スウェインたちに糸を延ばしたのは殺すつもりだったのか」

なるほど、あのときリロイが取った不可思議な行動は、そういうことだったのか。

シルヴィオはやはり、答えない。

ただ、血にまみれた唇がわずかにつり上がる。

それがなによりの返答だった。

リロイは剣の切っ先を、シルヴィオに向ける。

「そのままでも死ぬだろうが、止《とど》めを刺してやるよ」

慈悲からの言葉でないことは、害虫でも見るかのような目つきでわかる。自らの手で、彼の死を味わわずにはいられないのだろう。

すぐにもシルヴィオの命を絶つかと思われたリロイだったが、身動きできない彼の胸に切っ先を押し当てたまま、「藤香《フジカ》は」ぼそり、と言った。

「おまえにこそ、殺して欲しかったんだろうな」

まったく悪意のない、単なる呟きだ。

だが、今まさに心臓を貫かれたかのように、シルヴィオの目が見開かれる。

瞳の奥から噴き上がった憤激は、すぐさま絶望と悲嘆に喰い潰された。

その喉が異音を漏らす。

気管に溜《た》まった血が、声帯の振動で震えているのだ。

口の端から、赤黒い血がぼたぼたとこぼれ落ちる。

そして漸《ようよ》う、シルヴィオは言葉を吐き出した。

「くたばれ、ゴキブリ野郎」

リロイは、静かに笑う。

そのとき地下部分にいるリロイたちを、上から見下ろす人物が現れた。

「待ってくれ、シュヴァルツァー！」

聞き覚えのあるハスキーな声が、切羽詰まった様子で降ってくる。

だが、リロイは待たない。

剣の切っ先はシルヴィオの胸骨を切断し、心臓に到達すると、ほぼ抵抗を受けることなく貫いた。

シルヴィオは、全身を震わせる。

そして力が抜けると、最後に小さく息を吐いて動かなくなった。

リロイは剣を引き抜いてから、声の主を探して背後を振り返る。

壁と床がなくなって見通しのよくなった一階部分に、長身の女が佇《たたず》んでいた。

「待てと……！」

彼女は、憤懣《ふんまん》やるかたない、といった様子で言葉を嚙《か》み砕いた。

この声には、聞き覚えがある。

確か、フリージア、とリリーたちに呼ばれていた女だ。

「待つ理由がない」

にべもなくリロイは言い放ち、剣を鞘《さや》に収める。

一方フリージアは、腰のベルトに下げた段平の柄に触れるかどうかのところで指先を止めていた。

飾り気のないシャツと上着の下で、鍛え上げられた褐色の肉体が張り詰めているのがわかる。化粧気のない精悍《せいかん》な面には、義憤が強く滲《にじ》み出ていた。

「やる気なら、いいぞ」

彼女の葛藤を見抜いたのか、リロイは誘うように言った。

フリージアは歯を食い縛りながら、震える指先を段平の柄から離す。「――話を、聞いてもらえるか」仲間を殺された怒りに耐えながら、フリージアは乾いた声で言った。

「断る」

リロイはそう吐き捨てると、積み重なった瓦礫を足場に地上へ出る。

フリージアは慌てて、リロイを追いかけてきた。崩落した館の周りには、野次馬が大勢、鈴なりになっている。

誰も敷地内に入ろうとしないのは、やはり〝深紅の絶望《クリムゾン・ディスペアー》〟の影響力か。

「待て、シュヴァルツァー」

「なんだよ、煩《うるさ》いな」

駆け寄ってくるフリージアを、リロイは迷惑そうに振り返った。

「どこへ行くつもりだ」

「おまえには関係ない」

取りつく島もないとは、このことだ。フリージアは思わず、といった感じで、リロイの肘を摑《つか》む。逆の手で、館の惨状を指さした。

「これだけのことをしておいて、関係ないだと？」

「おまえは馬鹿か」

ああ、この男にこんな口調で馬鹿呼ばわりなどされたら、私なら憤死する。

「勝手に関わってきたのはそっちだろ。そんなに関わりたいんだったら、ここでおまえも殺してやろうか」

だが確かに、この状況においてリロイの言うことにも、悔しいが一理ある。

猛獣を捕獲しに行き、逆襲されて命を落とした場合、その猛獣に非はあるだろうか、という話だ。

これが人間の場合は、いろいろと法律的にも人道的にもやりすぎ、という判断もあるのだが、リロイをどちらの範疇《はんちゆう》で正否を決めるか、非常に難しいといわざるを得ない。

フリージアは、脅しとも取れるリロイの言い様に頬を歪《ゆが》めた。

「まだ殺したりないのか」

「足りる、足りないの話じゃない」

リロイは、肘を摑んでいるフリージアの手を振り払い、彼女の顔に指を突きつけた。

「完膚なきまで、だ。おまえたちが二度と立ち上がれなくなるまで、叩き潰す。おまえらの命なんざ、そこらに落ちてる石以下だ」

取り立てて、口調は強くない。むしろ、穏やかといっていいだろう。それだけに、淡々と述べられる意思表示がただの脅しではなく、確実に実行されるであろうことを聞く者に予感させた。

フリージアも、そうだったのだろう。

彼女には彼女なりに、組織の為《ため》と行動していたようだったが、リロイの言葉を聞いて顔色が変わった。

その指が、段平の柄をしっかりと握りしめる。

この男はここで殺しておくべきだ――彼女がそう決意したことが、手に取るように分かった。

これまでリロイに壊滅させられた数多《あまた》の犯罪組織、暗殺ギルドの人間の中には、相棒を取り込むことは出来ないか、あるいはその能力をどうにか利用できないか、と策略を巡らせる者も少なくなかったが、ある瞬間に、誰もが悟るのだ。

この男を御することは不可能だ、と。

その瞬間が、フリージアにとっては今だったのだ。

彼女はわずかに後退すると、段平を抜こうとした。

しかし、肉厚の刃がわずかに顔をのぞかせた時点で、その動きが止まる。騒がしい野次馬の向こうから、威圧的な怒鳴り声が聞こえてきたのだ。

さすがにこれだけの騒ぎになると、スラム街とはいえ、警察の介入は避けられないらしい。

だが、これまで知り得た〝深紅の絶望〟のヴァイデンにおける影響力からすれば、警察機構でさえも恐れるに足らないはずだ。

フリージアはしかし、段平を引き抜かず、その柄から手を離した。

「去れ」

短い言葉の中にも、押し殺した怒りが隠しきれずに漏れ出ていた。

「待てって言ったり去れって言ったり、どっちなんだよ」

リロイは小さく笑い、そして踵《きびす》を返した。

だが、少し歩いたところで足を止め、振り返る。

「おまえ、仲間を殺されて本気で怒ってたな」

指摘されたフリージアは、なんのことだかわからず、眉を顰《ひそ》めた。

「なんの話だ」

「向いてない、って話だ」

それだけを勝手に告げて、リロイはその場をあとにする。

背後でフリージアが、困惑気味の悪態をついていた。

館の正面付近では、野次馬と駆けつけた警官隊がなにやら揉《も》め始めている。リロイは堂々と、その傍らを通り過ぎた。警官が制止の声を上げるが、勿論《もちろん》リロイは応えない。追いかけては来るが、人混みを必死で掻《か》き分けて進む警官と舞うように躱《かわ》していくリロイでは、競争にすらならなかった。

一本、路地に入ってしまえば、もう追跡は不可能だ。

「私は思うのだがな」

路地裏を進むリロイに、私は言った。

「フリージアとかいうあの女に、カルテイルのところまで案内させれば良かったのではないか。そのほうが話は早いぞ」

「それじゃつまらないと思わないか」

リロイは、よろしくないことを企《たくら》んでいる顔で、にやりと笑う。

私は、悪い予感しかしない。

「やっぱり、やり返すなら殴り込みだ。案内されてなんて恥ずかしいだろ」

うむ、私には未《いま》だに、おまえのそういう価値観が理解できない。

「だが、この街の情報屋から〝深紅の絶望〟の情報は買えないぞ」

一応、実体験に基づく忠告をしてみる。

わかっている、といわんばかりに、リロイは頷《うなず》いた。

「もっと詳しそうな奴《やつ》がいるからな」

なるほど。

やはり、私の悪い予感は当たっていたらしい。

「話を聞くんだろうな？」

「当たり前だろ」

釘《くぎ》を刺す私の言いぐさに不満でも感じたのか、リロイは眉間に皺《しわ》を寄せた。

「死人は話せないからな」

「一応、そこは理解しているのか」

私の皮肉に、リロイは腰に提げている剣をじろりと見下ろした。

街のごろつきや殺し屋ならばまだしも、大都市の領主ともなると、はい殺しました、ではすまない。

それを後先考えずにやってしまうのが、この男だ。そうなれば辺境地帯に手配書が出回り、リロイは罪人として追われる身となってしまう。

気苦労が絶えないとはこのことだ。

「おまえに足を折られた相棒も、さぞや大変だったろうな」

それは、思わず口を突いて出た言葉だった。

リロイは暫《しばら》く黙ったあとに、「どうだったんだろうな」と呟《つぶや》く。

元相棒を語るにしては、どこか他人事《ひとごと》のような口調だった。

なにがあったのか、とふと興味が湧いたが、なにも訊《き》かずともリロイの顔に拒否の表情が浮かんでいる。

こういうところは子供なのでわかりやすい。

「ところでおまえ、どこに向かっている」

私が話題を変えると、リロイは足を止めた。

「スウェインたちの様子を見に行くに決まってるだろう」

それはわかっている。

「場所を知らないだろ」

私の指摘に、リロイは自分の鼻を指さした。

「匂いでなんとか辿《たど》れそうだったんだが」

「おまえは犬か」

反射的に突っ込んだあとで、反省する。

犬はもっと賢い。

「昔、犬に聞いたんだよ。匂いの辿り方を」

リロイはそう言って、得意げに笑う。

ああ、そうだろうとも。

「じゃあ辿ってみるがいい」

確かにリロイは嗅覚だけでなく五感が並みの人間以上に鋭いが、ただでさえ種々雑多な臭いが充満しているこの場所からあの三人の匂いだけを嗅ぎ分けて追跡することなど、出来るはずがない。

どうせすぐに、私を頼ることになる。

そう思っていたのだが。

「ここか」

私が屋根を踏み抜いた、カレンが宿泊しているホテルにリロイは本当に辿り着いてしまった。

「ひとつだけ、忠告しておく」

ホテルのロビーに入っていくリロイに、私は言った。

「匂いでこの場所がわかったなどと、口が裂けても言うんじゃないぞ」

「別に、臭《くさ》いから追跡できたってわけじゃないぞ」

むしろ良い匂いだったんだからなにが悪い、と本気で言っているこの男の正気を疑うのは、いったい今日、何度目だろうか。

そして相棒として付き合うようになってから、何百回目か。

私は深々と、溜息《ためいき》をついた。

もう少し、この男を人類寄りに調整できればいいのだが……。

第三章

1

ドアを開け、リロイを一目見た瞬間、「酷《ひど》い姿ね」とカレンは顔を顰《しか》めた。

シルヴィオとの戦闘でレザージャケットや革パンは至る所が裂けているし、血糊《ちのり》のおまけつきだ。

さらには全身が粉塵《ふんじん》まみれで、黒い髪もやや白みがかっている。

「とりあえず、先にあっちね」

彼女は、バスルームを指さした。リロイは特に不平は漏らさず、言われるがままにそちらへ向かう。

その途中、頭上を指さした。

「これか」

「それよ」

私が踏み抜いた天井は、応急処置として板を二重にして釘で打ちつけられている。これでは、雨が降った場合に部屋が水浸しになりそうだ。

「相棒が迷惑をかけたな」

リロイはそう口にしたが、さして大事だとは思っていないのが声色からもわかる。

「いいえ」

カレンの返答も、ぶっきらぼうだ。

その口調から察するに、もう修理代の請求は諦めたらしい。

申しわけない限りだ。

「ちょっと、ドアくらい閉めなさいよ」

バスルームに入るや否や服を脱ぎ始めたリロイに文句を言って、カレンは乱暴にドアを閉じた。それから、床の汚れに気がつき、溜息をつく。

「施設の子供たちを思い出すわね……」

彼女は独り言を呟き、リロイが落としていった汚れを雑巾で拭き始めた。別にホテルなのだから清掃係に任せればよいものを、とも思ったが、そこはまあ性分なのだろう。

一通り綺麗《きれい》にしたところで、彼女はバスルームの外に立てかけられていた剣に気づき、少し呆《あき》れたような顔をした。傭兵《ようへい》稼業の人間が、手に届かないところに得物を置いておくのは不用心――そんなところだろう。

だがリロイからすれば、私をバスルームへ持って入るのは男同士で一緒にシャワーを浴びるようなものらしい。大浴場ならまだしも、ホテルなどの小さなバスルームでは外に置いておくのが慣習になっていた。

「リロイ、帰ってきた？」

廊下から、スウェインが顔を出す。

随分と、見違えていた。

継《つ》ぎ接《は》ぎだらけで汚れていた服は新品のゆったりとした部屋着に替わり、長めだった髪もさっぱりと短くなっている。

「ええ」カレンは、バスルームを指さす。「まったく、男の子が泥だらけで帰ってくるのはいくつになっても変わらないわね」

「じゃあ、無事だったんだ」

幾分、安堵《あんど》したようにスウェインは息を吐いた。

「無事だったのですか」

スウェインの背後から、声だけが聞こえてくる。「残念ですこと」相変わらず、シェスタはリロイに手厳しいようだ。

「ところで、スウェイン」カレンが腕組みをして、少年を見下ろした。「食事はもうすんだの？」

問い質《ただ》され、スウェインはばつが悪そうに肩を窄《すぼ》める。

「俺、昔からどうしても人参《にんじん》だけは駄目なんだ」

「嫌いなものを無理矢理食べさせるのは、好きじゃないんだけど」カレンは、威圧するように組んでいた腕を解《ほど》くと、スウェインに近づいてその頭に掌《てのひら》を乗せた。「自分でもわかってると思うけど、君は栄養状態がよくないでしょ。健康状態が改善するまでは、残さず食べなさい」

「――はい」

観念したのか、スウェインはカレンに連れられて、とぼとぼと戻っていった。

バスルームの中の、水音が止まる。

しばらくして出てきたリロイは、新しい革パンを穿《は》いてはいたが上半身は裸だ。タオルで髪を拭きながら、ナップザックと立てかけていた私を摑《つか》み、部屋の奥へ向かう。

「シャツぐらい着たらどうだ」

一応、そう提案してみるが、「部屋の中だからいいだろ、別に」と概《おおむ》ね予想どおりの言葉が返ってくる。

間違いだとは言わないが、ここはおまえの部屋じゃない。

「好きにしろ」私は、いつものようにそう言った。

バスルームの先にはキッチンとリビングがひと繫《つな》ぎになった大きめの部屋があり、寝室はさらに奥にあるようだ。キッチンテーブルにはテイクアウトの料理が置かれ、スウェインとシェスタが席に着いている。

スウェインは難しい顔で、フォークの先に刺さった人参を見つめていた。

カレンはちょうど、コーヒーの用意をしていたようで背中を向けている。気配を感じて振り向いた彼女は、半裸のリロイを見て目を細めた。

「女の子もいるのに、なんて格好してるのよ」

案の定、叱られる。

「不愉快ですわね」

食後のデザートにケーキを食べていたシェスタは、軽蔑しきった眼差《まなざ》しでリロイを貫いた。

唯一スウェインだけが、「凄《すご》い筋肉だね」と感心している。

結局リロイはカレンに部屋を追い出され、バスルームへ戻されてしまった。ぶつぶつ言いながら服を着る様子は、どう見ても大の大人ではない。

故に私も、だから言っただろう、とは言わないでおいた。あまりに哀れだ。

「誰が哀れなんだよ」

どうやら、最後の部分を口に出してしまっていたらしい。

まあ、よくあることだ。

もはやどうでも良いのだが、聞かれてしまったので仕方なく、諭すように言った。

「誰が哀れかと訊かれれば、いい歳《とし》して服をちゃんと着なさいと叱られているおまえのことだよ、相棒」

「誰が見てもおかしな格好してるおまえよりはマシだ」リロイは、バスルームのドアを開けながら聞き捨てならない暴言を吐く。「むしろおまえは脱げ。もっとまともな服を選べ」

何事にも、限度はある。服装に関しての嘲笑は甘んじて受けてきたが、この言い様はどうだろうか。

　自らの残念さを棚に上げての発言は、甚だ許し難い。

　ならば、黒しか着ないおまえはなんなんだ、前世は鹿尾菜《ひじき》か、と言い返そうとしたが、開いたドアの向こうにカレンがいるのを見て慌てて声を呑《の》み込んだ。

「わたし、耳がいいのよ」

　彼女は、そう言いながらも怪訝《けげん》な顔だ。

「最初は気のせいかもと思ったけど、やっぱり聞こえるのよね、あなたの相棒の声が」

「いないだろ？」

　リロイは脇にどいて、バスルームの中をカレンに見せる。彼女はもちろんそこにいる私をそうとは認識せず、首を傾《かし》げた。

「おかしいわね」よほど自分の耳に自信があるのか、普通なら空耳で済ませそうなものだが、カレンはしきりに狭いバスルームの中を訝《いぶか》しげに見回していた。

「まさかあなたの相棒、忍者ってことはないでしょうね」

　カレンは、冗談交じりにそう言った。

　忍者とは、東方の島国弥都《やと》に起源を持つ暗殺者の総称で、特殊な訓練と薬物によって肉体を強化した上に、忍術という得体の知れない技まで駆使する厄介な連中のことだ。

　リロイは、口の端に楽しげな笑みを浮かべる。

「あんな格好の忍者がいるかよ。忍べないぞ」

そう言って、小馬鹿にしたように鼻を鳴らした。やることなすこと、どうしてこう子供じみているのか。

「それもそうね」カレンがあっさりと同意したのも、腹立たしい。

いや、別に忍者に相応《ふさわ》しいと思われたいわけではないのだが。

「じゃあ、伝えておいてくれる、彼に？」

リロイが頷《うなず》くと、彼女は言った。「もうお金のことはいいから、一言お礼を言いに来なさいって」

「――だとよ」

まるで傍らにいるかのようにリロイが言ったので、カレンが不審な顔をしてまたもや周りをぐるりと見渡す。

その反応にリロイがにやにやしていると、からかわれたことに気がついたカレンが鋭く睨《にら》みつけてきた。

「冗談だ。ちゃんと伝えとくよ」

リロイが謝ると、彼女はそれでもしばらくは睨んでいたが、やがて疲れたように大きく息を吐いた。

「――それで」

カレンは、声のトーンを落とした。

「シルヴィオはどうなったの」

「死んだよ」

ひとの生き死にを語るにはあまりにあっさりとしたものの言い様だったが、少なからず予想していたのか、カレンはそれほど動揺はしなかった。

「そうなると、この街から逃げ出すのは難しくなったわね」

「いや、逃げないぞ」

当然の如《ごと》く言い張るリロイを、カレンは信じられないものを見る目で見つめた。

「逃げないでどうするつもりなの」

まあ、当然の疑問だ。

リロイはやはり当然とばかりに言った。

「組織ごと潰すつもりだが」

「はあ？」

素っ頓狂な声が、カレンの喉から飛び出した。それに続く、馬鹿じゃないの、という言葉が聞こえてきそうだ。

「一応、訊《き》くけど〝紅の淑女《スカーレット・レディ》〟のことじゃないわよね」

それはもう人的にも建築物的にも破壊済みだ。

「〝深紅の絶望《クリムゾン・ディスペアー》〟だ」

リロイが頷くと、カレンは頭痛でもしたかのように眉間を指先で押さえた。

この男の言動は、慣れないと心身に支障を来すほどに常軌《じょうき》を逸《いっ》している。

「あなたは確かに強いけど、人と組織は違うのよ」誰もが最初は、この男に常識を説こうとする。ただの考えなしだろう、と痛い頭を押さえながら意見するのだ。

「同じだ」そしてその大半が、挫折する。「ひとりずつ殺していけば、最終的に組織も死ぬだろ?」この男は、決してただの考えなしではない。

人並み外れた戦闘能力と驚嘆すべき生命力、そしてなにがあろうとも折れない精神力を持った最悪の考えなしだ。

「そもそもあなたは、シェスタを助けるために〝紅の淑女〟に乗り込んだのよね? どうして〝深紅の絶望〟を叩《たた》き潰そうなんて話になるの?」

彼女は、リロイが〝深紅の絶望〟の首領であるカルテイルにその身柄が狙われていることを知らない。

「シェスタを助けたのは、スウェインに依頼されたからだ」そこが、〝深紅の絶望〟につながる娼館《しょうかん》だったのは偶然である。「それよりも前に、俺はカルテイルに喧嘩《けんか》を売られてた。それを買っただけの話だ」リロイの考え方からすれば、非常にシンプルな話になる。

「――とんでもないわね」

詳しい事情を聞き出すでもなく、カレンはそこに至りむしろ、感心さえしたように見えた。

「わたしの会社にもわけのわからない連中がたくさんいるけど、あなたはそれと比べても断然に馬鹿だわ」

「そりゃどうも」

リロイの気のない返事にカレンは一瞬、苛立《いらだ》ちを覚えたように見えた。だが、そうしたところでどうにもならないと理解したのか、すぐに落ち着きを取り戻して続ける。

「あなた、〝深紅の絶望〟を潰すなんて言ってるけど、どこに根城があるのか知ってるの？」

「いや」

潰すだの殺すだのと言っておきながらのこの為体《ていたらく》を、リロイは一切、恥ずかしいと思っていないようだ。カレンもそろそろこの男のことがわかってきたのだろうか、その態度には特に口を出さない。ただ一言、「どうするつもりなの」と訊いた。

「知ってそうな奴《やつ》がひとり、いるだろ。そいつに訊くよ」

それが誰のことか、カレンは即座に理解した。

同時に目を閉じ、なにかに耐えるかの如く眉間に皺《しわ》を寄せる。

「領主のところへなら、わたしの会社からもふたりほど派遣されてるわ。あなたと同じ理由でね」

そう言うカレンの声には、疲労感が漂っていた。

彼女が苦悶《くもん》の表情を浮かべたのも、宜《むべ》なるかな。

〝深紅の絶望〟と接触するための手段として、〝紅の淑女〟経由はすでに潰れてしまった。あといくつ経路を用意していたのかはわからないが、ヴァイデン領主の線は切り札に近いのではないだろうか。

それを、考えなしのリロイに闖入《ちんにゅう》され、ぶち壊されたくはないはずだ。

最悪の場合、私が危惧したように、ヴァイデンとヴァルハラまでもが敵に回る可能性がある。

それを裏付けるように、だが、カレン本人は決してそれが本意ではない、と訴えるような静かな口調で言った。

「もし、あなたがわたしたちの業務を著しく妨害するのなら、排除しなければならなくなるわ」

「怖い言い方だな」口調は戯《おど》けているが、黒い双眸《そうぼう》は笑っていない。「今度は本気、ってことか?」空気がほんのわずか、変化した。肌を刺すような緊張感が、ふたりの間に流れる。

「――明日一日、待ちなさい」

なんと言われようが退《ひ》かない、というリロイの意思表示を感じ取ったのか、カレンは重ねて説得しようとはしなかった。「あなたが領主に会えるよう、話をつけるわ」彼女は指先を、リロイの顔に突きつけた。「だから、間違っても勝手に殴り込んだりしないでよ?」

「一応、領主に仕事を依頼されてこの街に来たんだがな」リロイはそう言うと、ナップザックからくしゃくしゃになった依頼書を取り出す。

「なんなのよ」カレンは忌々しげに呟《つぶや》くと、リロイの手から依頼書をひったくった。それが本物であるかどうかを確かめるように、書面にじっくりと目を通す。

「本物——よね」

「そうだと思うが」

リロイが曖昧に応えると、カレンは「こういうの持ってるなら、もっと早く出しなさいよ」と苛立たしげに言って、依頼書を突き返した。若干、理不尽さを感じてはいるようだが、リロイは特に言い返すこともなく依頼書をナップザックに仕舞う。

「まあそれはそれとして」カレンはやや感情が高ぶったと感じたのか、咳払《せきばら》いして自らを落ち着かせた。「余計な摩擦を起こさないために、やっぱりわたしが話を通しておくわ。了承してくれる？」

「まあ別に、構わないんだが」

リロイは、面白そうに喉を鳴らした。

「そこは、あのふたりの面倒を見てるんだから言うことを聞け、でいいんじゃないのか？」

これにカレンは、頰を赤くした。

照れたわけではなく、憤ったのだ。

「そういう人間に見える？」

口調は穏やかだが、秘められた憤激が双眸から漏れ出ていた。

リロイはふと笑みを浮かべると、「見えないな」と呟き、両手を挙げる。「謝るよ」

「——本当に失礼よね、あなたたちって」

カレンは怒りの矛先をひとまず収めたようだが、なぜ複数形なのか。

この男と並べられて礼を欠くと言われるのは、さすがに受け入れ難い。

しかし文句を言う隙を与えずに、彼女はさっさとバスルームから出て行く。「コーヒー、飲むでしょ」

「ミルクと砂糖を頼む」

二つ名を踏襲するならブラックで味わうのが定石だろうが、リロイの味覚はその精神同様に子供並みだ。

カレンもそう思ったのか、その口元を微笑が掠《かす》めた。

キッチンでは、シェスタが優雅に紅茶を味わっている傍らで、スウェインが最後に残った人参《にんじん》の一欠片《ひとかけら》と格闘している。

それを横目にしていたリロイは、首を傾げた。

「スラムで満足に食べられない生活を経験しても、好き嫌いはなくならないのか？」

不思議そうに言われて、スウェインは、フォークの先に突き刺さった人参を凝視しながら応える。「俺も自分で不思議なんだけど、久しぶりに食べてみたらやっぱり駄目だったんだよね」

そして、挑戦すべき物体から意識を逸《そ》らすように、リロイを見やる。

「リロイは好き嫌いなさそうだね」

「いや、犬は食わないぞ」

それは、スウェインの言う好き嫌いの範疇《はんちゅう》には入っていない種類のものだ。ちょうどコーヒーを運んできたカレンが、「わたしも食べないわよ」と冷ややかに同意する。

「じゃあ猫はお食べになるんですか？　野蛮ですこと」

優雅に紅茶を飲みながら、シェスタが小さく鼻を鳴らした。正面に座る彼女に視線を向けたリロイは、にこりともせずに頷く。

「猫は結構、美味《うま》い。丸焼きで皮ごと炙《あぶ》るといいんだぞ」

「……！」

まさかそう返されるとは思ってもいなかったのか、シェスタは危うく、口の中の紅茶を噴き出すところだった。その慌てた様子を見て、リロイは笑う。

「嘘《うそ》に決まってるだろ」

「……！」

無理矢理飲み込んだ紅茶が気管に入ったのか、苦しそうに咳《せ》き込むシェスタは、涙目でリロイを睨みつける。

「――本当に？」

そう訊いてきたのはシェスタではなく、カレンだった。なぜか、先ほどよりも距離を取っている。その目に浮かぶのは、非難の色だ。

「猫を食うほど落ちぶれちゃいないって」そう付け加えるが、手持ちの金が少なくなると野生動物を捕獲し、捌《さば》いて食うような男だ。猫を食っていないのも、たまたまその時、近くにいなかっただけではないだろうか。

「まあ、あなたが猫を食べようが食べまいが、どうでもいいけど」

カレンは、どうでも良さそうな顔はしていなかったが、言葉どおり、話題を変えた。

「この娘《こ》――シェスタには、お姉さんがいるらしいわ」カレンは、ふたりに食事を与えたり風呂に入れたりしながら、ある程度は聞き出していたようだ。「この街にも来ているらしいけど、ただ、連絡の取りようがないみたい」

彼女の報告に、なるほど、と頷《うなず》いたあと、リロイはシェスタを見つめた。

「そもそも、どうして拉致されたんだ？　やっぱり客を取らせるためか？」

すぐさま、カレンの肘がリロイのこめかみを打つ。

言葉を選ぶ、ということがこの生物にはまだできないので、仕方がない。

シェスタは、まだ潤んでいる目をリロイから逸らし、「あなたに教える義理はありませんわ」と全面的に拒否の姿勢だ。

義理ならあるだろう、と私などは思うのだが、リロイは別段、気にした様子はない。

「そうか」と呟くだけだ。

これにシェスタは、小さく舌打ちした。

どれだけ嫌みや皮肉を言ってもリロイがまったく気にしないので、苛《いら》ついているのだろう。

リロイは、そっぽを向いてしまったシェスタの横顔に微笑しながら、言った。

「じゃあ、姉さんを探すか」

「駄目です」驚いたことに、それまでのすました態度はどこへやら、シェスタが強い口調で主張した。「姉さまが見つけてくれるから、探す必要なんてありません」

「なんだ、探偵かなにかなのか、おまえの姉は」シェスタの慌てようにリロイも不審な顔をしたが、彼女は、我を失ってしまったことを羞《は》じるように俯《うつむ》いてしまう。

こうなると、強く出られないのが我が相棒だ。

「いろいろと事情があるんでしょうから、暫《しばら》くはこの部屋にいれば良いわ」

助け船を出したのは、カレンだ。

「その間にお姉さんが見つけてくれればよし、そうでなければ、それはそのとき考えましょう」

うむ、面倒な部分は後回し、ではあるが、建設的な提案だ。シェスタが黙りを決め込むのなら、この街の警察機構が当てにならない以上、そうするしかあるまい。

「それでいいわね、シェスタ」

しっかりと本人に確認をとるあたりも、如才ない。

シェスタは、リロイに相対するときとは違い、素直に頷いた。

「次に彼だけど」

カレンは、ようやく最後の人参を飲み込んだところのスウェインに目を向けた。

「あなた、王国か皇国に行きたいのよね」

「うん」

シェスタとは別の理由で涙目になりながら、スウェインは頷いた。

「一応あなたが連れて行くことを了承している、ってことで間違いないわね？」

「ああ」

リロイが応じると、カレンは「そこから先は考えてる？」と問いかけた。

答えようがない。

考えていないからだ。

困ったように顔を見合わせるリロイとスウェインを見て、カレンはがっくりと肩を落とした。「まあ、そうでしょうね」短いつきあいだが、さすがにその点は理解し始めたようだ。

彼女はしばらく唸《うな》ったあと、リロイを手招きしてリビングの隅に移動した。

「提案がひとつあるわ」

リロイが促すと、彼女は続けた。「ヴァルハラが管理経営している施設があるの。そこに入れば衣食住が保障され、学校にも通えるわ」

王侯貴族や大企業が福祉事業に手を出すのは、特に珍しいことではない。金が手に入れば、次は名誉や名声が欲しくなるのが人間の常だ。

ヴァルハラは確か、病院や学校なども運営していたと記憶している。養護施設もそういった事業のひとつなのだろう。

「そこは誰でも受け入れてくれるのか」

「誰でも、とはいかないわ。施設の数と定員には限りがあるもの」

でも、とカレンは付け加えた。「わたしはヴァナード王国の施設出身だから、そこならひとりぐらいならなんとかなると思う」

「いいところなのか」

リロイの質問に、カレンは肩を竦《すく》めた。「良くも悪くも、ごく普通の施設よ」そう答えたあと、「ただ、身体能力や知能が一定水準を超える子供は、また別の施設に送られるわ」と続ける。

ギムレー、と名付けられたその施設は、擁護のためではなく完全に人材育成のための機関だという。それを聞いたリロイは、ちらりと、食後のデザートにようやくありつけて喜んでいる少年を見やった。

「言っておくけど」カレンは、リロイの憂慮を見抜いたかのように言った。「ギムレーは高度で専門的な教育を施す場所で、確かに訓練なんかは大変だけど、洗脳や薬物によるコントロールがされるわけじゃないわよ」

「そこはまあ、出身者の言い分を信じるよ」

それにあいつが優秀かどうかはわからないしな、とリロイは苦笑する。

カレンは、眉間に皺《しわ》を寄せた。

「わたしがギムレー出身なんて、言ってないわよ」

「でも、養護施設出身なんだろ」

リロイは、言った。

「それであんたが引き抜かれなかったんなら、一定水準が高すぎる。ギムレーとやらにいける奴《やつ》なんていなくなるぞ」

勿論《もちろん》リロイは、思ったことをそのまま口にするので、お世辞やおべっかとは縁がない。

最初は胡乱《うろん》げだったカレンも、それに気がつくと表情を緩めた。「讃辞《さんじ》は素直に受け取っておくわ」と小さく微笑《ほほえ》み、「もし彼がギムレーに引き抜かれても、高度な教育が受けられるだけ、という点を出身者が保証しましょう」と、真摯な口調で言った。

リロイは、首肯する。「あとは、スウェイン自身の問題だな」

「そのことなんだけど」

カレンは、表情を引き締めて言った。

「わたしが口利きしたことは、内緒にしておいてもらえるかしら」

その理由を、リロイは訊《き》かなかった。おそらく、リロイも同じことを望んだだろう。代わりに、「どうして、そこまでしてくれるんだ？」と少し不思議そうに尋ねた。

「あなたがそれを訊くの？」と、カレンは苦笑いする。

確かに、そうだ。

ふたりはキッチンへ戻ると、スウェインに施設について説明した。

デザートのケーキを食べていたスウェインは、カレンの話を聞くにつれて、フォークを握った手が動きを止める。

「すぐに答えを出さなくてもいいわ。ゆっくり考えなさい」

説明をひととおり終えたカレンがそう言うと、スウェインは首を横に振った。施設への入所を断るのかと思いきや、「俺、そこに行きたい」と即答する。「学校行くためにお金貯《た》めなくちゃ、って思ってたところなんだ」

カレンは、少年の即決ぶりにやや戸惑っていた。「勿論それが最良の選択だとわたしも思うけど、すぐに決めちゃって良いの？」

「うん」

スウェインは揺るがない。「頑張れば大学まで出してもらえるんでしょ？」

あまりに迷いがないので、なにかやりたいことでもあるの、とカレンが探りを入れると、彼は少し照れくさそうに頷いた。

「父さんみたいな新聞記者になりたいんだ」

「それなら、勉強は大事ね」カレンは納得したように、言った。「わたしの友達にもひとり新聞記者がいるけれど、毎日走り回って大変そうだから、体力も必要よ」

「スウェイン、あなたお父様が新聞記者だなんて一言も仰《おつしや》らなかったわね」

唐突に、シェスタが言った。

「この街の新聞社ですの？」

「ヴァーケルンのシャッテン新聞社だよ」スウェインは、少し顔を輝かせる。「昔は、あそこに住んでたんだ」

ヴァーケルンは、アスガルド皇国の皇都エクセルベルンに次ぐ大都市だ。傭兵《ようへい》ギルドの本部があり、第一皇子バルドルが居城ブレイザブリクを構えている。

スウェインの返答に驚きの声を上げたのは、カレンだった。「わたしの友達と同じ会社なのね」と呟《つぶや》き、敏感にスウェインが反応したのを見て微笑んだ。

「落ち着いたら紹介するわ。いろいろ聞きたいこともあるでしょうから」

「うん、ありがとう」

スウェインは、満面の笑みをカレンに向ける。

その傍ら、ふたりに聞こえないように顔を背け、シェスタが小さく舌打ちをした。どうして彼女がそんな反応をしたのかはわからないが、なにやら空恐ろしいものを見てしまった気がする。

これは、見なかったことにしたほうが良いだろう。

まさに、触らぬ神に祟《たた》りなしだ。

だが、祟りを恐れぬ馬鹿がここにいた。

「先制点を取られたな」

リロイには彼女の行為の意味が理解できたのか、からかうようにシェスタへ耳打ちした。

次の瞬間、シェスタの二本の指が、問答無用でリロイの両目に突き刺さる。

「――なにやってんのよ」両手で顔を覆って床の上で悶絶《もんぜつ》するリロイを、カレンは冷ややかに見下ろした。もちろん彼女の耳は、リロイの余計な一言を拾っている。「馬鹿やってる暇があるなら、後片付けの手伝いぐらいしたら？」だからなのか、ことさら言葉に棘《とげ》があった。

「今はちょっと目が痛い」

情けないリロイの泣き言を、シェスタが小馬鹿にしたように鼻で笑う。

蹲《うずくま》る黒い背中の、なんと小さいことか。

それを見ていたスウェインは、理解できない光景に戸惑っていた。

凶暴な男たちを叩《たた》きのめす姿と、小さな女の子にやり込められている姿が重ならないのだろう。

普段がどれほどポンコツかを知っていれば、それほど驚くような眺めではない。

優れた筋肉が力の入っていない状態だと非常に柔らかいのと同じで、リロイの脳も戦っているとき以外は九割方が休眠しているようなものだ。

この落差に慣れるまでが、この黒い生物を理解する第一歩といえる。

「では、わたしがお手伝いいたしますわ」

殊勝にもそう申し出たシェスタは、椅子から降りると、器用にもリロイを踏みつけてキッチンへ向かう。

「スウェイン、紅茶のおかわりはいかが？」

「あ、うん、ありがとう」

打って変わり、スウェインに向けるシェスタの笑顔は品があり、穏やかだ。

今度は、少女のその変貌ぶりに、少年は目を白黒させる。

こちらは、リロイほど単純ではない。理解の第一歩がどこにあるかすら、私にもわからないのだ。

「スウェイン」

「なに?」

床の上に転がったままのリロイが囁《ささや》くので、スウェインは身を屈《かが》めた。目を突かれたリロイは顔を覆う掌《てのひら》の隙間から涙を流しつつ、呟く。

「小《ち》っちゃくても、女は女だな」

「――よくわかんないけど、そうだね」

まったくわかっていなそうな顔で、スウェインは同意する。

いつか少年にも、わかる日がくるだろう。

わかる日など、こないということが。

2

ヴァイデン領主ディトマール・ベーデは、臆病者と評判の男だ。

彼が住まう館は、ヴァイデン中央部に城のように聳《そび》えている。

否――城のように、というよりも要塞の如《ごと》く、といったほうが正しいかもしれない。

〝闇の種族《ダーク・ワン》〟の脅威がある以上、街そのものを守る防壁は必要不可欠だが、街の中でさらに自らの館を高い壁で囲むとなるとなかなか変質的だ。

周囲はいわゆる高級住宅地で、瀟洒《しょうしゃ》で巨大な屋敷が建ち並んでいるせいか、ディトマールの無骨な館はなおさら奇異に映る。

ディトマールが領主になったのは、数年前だ。それまではこの館もごく普通の、贅《ぜい》を凝らした領主の館に過ぎなかった。彼の父親である先々代領主アマデオと前代の兄フィデリオが立て続けに原因不明の死を遂げ、自身が跡を継いでのちに要塞化が始まったらしい。

警備の数もまた、尋常ではなかった。館をぐるりと取り囲む壁の各所に詰め所を設け、それとは別に巡回の兵士が絶えず周囲を警戒している。

「質より量か」彼らを眺めていたリロイは、どこか呆《あき》れているようでもあった。まあ挙動を見る限り、彼らが練度の高い兵士だとは到底、思えない。

館の正面玄関口は、巨大な鉄の門を挟んでふたつの詰め所があり、総勢二十人ほどが詰めていた。

リロイの姿を認めると、槍《やり》を手にした兵士が数人、こちらへやってくる。

カレンを通じ、リロイのこの日の訪問はすでに領主側に伝わっているはずだ。

ディトマールから送られた依頼書を彼らに手渡すと、兵士たちは特に怪しむ様子もなく、巨大な鉄扉を開いてリロイを招き入れた。

練度が低いというよりも、やる気がないように見える。彼らが生来の怠け者なのか、あるいは雇い主ディトマールの人望のなさか。

背後で重々しく扉が閉まると、リロイは広大な前庭にひとり、取り残された。兵士たちは、誰もついてこない。

「簡単に殺せそうだな」リロイが物騒な感想を漏らす。「むしろ殺して欲しいんじゃないか？」まあ、確かにそう思われても仕方のない警備体制だ。質も悪いが、これでは数の意味もない。

とはいえ、あの程度の兵士では何十人が束になってもこの男は止められないので、結果としては同じかもしれないが。

「まさか、彼女の顔に泥を塗るつもりじゃないだろうな」

仕事の依頼書がどれほどの効力を持つのか計りようがないが、少なくとも今回の謁見は、カレンがヴァルハラを通してセッティングしてくれたものだ。その結果、リロイがディトマールを殺害した場合、ヴァルハラの面子《メンツ》は丸潰れになる。カレンの社内における立場は、相当に悪くなるだろう。

「そんなつもりはない」リロイはそう言ったが、ディトマールの出方次第では、そんなつもりになるのは目に見えている。

そうなると私は、カレンに対して頭を下げるどころか、土下座でも足りなくなりそうだ。

「なんだ、あいつ」

広大な前庭を進み始めたリロイは、館のほうからこちらへ駆け寄ってくる人影に眉根を寄せた。

兵士たちが着用しているお仕着せの制服ではない、黒いスーツ姿の男だ。彼は結構なスピードでリロイにまで到達すると、深々と頭を下げた。

「遅れて申し訳ありません」サングラスをかけ、黒髪をオールバックにしたその男は、ふところから名刺を取り出した。「リゼル・ジルバと申します。以後、お見知りおきを」

受け取ったそれには、彼もまた、ヴァルハラ社員であることが示されていた。

リゼルと名乗ってはいるが、どこからどうみても男性だ。

「女みたいな名前だな」

私が思っていても口にしないことを、リロイはなんのためらいもなく言ってしまう。そういうところが無意識にトラブルを呼び寄せるのだ、と説《と》いたところで、直らないのだから致し方ない。

だが、リゼルという名のヴァルハラ社員は、怒るどころか少し照れくさそうに微笑んだ。

「生まれたてのわたしが天使のように可愛《かわい》かったので、母が思わずそうつけてしまったようです。お恥ずかしい限りで」それは生来の性質なのか、あるいはビジネスライクなのか、気分を害した素振りすらない。「まあ元来、母はそういうことに疎《うと》い質《たち》でして、女性名というよりは響きの綺麗《きれい》なものを、といった感じだったらしいのですが――」

「おまえの名前にそこまで興味はない」

嬉々《きき》として語り始めたリゼルを、リロイは冷徹に切って捨てる。自分で話を振っておいてそれはなかろう、と思うのだが、リゼルはこれにも憤慨することなく、「では、ご案内いたします」と先だって歩き始めた。

自制心の化け物か、とも思ったのだが、老獪《ろうかい》とも若輩《じゃくはい》とも取れそうなその顔に浮かぶ笑顔を見る限り、どうもこれが素のようにも感じる。

リロイも胡乱《うろん》げに、彼の背中を見据えていた。

「カレンさんからお話があったときは正直、驚きました」そんな視線など意に介さず、リゼルは上機嫌でリロイに話しかけた。「まさかこんなところで〝疾風迅雷のリロイ《リロイ・ザ・ライトニングスピード》〟にお会いできるとは、思ってても見ませんでしたから」

「領主からはなにも聞いてなかったのか？」これが他の人間の発言なら、探りを入れている、と思うところだが、リロイなのでそれはない。

ところが訊《き》かれたほうも、「え、あ、はい」と挙動不審だ。どことなく捉えどころのない人物だが、腹芸は苦手なのだろうか。

「その、カレンさんからは領主直々の依頼についてあなたからディトマールさんに話がある、ということでしたが」取り繕うように、早口で言葉を継いだ。「穏便に済みそうな話でしょうか？」

「どうだろうな」

リロイは、口の端を不吉に吊《つ》り上げる。「あっちの出方次第じゃないか」

「ディトマールさんは非常に繊細なお方でして」リゼルは、困った顔で擁護を始める。「フィデリオさまがご健在であったならば、自分が領主になるなどとは夢にも思わないような、野心のない方なんですよ」

「そうか」

リロイの返答は、驚くほど了承の意が感じられない口調だった。リゼルも当然、不安を感じたようで、それが顔色に現れている。

「もし今、ディトマールさんまでもが逝去《せいきょ》された場合、ヴァイデンは政治的混乱に陥ることは必至です」

ベーデ家は、長くヴァイデンを支配してきた一族だ。有力商人たちで構成された議会も存在するが、領主の権限は強い。リゼルの言うとおり、ここでベーデ家の血筋が途絶えた場合、後釜を狙って壮絶な権力闘争が起こるだろう。

「我々としては、それは避けたい事態なんです。ヴァイデンが安定していないと、南部辺境地域全体が影響を受けますので」

「そりゃ大変だな」

どうでもいい、という心の声が聞こえてきそうな同意だった。

しかしリゼルは、そうなんですよ、と力強く続ける。「ですから是非リロイさんには、この度のトラブルを暴力以外の方法で解決していただきたいのです」

「馬鹿なこと言うなよ」

リロイは、リゼルの懇願に苦笑いする。

「暴力で解決するから、傭兵《ようへい》なんだぞ」

その意見には異論が頻出しそうだが、この男が言うと紛《まご》うことなき真実のように聞こえるから不思議だ。

自分の意見を無下に否定されたリゼルも、言葉に詰まっている。

「心配するな」そんなリゼルを気遣ったわけではないだろうが、リロイは、彼の背中を軽く掌で叩いた。「なにも、問答無用で殺しに来たわけじゃない。訊きたいことがあるだけだからな」

つまりそれは、問答になにかあれば殺すことも厭《いと》わない、ということでもある。

リゼルも、穏やかな口調の裏にそれを感じ取ったのか、さすがに口元が少しだけ引き攣《つ》っていた。

前庭を踏破して辿《たど》り着いた館は、静寂に包まれている。

窓にはすべて鉄格子が嵌《は》められ、分厚いカーテンで遮られた内部の様子を見ることは敵《かな》わない。重厚な扉の前には、正門にいたような兵士の姿は見られなかった。

「ディトマールさんは、極度の人間不信に陥っています」訊かれてもいないのに、リゼルが説明する。「ですので、館の中に殆《ほとん》ど人はいません。数人の使用人だけが側《そば》近くに仕えることを許されているような状況です」

「おまえはよく入れてもらえたな」

別にリゼルが怪しいと言ったわけではないのだが――私は個人的に、油断のならない人物だと思うが――、彼は少し傷ついたような、物悲しげな顔をした。

「わたしこれでも、誠実と正直さがモットーなんですが」

「十分、嘘《うそ》くさいぞ」

良くも悪くも、正直さでいえばリロイも相当である。面と向かってそう言われたリゼルは、苦笑いして、館を囲む壁を指さした。

「実は、この館のセキュリティを担当しているのが我が社なんですよ」

「へえ」特に感銘を受けた様子もないリロイは、振り返りもせず、先ほど通ってきた正門を親指で差した。「あのやる気のないのが、おまえのところのセキュリティなのか」

リゼルは少し困惑したあと、リロイの言うやる気のないのがなんなのか気づいたらしく、慌てて両手を大げさに振って見せた。

「あれはディトマールさんの私兵ですよ。さすがにあれは売り物になりません」

毒のなさそうな顔をしておきながら、なかなか辛辣《しんらつ》なことも言えるようだ。

「我が社のセキュリティには、値段に見合った価値があります。ディトマール様にも、ご満足していただいていますよ」

「おまえらさ」誇らしげなリゼルの言葉を、リロイは完全に無視した。「結局のところ、この街でなにがしたいんだ？」

「勿論《もちろん》、ビジネスです」

リゼルは、淀《よど》みなく答えた。

「南部辺境地域には、ビジネスチャンスがまだまだ眠っています。他の企業に先駆けてそれを摑《つか》むべく、日々、努力している次第ですよ」

「〝深紅の絶望《クリムゾン・ディスペアー》〟がなくなったら困るか？」

情報を引き出すための駆け引きなどする気もないリロイは、単刀直入に訊いた。

「いいえ」

意外にもリゼルは、即答した。

ではなぜ、わざわざ〝深紅の絶望〟とコンタクトを取ろうとしていたのか。

リロイは、続けて訊いた。

「カルテイルが死んだら、どうだ？」

「正直、困ります」

根っからの正直者——というわけでもないだろうが、リゼルはリロイに対して真摯に対応するつもりのようだ。

なるほど、ヴァルハラの目的は組織としての〝深紅の絶望〟にではなく、その首領であるカルテイル個人にあるらしい。

「カルテイルってのはそんなに重要人物なのか」

「興味深い人物です」

リゼルは、サングラスのブリッジを指先で持ちあげた。

「突然この街に現れ、犯罪組織を叩《たた》き潰して我が物とし、瞬く間に裏の世界を支配した手腕は見事と言う他ありません。その影響力はヴァイデンだけに留《とど》まらず、南部辺境地域に点在する街の犯罪組織をじわじわと吸収し始めています。あと数年もすれば、大陸中央にも進出してくることは間違いないでしょう」

彼は一度そこで言葉を切ると、奇妙な表情でリロイをサングラス越しに見据えた。

「実は、彼は〝闇の種族《ダーク・ワン》〟ではないか、という噂《うわさ》がまことしやかに囁《ささや》かれています」

その与太話を口にするには生真面目すぎる口調で、続ける。「出自はまったくの謎ですし、彼は、その為人《ひととなり》は不明、容姿に関する情報は殆どありません。彼――性別すら定かではありませんが――と敵対し、その姿を見た者は例外なく、悉《ことごと》く殺害されているんです。組織の中でも、選ばれたほんの数人しか彼と直接会うことは許されないそうです」

「そんなに珍しい話か？」

リロイに、感銘を受けた様子はない。

犯罪組織や、暗殺、盗賊などの闇ギルドにおいて、そういった逸話は事欠かない。裏の社会で生き延びていく為《ため》には、実際の暴力と同じぐらいに情報操作――要はハッタリが重要なのだ。

ただ、そのすべてが虚構だと断じることはできない。

特殊な能力や外見に尾鰭《おひれ》がついて大げさな話になる場合もあれば、実例として、〝闇の種族〟が裏社会に潜んでいたこともある。人間の姿形を擬態する眷属《けんぞく》や、人の精神を浸食し、異形を人と認識させてしまう能力などが代表的だが、もっとも警戒すべき脅威は上級に類される者どもだ。

人間と変わらぬ姿でありながら、人間を遙《はる》かに超えた能力を有する彼らは、常に人類社会の裏側に見え隠れしてきた。彼らの仕業だとみられる陰惨な事件は、枚挙に暇《いとま》がない。

もっとも有名なのは、吸血鬼《ヴァンパイア》だろう。

人の血液を養分に永遠を生きる彼らは、不死身の肉体とさまざまな異能力を誇る恐るべき化け物どもだ。

私もかつて、〝死の淑女《レディ・ヘル》〟と呼ばれた吸血鬼と対峙《たいじ》した経験がある。

さまざまな眷属と戦ってきた私だが、彼女との戦いでは、これほど恐ろしい生物がこの世に存在しうるのか、と戦慄を禁じ得なかった。

さすがにあのレベルはそうそう邂逅《かいこう》することなどないだろうが、現に彼女が人間社会に紛れ込んでいることを知っている私としては、カルテイルの噂についても即座に否定することはできない。

「そもそも、カルテイルって奴《やつ》が〝闇の種族〟だとして、だからなんなんだ？」

リロイは、首を傾《かし》げる。「そんなの街の外に出れば、いくらでもいるじゃないか」

「街の中にいるからこそ、価値があるのです」

リゼルは淡々と、商品を説明するかの如《ごと》く述べた。「ただ人間に襲いかかるだけの下級ではなく、人間とコミュニケーションが取れる眷属から得られる情報には、高い希少価値がありますからね」

「〝闇の種族〟と友達にでもなりたいのか？」

冗談めかしてリロイは言ったが、リゼルはにっこりと微笑《ほほえ》んだ。

「どちらかと言えば、逆ですね」

表情とは裏腹に、物騒なものの言い様だ。リロイは彼を横目に見て、「変な会社だな」と呟《つぶや》く。

人類に仇《あだ》なす〝闇の種族〟から人々を守るのは、主に兵士や傭兵の仕事だ。ヴァナード王国やアスガルド皇国、アルヴヘイム共和国などの大国は、兵士に厳しい訓練を課して練度を高め、高い給金と引き替えに国民の安全を保障している。

辺境地域では小さな傭兵派遣会社が乱立したりもしているが、大陸中部から北部にかけては傭兵ギルドがほぼ独占状態だ。傭兵の質はランクそのものがわかりやすく示し、料金もほぼ一定で、法外な金額はＳ級以上と明確な線引きがされている。任務の失敗に対する保障もあり、要人の護衛から小さな村の厄介ごとまで、安心して任せられるシステムは高い評価を受けていた。

　これはギルド結成から数百年、地道な努力の賜物《たまもの》といえる。

　そういった状況で、大企業が〝闇の種族〟討伐に商機を見いだせるとすれば、やはり辺境ということになるだろう。傭兵ギルドも、管理が行き届いているのは現在のところ南はヴァイデンまでだ。

「だけど、言葉が通じるからって話が通じるとは限らないだろ」リロイにしては珍しく、まっとうな意見である。

「確かにその通りですが」リゼルは微笑みを絶やさずに、言った。「情報を聞き出す手段は、いろいろありますからね」

　非常に剣呑《けんのん》なことを言いながらも、彼の表情に暗い陰りはない。人間としてのなんらかの感情が欠落しているようには思えないのだが、かすかな違和感を感じた。

「今時の会社はそんなことまでやるのかよ」

　えげつないな、とリロイは呟いていたが、責める口調ではない。

　尤《もっと》も、この男にえげつないと非難されて納得する者など、どこを探してもいないだろうが。

「我が社の理念の為です」

　リゼルはそう言ったが、あまり公的な口ぶりではなかった。

「理念ってなんだ？」

リロイに訊《き》かれると彼は、恥ずかしげもなく答える。

「世界平和ですよ」

「正気か？」

まさかリロイが、他人のそれを疑う日が来ようとは。

強めに否定されたにもかかわらず、リゼルは気分を害した様子もなく、「もちろん、正気ですよ」と頷《うなず》いた。

「無理でしょうか？」

そう問いかける彼の表情は——サングラスで目を見ることはできないが——至って生真面目なものだった。

リロイは口の端に、苦笑いを漂わせる。

「俺がいておまえがいるなら、世界平和なんて無理だよ」

これにリゼルは、小首を傾げる。「わたしたちの関係は良好だと思いますが」なにを根拠にそう断言しているのかは定かでないが、まあ確かに今のところ、険悪とまではいえないだろう。

「無理だな」

しかしリロイは、無下に否定する。

「俺かおまえ、どちらかひとりになれば世界平和だよ」

「それは少し、寂しくないですか」

人は絶対にわかり合えないと暗に主張するリロイに、リゼルは疑問を呈した。

リロイは、肩を竦《すく》める。

「寂しくはないが、退屈だな」

だからこれでいいんだよ、とリロイは勝手に議論を終わらせた。

リゼルは特に反論するでもなく、「なるほど」と首肯する。それはリロイの暴論に賛同したわけではなく、リロイのものの考え方、その一端を理解した、ということだろう。

そこでふたりは、歩みを止めた。

目の前に、館の扉がある。重厚な、鉄製だ。それがふたりの到達を察知したかの如く、ゆっくりと開き始めた。

現れたのは、燕尾《えんび》服《ふく》を着用した初老の男だ。

「ようこそお越しくださいました、リロイ・シュヴァルツァー様」

執事と思《おぼ》しき男は、深々と頭を下げた。

「主《あるじ》がお待ちです。こちらへどうぞ」

招き入れられた館の中は人気がなく、静寂に包まれている。最低限の人間しか側近くに置いていない、というリゼルの言は正しいようだ。

しかし静けさより、内部構造の異常さが目を引いた。

元は開けた玄関ホールだったのだろうが、あとから仕切りを無数に立て、狭く複雑な通路へ作り替えている。

「なんだ、これ」

「暗殺を警戒しているんです」

思わず呟いたリロイに、リゼルが答える。

「館の内部を迷路のようにすることで、暗殺者が自室へ辿《たど》り着けないように、と」

「誰か止めてやれよ」

リロイは呆《あき》れ返って執事に目を向けたが、彼は心苦しそうに目を逸《そ》らす。

仕方なく案内されて進み始めたリロイだったが、ただでさえ広い館の内部を無駄にぐるぐると歩き回らされ、明らかに苛《いら》つき始めた。

「この先ですよ」

それを察したのか、リゼルが指さしたのは増設した壁だ。

リロイは、舌打ちする。

そしていきなり、壁を蹴り破った。

リゼルと執事がぎょっとしたように固まるのを背に、壁に空いた穴を通って進む。その先に当然のように現れる壁をさらに破壊して、リロイは先へと向かった。

「いやいや、リロイさん」暴挙に声もない執事の代わりとばかりに、リゼルが追いついてきた。「それはまずいですよ。ディトマールさんがショック死しちゃいます」

「すればいい」

リロイは非情に言い放ち、仕切りの板を蹴破った。

「むしろ、こんなもの暗殺者に意味がないって教えてやるのが本当の親切だろ」

暗殺者はこんなに騒々しく近づいてきたりはしないと思うが、意味がないという点は同感だ。

やがて、割れた板の向こうに扉が現れた。

そこでようやく我に返った執事が駆けつけ、リロイと扉の前に割って入る。

「少々、お待ちいただけますか」

「嫌だね」

リロイの愚行を目の当たりにしながら、それでもまだ、こんなに子供じみた否定の言葉が返ってくると予想していなかったらしく、執事の開いた口が塞がらなくなる。

その傍らを通り、リロイは、ディトマールの部屋の扉と対峙した。

間違いなく、手で開けるつもりがない。

話を聞きに行くのに、その部屋の扉をぶち破るのは如何《いかが》なものか、と普通は思うのだが、残念ながらこの男は普通ではなかった。

通路の仕切り板とは違い、玄関のものと同じ頑丈な鉄の扉だったが、重々しい音を響かせて表面が陥没する。蝶番《ちょうつがい》が甲高い音とともに弾《はじ》け飛び、扉全体が傾いた。

「お――」

執事の喉が、なにか言葉を絞り出そうとした。おそらくは、お待ちください、あたりだろう。

だが、リロイの二回目の蹴りが放たれるほうが早い。

鉄製の扉が、部屋の中に飛び込んでいった。

二転、三転しつつ、小さなテーブルと花瓶を踏み潰し、正面の壁に突き刺さる。

誰かの悲鳴が、鉄の軋《きし》む音に紛れて小さく聞こえてきた。

部屋に入ったリロイは、しかし悲鳴とは逆の方へ視線を向ける。

そこには、壮年の男がひとり、壁に背中を預けて佇《たたず》んでいた。

突然、鉄の扉を破壊して入ってきたリロイに対し、まるで動じた様子がない。

年齢は、四十代初め頃だろうか。口髭《くちひげ》を生やした相貌は厳《いか》めしく、眼光は穏やかだが鋭さを秘めている。よほどの修羅場をくぐり抜けてきたのか、ただそこにいるだけで、鬼気も殺気も放っていないにもかかわらず凄《すさ》まじい威圧感があった。

丈の短い上着は飾り気がなく、パンツやブーツも色合いに派手さはない。腰のベルトの左右には細身の剣が二本、提げられているが、実用一点張りのデザインだ。

外見だけ見れば平凡極まりないが、その隙のない立ち姿がそれを否定していた。

「騒々しいにもほどがある」

男が、声を発した。

「ノックもできんとは、聞きしに勝る問題児だな」

低く深みのある声質は、落ち着き払った口調と相まって質実剛健とした印象を受ける。

リロイは彼をしばらく見据えたあと、リゼルに訊いた。

「もしかしてあれが、自慢のセキュリティか」

「我が社が用意できる最高ランクの、です」リゼルが恭しく、肯定する。「彼をご存じでしたか」

「悪い冗談だな」

リロイは、口の端を吊《つ》り上げる。

「傭兵《ようへい》やってて、〝光刃のアグナル《アグナル・ザ・グリームエッジ》〟を知らないやつがいるかよ」

〝光刃のアグナル〟の二つ名で知られるアグナル・バロウズといえば、傭兵ギルドの最高ランクであるＳＳ《ダブル・エス》級のひとりだ。

単純にランクだけで考えれば、リロイより強い男、ということになる。

「まさかそいつが、こんな辺鄙《へんぴ》な場所で用心棒まがいをしてるとはな。最近はＳＳ級のバーゲンセールでもやってるのか？」

「浅慮《せんりよ》だな、〝黒き雷光《ブラック・ライトニング》〟」

アグナルは、口髭の下で薄い唇をかすかに歪《ゆが》めた。ダークブラウンの瞳は強い理性と冷徹なまでの平静さによって揺るがず、彼の内心を読み取ることはまったくできない。

「ランクがどうあれ、雇われれば働くのが我々傭兵だ。それ以上でもそれ以下でもない」

「アグナルさんは、ヴァルハラの特別顧問でもあるんですよ」

リゼルが、アグナルの言葉に付け加える。

特別顧問とは言うが、要は企業お抱えの危機管理の専門家ということだ。ある程度以上の企業になれば、傭兵ギルドと交渉し、お抱えの傭兵を雇うことはなかば常識である。

ただ、その傭兵がＳＳ級というのは規格外だが。

「俺の邪魔さえしなければ、顧問だろうがＳＳ級だろうが、どうでもいいさ」リロイはそう言うと、アグナルに背を向ける。アグナルもまた、静かに頷いた。

「邪魔をするなら、それがなんであれ斬って捨てるだけのことだ」

「気が合うな」

リロイは振り返らずに同意して、この部屋の主へと向かう。

ヴァイデン領主ディトマール・ベーデは、部屋の角で身体《からだ》を小さくして震えていた。

五十代と思しき小柄なその男は、良い生地を使った高そうな服を着込んでいたが、まるで似合っていない。

その一因は、痩せすぎの身体だ。

元来の痩軀《そうく》ではなく、まともに食事を取っていない故の状態であることは、不健康そうな肌の状態や目の下の隈《くま》から察することが出来る。服がなまじ発色の良い高級品なので、中に収まっているディトマールが余計にくすんで見えた。

リロイはくしゃくしゃになった依頼書を、ディトマールに放り投げる。髪が薄くなった頭に落ちてきたそれを、領主はゆっくりとした動きで拾い上げた。

「読め」

リロイに命令されたディトマールは、びくりと肩を震わせる。大都市の領主であるにもかかわらず、自らへの無礼を怒るどころか、唯々諾々《いいだくだく》と指示に従い、依頼書を広げて目を通し始めた。

死んだように暗いその双眸《そうぼう》が、わずかに輝きを取り戻す。

顔を上げ、目の前に立つ男を初めて見上げた。

「〝黒き雷光〟か」

「そうだ。黒いだろ?」面白くもなさそうにリロイは頷き、身を屈《かが》めてディトマールが手にしている依頼書を指さした。「おまえが書いたのか?」

これにディトマールは、かくかくと首を縦に振った。

「そうだ、おまえにどうしても依頼したいことがあったのだ」

「〝深紅の絶望《クリムゾン・ディスペアー》〟がこれを利用して俺を罠《わな》に嵌《は》めたことは知ってるか」

普通なら激しく問い詰めるところかもしれないが、リロイは淡々とした穏やかな口調を崩さなかった。

ディトマールの姿があまりに哀れだったから、ではない。

そもそも、この男にそんな高次元の感情が備わっているのかどうか。

「知っているとも」領主は、力なく項垂《うなだ》れた。「わたしはてっきり、おまえは奴《やつ》らに殺されてしまったと……」

「関与してない、と言いたいのか」

ディトマールの述懐など無視して、単刀直入に問う。脅すような声色ではなかったが、ディトマールは首元にナイフでも突きつけられたかのように顔を青くして首を横に振った。

「わたしは利用されただけだ！」

「そうか」

リロイは、否定も追及もしなかった。自分の保身のためなら、役者もかくやとばかりの演技力を見せる者もいる。果たして、ディトマールはどちらか。

「それで、依頼はなんだったんだ？」

リロイは、領主の動揺する姿を静かに見据えている。相手の心を見透かそう、などと考えているわけではないが、あまりに真っ直《す》ぐに見つめられると、後ろ暗いところがなくても人間は落ち着きを失うものだ。

「――殺して欲しかったのだ、あの男、カルテイルを」

ディトマールは、溜息《ためいき》をつくように答えた。

彼の父と兄は、〝深紅の絶望〟の暗殺者によって殺害された、とディトマールは主張する。〝深紅の絶望〟の首領カルテイルはこの街を裏側から支配するため、ディトマールの父を懐柔し、あるいは脅迫し、便宜を図らせた。それをよしとせず、密《ひそ》かに〝深紅の絶望〟を壊滅させようとした父は、その企《たくら》みを看破されて暗殺される。あとを継いだ兄も、どうにかカルテイルたちの影響下から逃れようと様々な策を講じたが、やはり命を奪われてしまった。

「それでおまえは、部屋の角で震え上がってるのか」

「おまえは見ていないからだ」

ディトマールは呻《うめ》くように言って、両手で顔を覆った。

「父も兄も、突然、首を切断されて死んだのだ。わたしの目の前で」彼の声は、そのときの衝撃を思い出したのか、恐怖に掠《かす》れていた。

「だが、誰がどうやって、なにを使って やったのかわからない。あそこには、わたしたち以外には誰もいなかったはずなのに」

「鋼糸だな」

リロイは、合点がいったように言った。ディトマールは、意味がわからずに眉根を寄せる。

「研いで切れ味を高めた、鋼の糸のことだ。目に見えないぐらい細いから、どんな場所にだって入ってくるし、防ぎようがない」

「そんな、恐ろしい……」

父と兄の死の真相を知っても、恐怖は和《やわ》らぐどころかいや増した様子だ。館の中を擬似的な迷宮に作り替えてしまうほど暗殺を恐れている人物に、それは防ぎようがない、と告げれば、こうなるのも当然である。

リロイは、自分の肩を抱いて恐れ戦《おのの》いている領主を見下ろし、肩を竦《すく》めた。

「だが、そいつはもう死んだぞ」

間違いなく、前二代の領主を殺害したのは、シルヴィオだろう。リロイがそう断言しても、ディトマールは暫《しばら》くその意味を呑《の》み込めずに愕然《がくぜん》としていた。

「どうやって？」

「ど――」喉につっかえる言葉を無理矢理、押し出すように、言った。

これにリロイは、一旦は説明しようとした。

だが、開いた口から言葉が出てこない。

両手がなにかを形作ろうとするかのように動いたが、結局、意味を成すことはなかった。

最終的にリロイは、自分の胸の中心を指で指し示し、「ここに剣を突き刺したら、死んだ」と、驚くほど大雑把に説明する。

まるで、落としたらお皿が割れた、と弁解する子供のようだ。

しかしディトマールは、「おお」と感極まったように小さな歓声を上げる。自分を震え上がらせた存在がもうこの世にいないと知り、全身から力が抜けていくのが端から見てもわかった。

「では、あの男も――」

「お断りだ」

この流れで拒否されるとは考えてもみなかったのか、ディトマールは硬直した。なぜ、という言葉すら出てこない。

「殺す相手は自分で決める。いくら金を積まれても、殺しは引き受けない」

それは、断固とした意思表示だった。さらなる交渉を許さない、静かだが苛烈な決意に、領主は二の句が継げなくなる。

リロイはふと、壁に掛けられている長剣に目を向けた。

手にとって引き抜いてみると、鞘《さや》はインテリアの一部として装飾が施されているが、剣身の刃は潰していない。十分に、武器として機能しそうだ。

「どうしてもカルテイルを殺したいなら、これを使え」リロイはその剣を、ディトマールの目の前に置いた。「心臓を刺すか首を切れば、大抵のやつは死ぬぞ」

だがディトマールは、その剣が毒でも持っているかのように身を退《ひ》き、触ろうとすらしない。「無理に決まっている」彼は、怯《おび》えたように口の中で呟《つぶや》いた。

「なら、人にやらせようとするな」

「おまえは傭兵ではないのか？」縋《すが》るようなディトマールの詰問に、リロイは冷ややかな眼差《まなざ》しで応じる。

「そうだ」首肯し、指先を領主の怯えた顔に突きつけた。「殺し屋じゃない」

「まあまあ、リロイさん」

そこでリゼルが、割って入ってきた。

「ディトマールさんは睡眠不足で少し情緒不安定なんです。ご容赦を」

確かに、ディトマールに睡眠も栄養も足りていないのは見ればわかるし、それが思考や判断力の低下を引き起こしていることは確かだろう。

だが、本人を前にして言うことではない。

「寝不足だろうがなんだろうが、知ったことか」

リロイも、配慮などとは縁遠い性格だ。蹲《うずくま》ったままのディトマールの胸ぐらを摑《つか》み、持ち上げる。彼は小さな悲鳴を漏らしたが、抗《あらが》う様子はない。

「そもそもカルテイルの暗殺を頼むってことは、おまえ、あいつがどこにいるのか知ってるんだよな？」

襟が喉を締め付けるので呼吸すらまともに出来なくなったディトマールは、声が出せないので激しく首を縦に振ることでリロイの問いに答えた。

「教えろ」

これに対しては、首を横に振る。「なんでだよ」リロイは、指先に力を込めた。ディトマールの青ざめた顔が、赤くなり始める。

「リロイさん、それじゃ返事が出来ませんよ」リゼルがやんわりと指摘すると、リロイはあっさりと手を離した。床の上に落下したディトマールは、激しく咳《せ》き込みつつ、這《は》い蹲《つくば》ってリロイから距離を取る。

「彼は、確実にカルテイルを殺害する意思と技量の持ち主にしか、教えたくないんだそうです」

リゼルは、我々も困っていまして、とぼやく。

「仕返しが怖いってか」リロイはうんざりしたように言って、後退《あとずさ》るディトマールへ近づいていった。「話さなきゃ、カルテイルじゃなくて俺がおまえを殺すぞ」口調は説得しているかのようだが、内容は完全に恫喝《どうかつ》だ。

「殺し屋ではない、と言ったではないか」

ディトマールは、消え入るような声で、それでもどうにか抗《あらが》って見せた。リロイは、「そうだな」と彼の主張を認めた上で、にやりと笑う。「殺す相手は自分で決める、とも言ったぞ」

ディトマールの喉が、引き攣《つ》った音を漏らした。しかし激しく首を横に振り、必死で脅しに抵抗している。

己《おの》が身を守る最後の切り札、という自覚はあるようだ。

「リロイさんでも駄目でしたか」

リゼルが、落胆の色を隠さない声で呟いた。リロイはじろりと、彼を睨《にら》みつける。「情報を聞き出す手段がいろいろあるんじゃなかったのか」

「もちろん、ありますよ」リゼルはいそいそと、スーツの内側から細長い箱を取り出した。その中に入っていたのは、注射器だ。

「まだ試作品なんですが、凄《すご》いんですよ、これ」

「なにが」

胡散臭《うさんくさ》そうにしているリロイの様子には気づきもせず、リゼルは少し興奮気味に説明し始める。「これは人間の脳に直接作用する薬でして、認識能力や判断能力が低下し、敵対心や警戒心を和らげ、思考を極端に鈍くさせてしまいます。わかりやすく言えば、酩酊《めいてい》状態でしょうか？　複雑なことを聞き出すのには技術がいりますが、単純な質問になら問題なく答えてくれますよ」

「そんな便利なものがあるんなら、初めから使えよ」

なんで使わないんだよ、とばかりにリロイが言うと、リゼルは困ったように愛想笑いを浮かべた。

「実は少し副作用がありまして」

「熱が出て倒れるとか、そんなやつか」

リゼルは、いいえ、と首を横に振った。

「元に戻らなくなります」

それは副作用というよりも、後遺症といったほうが正確ではなかろうか。

「廃人同然になってしまうので、我々としても最後の手段でして」

「――おまえら本当にえげつないな」

リロイは眉根を寄せ、足下に転がったままだったディトマールの剣を拾い上げた。「こいつは、ただの臆病者だぞ。廃人はやりすぎだ」そして引き抜いた剣身の切っ先を、ディトマールに向ける。「治る傷にしてやるべきだろ」

このえげつないやりとりを、当然ディトマールはすべて聞いている。

愕然と固まってしまった顔には、恐怖の色がへばりついていた。まるで未知の怪物とでも遭遇したかのような戦慄に、思考が麻痺《まひ》してしまったかの如《ごと》くだ。

「なあ、おまえもそっちのほうがいいだろ？」

リロイは自分のほうが人道的だとでも思っているのか、ディトマールに選択の機会を与えた。

普通はどちらも願い下げだろう。

もちろんディトマールは、返事など出来ない。

リロイは勝手にそれを了承と判断したらしく、抜き身の剣を手に歩み寄った。

「安心しろ、腕を叩《たた》ききったりはしない。くっつかないからな」

どこをどう安心しろというのか、と声が出せたらディトマールも叫んだに違いない。

「とりあえず、突くか削《そ》ぐか、どっちがいい」

恐るべき二択を迫るリロイは、かすかに笑っていた。

もはや逃げようという気力も失ったのか、座り込んだままディトマールは動かない。ただ、長く細い息を吐いたあと、嗄れた声が呟いた。

「――教会の、地下だ」

臆病者の領主は、いずれにせよ自分の身に危機が降りかかると観念したのか、最後のカードを素直に切り始めた。

「元々はまだこの街が小さかった頃、〝闇の種族《ダーク・ワン》〟や盗賊たちから我が身と財産を守るために作られた避難壕《ごう》だったらしい」偽装として教会を建築し、街が拡大するにつれて避難壕も拡張していく。十数年に亘《わた》って増改築が繰り返され、避難壕というよりも地下街、というに相応《ふさわ》しい場所になった。

だが、発展を遂げたヴァイデンは巨大な壁で〝闇の種族〟などの脅威を防ぎ、訓練された兵士が犯罪者たちを取り締まった。人口も増え、それぞれが自分の裁量で財産や家族を守るようになると、避難壕としての地下街の必要性が薄れていく。

「祖父の代には廃棄されたはずだったのだ」

しかし気づけば、格好の隠れ家として犯罪組織の拠点となっていた。まともな設計図すらない迷宮のような地下街は、身を隠したい犯罪者たちにとってこれ以上ないほど理想的な場所だったのだ。

「そしてその組織を乗っ取り、〝深紅の絶望《クリムゾン・ディスペアー》〟としてさらに強大に作り替えたのがカルテイルというわけだ」

項垂《うなだ》れているディトマールの声は、床に落ちていく。リロイは領主の薄くなった頭頂部を見下ろしていたが、静かに剣を鞘に戻した。「その教会はどこにある」ディトマールからその詳しい場所を聞き出すと、その剣をもう一度、彼の前に置いた。すでに切り札を開示したディトマールは、武器から逃げることすらせずに、ただぼんやりとした視線を送るだけだ。

「最後に身を守れるのは、自分自身だ。ちょっとは使えるようになれ」

リロイの助言も、おそらく届いてないだろう。寸前まで自分を拷問しようとしていた人間の言葉など、聞く耳を持つはずがない。

しかし、相手が聞き入れるかどうかには興味がないらしく、リロイはすぐさま踵《きびす》を返した。その足で教会へ向かうつもりだろう。

部屋の扉は、リロイが破壊している。

そこに、代わりとばかりに立ち塞がっているのは、アグナルだ。

リロイは足を止め、ＳＳ級《ダブル・エス》の男を見据えた。

「なにか用か」

「貴様がどこへ行くかによるな」

アグナルはただ佇《たたず》んでいるだけだが、凄《すさ》まじい存在感で、広い部屋の空間そのものを圧しているように感じられる。この圧力だけで、気の弱い者なら膝を屈してしまうだろう。

リロイはそれを、鼻で笑い飛ばした。

「教会に決まってるだろ、空気読めよ」

まさかこう返ってくるとは思わなかったのか、アグナルは片方の眉を少しだけ持ち上げた。

「それよりも、あのおっさんに少しぐらい稽古をつけてやったらどうだ。どうせやることもなくて、暇なんだろ」

別に、喧嘩《けんか》を売っているわけではない。相手が誰であれ、思ったことをそのまま言葉にしてしまうので、そう聞こえてしまうだけだ。

街のチンピラだと、このあたりで堪忍袋の緒が切れて飛びかかってくる。

アグナルは、どうか。

「面白い」

美しく整えられた口髭《くちひげ》の下に、笑みが生まれる。

「空気を読め、か。そんなことを言われたのは初めてだ」

くつくつと喉を震わせて、アグナルは笑う。

挑発しているつもりはなくとも、まさか笑われるとは思っていなかったようで、今度はリロイが少しだけ面食らっていた。

「――とりあえず邪魔だから、そこをどけよ」

「そうすると、貴様がわたしの仕事の邪魔をすることになる」

アグナルはまだ微笑《ほほえ》みを浮かべたまま、しかし、巨大な壁のように立ち塞がっていた。

「ホテルの部屋に帰って美味《うま》い酒と食事を喰らい、惰眠を貪《むさぼ》るというのなら通してやろう」

「あ、もちろん、お支払いはすべてヴァルハラ持ちで構いませんよ」

リゼルが、ここぞとばかりに付け加えてくる。リロイはその発言を無視して、アグナルと同じように微笑を浮かべた。

「邪魔をすればどうするんだった、〝光刃のアグナル《アグナル・ザ・グリームエッジ》〟」

「斬って捨てるだけだ、〝疾風迅雷のリロイ《リロイ・ザ・ライトニングスピード》〟」アグナルの顔から微笑みが消え、その指先が剣の柄に触れた。

だが、驚くほど自然体なので臨戦態勢に見えない。

圧力は相変わらずだが、敵意や殺気などの不純物が存在せず、彼の心の裡《うち》を推し量ることは不可能だ。それはつまり、次の瞬間に彼がどのような行動を取るか予測できない、ということでもある。

「ちょ、ちょっと待ってください、おふたりとも」リゼルが慌てて、取り成そうとする。「こんなところで、いけません。お客様の部屋を滅茶苦茶《めちゃくちゃ》にするつもりですか」

「おまえは依頼人そのものを滅茶苦茶にしようとしてただろ」

リロイの真っ当な突っ込みに、リゼルは「ええ、まさに」となぜか首肯する。「打ったあとだったら構わなかったんですが、幸か不幸か、依頼人があぁしてご健在ですので……」

「頭おかしいな、おまえ」

リロイは、しみじみと言った。

常ならば、おまえが言うな、と思うところだが、確かにこのリゼルという男、いささか言動に難がある。わりと素直に感情を吐露するが、拭いきれない胡乱《うろん》さが漂い、アグナルとはまた別の意味で心情が読み取りにくい。

頭がおかしい、と面と向かって言われても柔和な表情は崩れず、「それはともかく」と何事もなかったかのように話を変えた。

「今回の件、リロイさんに譲ろうかと思うんですが、如何《いかが》ですか」

どのような意図があるのかは不明瞭だが、ひとまずこの場を収めよう、という苦し紛れの提案のように思えた。

「まあ正直に言えば、我々の会社に人的被害がなく〝深紅の絶望〟をこの街から排除できるのであれば、一定の成果と言えるんです」リゼルは、熱を込めて言った。「ただ希望としては、首領のカルテイルさんは生け捕りが望ましいですし、たとえ死んでしまっても遺体さえ引き渡してくれるのであれば――」

「断る」

リロイは、リゼルの提案を一刀両断にした。

「譲られる理由がない」

忌々しげに、吐き捨てる。

アグナルは、その鋼のような双眸《そうぼう》に少しだけ、楽しげな光を宿した。

「譲る理由もないな」

静かに、告げる。

「そう――ですか」

リゼルはがっくりと肩を落とした。

胡散臭い男であるのは変わらないが、少なからず同情する。どう見ても常識を逸しているふたりを説得し、不必要な争いを避けようと努めたことは私だけが評価しよう。

「だが確かに、ここは少し手狭だな」そうは思えない巨大な私室をぐるりと見回し、アグナルは言った。「中庭はどうだ」

リロイは返事の代わりに、肩を竦《すく》めた。

3

館の中庭は、美しい庭園だった。

おそらく、熟練の庭師が丹精込めて作り上げたのだろう。

幸いにも、ここは領主の変質的な情熱から見逃されたらしく、美しさがそのまま保たれていた。優美な女神像を中心に備えた噴水と、葉が赤く色づいた木々、そして点在する彫刻や四阿《ガゼボ》など、実に完成度が高い。

この素晴らしい眺めともお別れか、と思うと、一抹の侘《わ》びしさを感じずにはいられなかった。

リロイとアグナル――ふたりは、適度な距離を取って対峙《たいじ》する。心配なのか単に物見高い性格なのか、リゼルもついてきて、中庭を囲む回廊から様子をうかがっていた。

「抜かないのか」

リロイが剣を引き抜いても、アグナルは剣の柄に軽く手を添えているだけで抜く気配がない。

「先手を打たせてやろう」アグナルは、悠然と言った。「どうせ暇だからな。稽古をつけてやる」先ほどリロイが吐いた悪態を受けて、強者の余裕を見せる。

余裕だが、決して油断ではない。

相変わらず一分の隙も感じさせない自然体で、たとえどの瞬間にリロイが襲いかかっても確実に対応するだろうことを確信させた。

「いいのか?」明らかにリロイを格下扱いするアグナルだったが、リロイはそれに対し憤激したりはしない。

スピード勝負を挑んだカレンやジェルベーズに対してもそうだったが、命のやりとりが好きというわけでもないし、誰が一番強いのか、というランクにも興味を示さない男だ。

先手をくれてやる、と言われれば、嬉々《きき》として殺しにかかるに決まっている。

「構わん」アグナルは、鷹揚《おうよう》に頷《うなず》いた。「SS級とやるのは初めてだろうからな」

「どうしてそう思う?」

リロイが訊《き》くと、SS級の傭兵《ようへい》は嘲笑《あざわら》うでもなく、当然の如《ごと》く言い放った。

「戦ったことがあるなら、貴様はここに立っていない。墓の下だ」

「なるほど」

リロイは、楽しげに笑った。

そしてその爪先が庭園の土を抉《えぐ》り、それが宙に舞ったときにはアグナルの間合いへ飛び込んでいる。

瞬時にして圧縮された両者の間の空気が、横薙《な》ぎに叩きつけられる一撃で打ち砕かれた。

擦過音と火花が、弾《はじ》け飛ぶ。

耳に痛い金属の悲鳴が、美しい半円を描いた。

アグナルが、左手の剣で受け流した――それは理解できたのだが、彼がいつ剣を抜き、どのようにリロイの攻撃を捌《さば》いたのか、知覚できない。剣に込めた力の大半を流されたリロイは姿勢を崩し、しかしどうにか踏ん張り、至近距離で第二撃を放とうとした。

その首筋に振り下ろされたのは、アグナルが右手に握る剣だ。

リロイの剣を受け流した時点では抜かれていなかったもう一本の剣が、気づけば頭上高くに振りかぶられている光景は、悪夢そのものだ。

咄嗟《とっさ》に軸足で地を蹴り、身体《からだ》を旋回させながら強引に剣の軌道から逃れ出る。いつもならばそのまま側面に回り込み反撃に移れるのだが、アグナルの斬撃の速度が速すぎた。

防弾、防刃仕様のレザージャケットの肩口が裂け、鮮血が飛び散る。刃が骨を削り、リロイの体勢をわずかに崩した。

そこに、鋭い切っ先が飛んでくる。

脳がそれを認識するよりも早く、本能が反射的に頭を傾けさせた。鋼の剣先はリロイのこめかみを抉り取り、抜けていく。

視界に飛び散る血飛沫《ちしぶき》の中、二本目の剣が下方から跳ね上がってきた。

躱《かわ》す余裕は、ない。

完全にバランスを欠いた姿勢から、辛うじてアグナルの剣が描く軌道上へ自らの剣を叩《たた》きつけるようにして放った。

だがまさか、それが空を切るとは。

駆け上がってくるはずの斬撃は瞬きの間に軌道を変え、横手から襲いかかってきた。リロイは咄嗟に身を捩《よじ》りながら、振り下ろした剣を振り上げる。人外の反応速度を誇るリロイでなければ、到底、切り抜けられない連続攻撃だ。

しかし、それすら空を切った瞬間、リロイの喉が驚愕《きょうがく》の声を漏らす。

二度、軌道を変えた刃は、刺突となって飛来した。

鋭い切っ先が、リロイの胸部を抉って肺に到達する。切り裂かれた肺の血管から血が噴出し、それが呼気と一緒にリロイの喉から外へと迸《ほとばし》った。

心臓を狙った一撃である。辛うじて躱せたのは、突出した反応速度と身体能力の為《な》せる技だが――それでも、稼げた距離はわずか十センチに過ぎない。

深く突き込まれた剣身はリロイの背中から飛び出し、肩胛骨《けんこうこつ》を削り取った。

普通はこの時点で、肉体は死から遠ざかろうと本能的に逃げようとする。肺を刺し貫く冷たい鋼の感触に、心も折れるだろう。

だが、リロイは踏み止《とど》まった。

すでに剣は、アグナルの首筋へ落雷の如く振り下ろされている。

刺されてなお、攻撃を選択する人間はそう多くはない。しかしアグナルは、これに対して至極《しごく》冷静に対応した。

剣の柄から手を離し、後退したのだ。

引き抜けばリロイに相応のダメージを与えられたが、今この瞬間にはその必要はない、と判断したのだろう。

リロイの決死の反撃は三度《みたび》、空を切る。

そして後退したアグナルは、すぐさま前進し、左手に握った剣を突き入れてきた。

これもまた、正確に心臓を狙っている。

リロイは胸に剣が突き刺さったまま、半身になってこれを躱した。その突き刺さっている剣と突き込まれた剣が交錯し、刃同士の微《かす》かに触れる音が耳を打つ。

そして間髪容れずに、横薙ぎの一閃《いっせん》が叩きつけられた。

予測していなければ、到底、反応できなかっただろう。

リロイは縦に立てた剣でそれを受け止め、火花が飛び散ると同時にするりと下がっていくアグナルの剣を追尾するかのように、前進した。

斜めに切り落とす斬撃を、アグナルはやはり受け流す。咬《か》み合う刃の不協和音は、一瞬の沈黙のあと、風斬り音に変わった。

至近距離で再び鋼がぶつかり合い、今度はそれが連続する。あまりに高速すぎて、一連《ひとつら》なりの甲高い悲鳴のように庭園に鳴り響いた。

リロイの周囲で、火の花が次々に咲いては消える。

急所への正確な攻撃が、絶妙なフェイントと変幻自在の太刀筋で繰り出されていた。光刃、と二つ名にあるとおり、畏怖すべき速度の斬撃だ。

頭頂めがけて振り下ろされた一撃を、リロイは斜めに傾《かし》げた剣で受け流す。刃の上を滑り落ちた細身の剣は、しかし加速して下方より飛んできた。それを切っ先を下にした剣で受け止め、手首を返しつつ切っ先をアグナルへと向けた瞬間に突き出した。

剣を持つ腕の肩口を狙う鋭い刺突を、アグナルはわずかに身体を捻《ひね》ることでやり過ごし、その剣に沿うようにして前進する。

剣を振り回せる距離が、なくなった。

左手の拳が、リロイの右脇腹を狙う。リロイは剣を突き出した姿勢から、踏み込んだ足を軸にして身体を旋回させた。握った剣が、アグナルの側頭部に襲いかかる。

だが、拳の打撃は囮《おとり》だった。

アグナルは身を屈《かが》めて横薙ぎの斬撃を躱すと、握っていた拳を開き、さらに踏み込みつつその指先を伸ばす。

狙っていたのは、未《いま》だリロイの胸を刺し貫いている剣の柄だ。

アグナルの指先が、それを捉える。

裂くか、抉るか。

その選択を、リロイは与えなかった。

アグナルの五指が柄を握り込んだ刹那、凄《すさ》まじい勢いで飛び退《すさ》る。剣は一気に引き抜かれ、開いた傷口から鮮血が迸った。後ろも確認せずに跳んだリロイは、そこにあった彫刻に激突して停止する。背中の傷口から噴出する血が、見事な獅子《しし》の彫刻をべったりと濡《ぬ》らした。

アグナルは追撃せず、人体に深く刺さっていた剣を一振りし、付着した血と脂を飛ばす。

リロイは口元を濡らす血の泡を拭い、口の端を吊《つ》り上げた。

「大事なもんなんだろ？　返せてよかったよ」

これにアグナルは、微笑を返す。

私は初めて間近でＳＳ《ダブル・エス》級の戦闘を見ることで、理解していた。Ａ級以上の傭兵が二つ名を名乗るのは、それ相応の実力と実績があることの証明だが、その為《ため》か、その大半が戦闘技術等における自らの得意な領域から名付けることが多い。

アグナルの剣技を目の当たりにすれば、光刃、の二つ名に頷かない者はいないだろう。

だが彼が、剣の技が突出しているが故にＳＳ級へ到達したのではないことは、明らかである。

人間に備わっているあらゆる能力が、突出しているのだ。

でなければ、通常の人間を遥《はる》かに超える戦闘能力を有したリロイが、ここまで圧倒されることなどありえない。

現時点では、リロイよりもアグナルが強いということは認めざるを得ないだろう。

では、どうするか。

「もはや呼吸すらままならないはずだ」

アグナルは両手の剣をだらりと下げたまま、言った。

確かに、刺し貫かれた肺からは大量に出血し、その血が肺の中に溜《た》まることで呼吸を妨げている。速やかに排出しなければ、自らの血で溺れ死ぬことになるだろう。

普通の人間ならば。

「そろそろ稽古は終わりにするか?」アグナルの口調に、見下した響きはない。猛獣が、自分より弱い獣を侮蔑しないように。「短くとも、得られるものはあっただろう。死んではそれが活《い》かせんぞ」

「SS級は優しいんだな」

リロイは、血に濡れたレザージャケットの胸部を軽く叩き、言った。「だが、まだ準備運動が終わったところだろ。暇なんだったら、もうちょっとつきあえよ」

肺に穴の空いた人間の言うことではないが、アグナルは小さく肩を竦《すく》めた。

「いいだろう」

そして猛然と、地を蹴った。

切っ先が弾丸の如く、飛んでくる。

紙一重で躱すリロイの背後で、剣先が獅子の彫刻に激突し、これを爆砕した。飛散する石の破片を受けながら、開いた体勢のアグナルへ、刃を斜め下から叩き込む。

アグナルは右手の剣でそれを受け流しながら後退し、滑るようにリロイの側面へ回り込んだ。

それを横目にしながら、リロイは後ろ回し蹴りを放つ。明らかに、間合いの外だ。

だが、リロイの狙いはアグナル本人ではない。

砕けた獅子の彫刻、その残骸が宙を舞っている。

リロイの靴裏は、そのうちのひとつを捉えた。

靴の裏に蹴りつけられた石片は、その衝撃でさらに三つの小片となり、激しく回転しながらアグナルに襲いかかる。その速度と威力は、間違いなく散弾に匹敵するだろう。

しかし、ＳＳ級の動体視力はそれらを完全に捉えていた。

一番大きくアグナルの顔面へ向かっていた石片は、右手の剣の腹で叩き落とされる。二つ目の尖《とが》った小片は身体を捌いて躱し、最後のひとつは左手の剣で打ち砕いた。

一秒にも満たないその挙動の隙を縫って、リロイは間合いに飛び込んでいる。

半身になったアグナルの死角から、突き上げるようにして剣の切っ先を撃ち込んでいった。

アグナルの右手の剣が、それを受け流すべく軌道上に滑り込んでくる。

だが、激突の寸前、リロイの刺突は急激に方向を変えた。身体ごと軸足を支点に回転し、アグナルの足下へ地を這《は》うような斬撃を送り込む。

それを阻むべく、左手の剣が雷撃の如く天から地へと突き刺さった。

鋼の激突音は、ない。

横薙ぎの斬撃を停止させ、リロイは軸足を蹴って跳躍していた。高い位置から、アグナルの肩口へ剣を振り下ろす。

これをアグナルは、右手の剣で受け止めた。

瞬間、リロイの爪先が彼の顔面へと放たれる。アグナルは上体を反らして避け、同時に左手の剣でリロイの胴を薙《な》ぎ払おうとした。

そのダークグレーの瞳に、銃口が映る。

空中で銃を引き抜いたリロイは、自然落下に身を任せながら連続して引き金を引いた。六発の銃弾が、至近距離からSS級傭兵《ようへい》に喰《く》らいつく。

連続する銃声に、金属が奏でる甲高い響きが重なった。

柔らかな鉛は、鋼の刃によって次々に斬り砕かれ、あるいは弾き飛ばされる。

ただの一発も、アグナルの肉体には到達できなかった。

着地したリロイは、すでに間合いを詰めている。七発目の銃弾と言っても過言ではない速度で、剣先をアグナルの喉元へと送り込んだ。

しかしこれもまた、細身の剣の優美ともいえる動きで受け流された。

鋼の血飛沫とともに、金属が放つ苦痛の叫びが迸る。

そこに初めて、異音が混じった。

それは、受け流しの角度とタイミングにずれが生じた証《あかし》だ。

剣の切っ先が、撥《は》ね上げられながらもアグナルの頬を削っていく。

遂《つい》に、リロイの攻撃が届いた瞬間だ。

アグナルはしかし、僅かも動揺しない。

追撃にリロイが放つ刺突の連打を、的確に捌《さば》いていく。その動きは相変わらず正確で美しく、隙がない。

にもかかわらず、その二の腕が裂け、脇腹を剣先が抉《えぐ》り、大腿部《だいたいぶ》から鮮血が飛び散った。

リロイの速度が明らかに、増している。

それは時間にして、わずかにゼロコンマ秒の加速だ。普通の人間には、その差など永劫《えいごう》にわかりはしないだろう。

しかし、その寸毫《すんごう》の加速が、アグナルの完璧な剣捌きをして誤差を生ぜしめた。

速度が増せば、打撃力もまた増していく。受けるアグナルが、徐々にではあるが、後退し始めた。

庭園の隅でこの戦いを見学していたリゼルが、思わず、といった様子で感嘆の声を漏らしている。

攻守が入れ替わり、アグナルが防戦一方の展開になった。

なのに、なぜだろうか。

彼の顔には、焦慮も切迫感もない。隠そうともしない感嘆の色が双眸《そうぼう》にあるだけで、極めて冷静だ。

非常に不気味だが、それは実際に戦っているリロイが一番、感じていたのかもしれない。

優勢だというのにその顔には一切の油断がなく、むしろ緊張の度合いが増していた。

だからこそ、唐突にリロイが飛び退《の》いたのも、不思議には思わない。傍観者であるリゼルなどは、有利なのになぜ、といわんばかりの顔をしていた。

もちろん、理由があって距離を取ったのだ。

それはリロイが、アグナルの顔面めがけて突きを放った次の瞬間だった。

リロイの攻撃を完全には捌けなくなっていたアグナルだが、それでも致命的な傷は負わず、軽傷だけに止《とど》めていた。

顔を狙った一撃も、撥ね上がった刃が阻もうとする。

そのまま撃ち込んでも決定打には至らない、と瞬時に判断したリロイは、刃と刃が触れ合う寸前に剣身を引き戻し、その残影の下をくぐり抜けるような刺突を繰り出した。

防ぐほうからすれば、リロイの刺突が自分の剣をすり抜けてきたように見えるはずだ。

切っ先はアグナルの肩口に突き立ち、その衝撃で彼の身体《からだ》がよろめく。

リロイが跳び退《すさ》ったのは、まさにその瞬間だった。

アグナルの肩の傷から、鮮血が流れ落ちる。今までで、一番大きな傷だ。リロイならばさらにそこから追撃できたはずだが、なぜそうしなかったのか――それは、リロイ自身にも明確にわかっているわけではなさそうなのが、その表情からも見て取れる。

「――なるほど、身体が温まってきたということか」

アグナルは、肩の傷口に指を這わせながら言った。指先についた血を見つめながら、どこか楽しげだ。「とはいえ、スロースターターというわけでもなさそうだ。一見、猪突猛《ちよとつもう》進《しん》にも見えるが、相手に合わせる器用さ、臨機応変さがある。ＳＳ級の話があっただけのことはあるようだな」彼は、賞賛にも似た表情を浮かべていた。

「ところで、その回復力は自前か？」

さすがに、気がついていたようだ。

そもそも、剣が肺を貫通するような傷を負って、動き回れるはずがない。

傷口はすでに、体組織の癒着が始まっていた。無論、出血も止まっている。驚嘆すべき回復能力——というよりも再生能力、といったほうが正しいかもしれない。

「昨今カルト教団では、化学的に肉体を改造して分不相応な力を得ることに躍起だと聞く。まさかとは思うが——」

「物心ついたときから、こうだよ」

続くアグナルの言葉を遮って言ったが、変な疑惑をかけられるのが嫌だというふうでもなく、リロイは肩を竦めた。

「腹が痛くなったり風邪を引いたりはするが、怪我《けが》をしてもすぐ治るし、毒も効かない。羨ましいか？」

「少しな」

アグナルはそう言ったが、すぐに「だが、それで動きが雑になるのでは意味がない」と切って捨てた。

他の人間がそう言えば単なる妬みにも聞こえたかもしれないが、この男が言うと重みが違う。

「そんなに雑か？」ともすれば挑発的な言葉であったが、リロイが素直にそう訊き返したのも、アグナルの実力からくる説得力あればこそだ。

「生まれつきそうであるならば、雑というよりも癖のようなものかもしれんな」

「なんだよ、随分と曖昧だな」

リロイが不服そうな顔をすると、アグナルは小さく笑った。

まるで、不出来な生徒に教育を施す教師の如《ごと》く。

「おまえのようなタイプは、座学よりも実戦が良かろう」

アグナルは左手の剣を鞘《さや》に収め、右手の剣を両手で握った。「わたしも未《いま》だ、二剣では為《な》し得ぬ領域だ」

そして、やはり自然体で剣を構えた瞬間、大気が震えたような気がした。

「死ぬな。学べ」

その静かな言葉が、合図だった。

アグナルが、地を蹴る。

その重い響きが妙に遅く、遠くでこだましたような錯覚を覚えた。

目の前に、彼が現れる。

間合いを詰める過程が、認識できなかった。

両手に握った剣の切っ先は、地につきそうなほど低い位置にある。そこから撥ね上げて

くるのか、と判断したが、そうではない。

すでに、振り切られていたのだ。

リロイの左手が、宙を舞う。

「よくぞ、躱《かわ》した」

その声が、遠ざかる。

大きく跳躍して間合いを取ったリロイは、着地で体勢を崩した。肘の部分で腕を切断され、身体のバランスが狂っているのだ。

アグナルはゆっくりと、こちらに向き直った。

「人間の身体は実に良くできているが、その反面、非常に扱いにくくもある」淡々と、彼は言った。「あまりに個人差があって、唯一の最適解が存在しない。畢竟《ひっきょう》、自らの肉体を自らの才覚で最適化しなければならないが、それはまさしく、一歩先すら見えない霧の中を行くが如くだ」

「――ＳＳ《ダブル・エス》級にもなると、小難しいことを言うんだな」

リロイが、鼻を鳴らす。その顔色は、決して良くはなかった。驚嘆すべき再生能力を持っているとはいえ、肺の傷と腕の切断面からの出血は無視できない。傷口は塞がっても、失われた血をすぐさま体内で作り出せるわけではないのだ。

「俺はあんまり頭が良くない。わかりやすく言ってくれ」リロイが冗談めかして言うと、アグナルは「そのようだな」と、双眸を細める。

「自らの肉体を自らで完全に支配する、ということだ。おまえはまだ、その域に達していない」

リロイの血を吸った剣を引っ提げ、彼はそう告げた。

「無論わたしも、まだ道半ばだがな」

この男がそうなのならば、大抵の人間はそうだろう。リロイも同じことを思ったのか、口元に苦い笑いが浮かんだ。「生憎《あいにく》と」やや上の空とも聞こえる口調で、言った。「昔から、自分の身体とは折り合いが悪くてね。なかなか難しい注文だ」

「問題ない」

アグナルは力強く頷《うなず》き、剣を構えた。

「足の二、三本でも失えば、身体のほうが考え直すだろう」

「それが、そうでもない」

その返答が予想外だったのか、アグナルはわずかに眉根を寄せた。リロイは、血の気の失《う》せた顔に笑みを浮かべる。

「躾《しつけ》が大変なんだよ、俺は」

そして次の瞬間、アグナルが突然、なにもない空間を剣で薙いだ。

真横に剣を叩《たた》きつけたのち、すぐさま頭上へと刃を撥ね上げつつ飛び退《すさ》る。庭園に響くのは、鋼の咬《か》み合う擦過音だ。

アグナルを追うように、足下の土が裂けて捲《まく》れ上がる。

彼の剣に撃ち弾《はじ》かれたなにかが、周囲の木々を切断し、倒れゆく木から赤い葉が雪のように舞い散った。

鋼糸だ。

どうやら、シルヴィオの使っていた鋼糸を抜け目なく隠し持っていたらしい。

しかもそれを操っているのは、切断された左腕――シルヴィオが見せた、切断箇所を糸で繋《つな》ぎ、斬られた腕の指先を操るあの技だ。

アグナルとの会話で心ここにあらずだったのは、これを為すために極度の精神集中を必要としたからだったのか。

戦闘センスだけは抜群だと知ってはいたが、一度見ただけの、しかも超高難度の技をこの土壇場でやってみせるとは、たいした男である。

おそらくアグナルも、自分がなにに攻撃されているのか最初はわからなかったに違いない。その時点で大きな手傷を負わせることができれば形勢が逆転したかもしれないが、S級の傭兵は狼狽《ろうばい》することもなく、自らを攻撃するものの正体をすぐに看破した。

鞘に収めていた二本目の剣を引き抜き、見事な太刀捌きで鋼糸を受け流していく。

弾き返された鋼の糸は太い幹を持つ木々を雑草の如く刈り取り、周囲を囲む回廊の柱を薙ぎ倒していった。

瓦解する回廊の地響きの中に、リゼルの悲鳴が呑《の》み込まれていく。

噴水の中に佇《たたず》んでいた美しい女神像が真っ二つになり、血潮の如く水を噴き出しながら倒壊した。

瀟洒《しょうしゃ》な四阿《ガゼボ》は斜めに切断され、滑り落ちていく屋根を鋼糸が裁断する。細かな欠片《かけら》が肉片の如くばら撒《ま》かれ、赤い葉の浮かぶせせらぎへ落下していった。

鋼糸を防ぐアグナルの動きに、隙はない。このまま小一時間攻め立てたとしても、まったく揺るがないであろうことを確信させた。

リロイも、鋼糸の攻撃は決定打にならない、とは予測していたのだろう。

鋼糸での連続攻撃を続けながら、猛然と突進した。切断された腕を糸で繋ぎ、それを神経代わりにして指先から鋼糸を操る技は、凄絶な集中力を要することは想像に難くないが、その動きに陰りはない。

視界を埋め尽くす紅雪の中、身体を内側に捻《ひね》ってアグナルから見えない位置に剣身を置きつつ、間合いに飛び込んだ。

鋼糸で牽制《けんせい》しながら、捻った反動とともに剣を撃ち込んでいく。アグナルの両手の剣が、首と胴を狙う鋼糸を撃ち落とした、まさに絶好のタイミングだった。

鮮血と肉片が、飛び散る。

だが、大きく姿勢を崩したのはリロイのほうだ。

左の肘から肩までが、内側から捲《めく》れ上がるようにして爆《は》ぜ割れている。

同時に、切断された肘から先の腕も、千切れ飛んでいた。

まるで、糸剝《いとは》ぎだ。

しかしあのときは、リロイがシルヴィオから剝ぎ取った糸が制御を失い、周囲を無差別に切り裂いたが、今回はそれがない。

同じ技だが、レベルが違う。

一体、何者か。

いずれにせよ、アグナルの間合いで完全にバランスを失ったのは致命的だ。

リロイは、崩れ落ちそうになる身体を右足の踏み込みで辛うじて耐える。そしてその足を軸にして、斬撃を叩きつけた。

アグナルはこれを受け流しもせず、また受け止めようともしない。滑るようなバックステップで距離を取った。

奇妙な行動だ。彼我の状況を鑑みれば、畳みかける以外の選択肢はないはずである。

しかし、リロイがそれを訝《いぶか》しがる暇などなかった。

空を裂く音が、高速で飛来する。

リロイは素早く後退しながら、右からの音へ剣を叩きつけた。耳に痛い激突音は、火花とともに足下へ落下して庭園の土を抉《えぐ》り取る。飛び散る土塊の中、逆方向から横薙《な》ぎに叩きつけられる一本を仰《の》け反《ぞ》って躱し、そのまま背中から倒れ込んだ。

鋼糸はそこへ、上空から牙を剝《む》く。

連続する五本の糸が、高速の斬撃となって振り下ろされた。

胴を狙ってきた一本目は下半身を胸元まで引き寄せて躱し、首の切断を狙う二本目は足を引き寄せた反動を利用して前方に飛び起きることでやり過ごす。

三本目は、急激に軌道を変えて左手側から喰《く》らいついてきた。今度は俯《うつぶ》せに倒れ、頭上を糸が通過した瞬間に、右手と両足のバネで斜めに跳んだ。

四本目が、リロイが寸前まで俯せになっていた場所を断ち割った。

そして宙にいるリロイを、五本目が捕捉する。背中から斬りかかってくる鋼糸に対し、関節の可動域を限界まで酷使して剣を叩きつけた。

甲高い金属音に続いて、空を切る音が激しくうねる。

五本目を、完全に弾き返せなかった——わずかに角度が足りなかったのか、打ち据えられてもなお、その糸は弧を描いてリロイの頭上から逆しまに襲いかかってきた。

リロイはまだ、着地できていない。

そしてその耳には、六本目と七本目の鋼糸が放つ風切音が届いていた。

「駄目です、レニーさん、違いますよ！」

叫んだのは、回廊の瓦礫《がれき》から辛うじて顔を出しているリゼルだ。

途端に、風が静かになる。

リロイは何事もなく着地し、しかしほんの少しだけよろめいた。

先ほどの鋼糸の攻撃、すべて躱したはずだったが、それぞれがリロイの肉体を削《そ》いでいた。レザージャケットが裂け、じっとりと濡《ぬ》れている。血を流しすぎたのか、さしものリロイですら顔色が悪くなっていた。

「あらー、やっぱりそうだったんだ」

中庭を囲む建物の陰から、間延びした、緊張感のない声が聞こえてきた。

「鋼糸使ってたけど、どうも聞いてた人相と違うなー、って思ってたんよ」

現れたのは、リロイとそう歳《とし》の変わらぬ女だった。リゼルがレニーと呼びかけていたから、同僚だろうか。その割にはラフな格好で、スーツは着ていない。

「だから一応、手加減したんだけど——って、あれ、どうしたのリゼル。彼女はようやく、瓦礫の山に埋もれているリゼルに気がついて目を丸くした。「なんか地震でもあった？」」

そんな局地的な地震などあるわけがなかろうと思うのだが、瓦礫に全身が挟まれて動けないリゼルは、ただ苦笑いを浮かべただけだ。

「まあ、そんなところです。できれば、助けていただけませんでしょうか」

まかせてー、と気の抜けた返事をして、彼女はピアノでも弾くかのように指先を動かした。すると、大きな瓦礫が軽々と持ち上げられ、次々に庭園の隅に放り投げられる。

状況からして彼女がリロイを攻撃した鋼糸の操り手なのだろうが、切断を得意とする糸でどうやってあれほどの重量を持ち上げているのか、見当も付かない。

そして、結構な量の瓦礫に潰されていたリゼルが、特に怪我《けが》をした様子もなく平然と立ち上がったのも腑《ふ》に落ちなかった。

「興が殺《そ》がれた」

呟《つぶや》いたのは、アグナルだ。彼はすでに、二本の剣を鞘に収めている。「今日はここまでだな」

「なら、カルテイルは俺がもらうぞ」

なにがならなのか知らないが、リロイは当然のように言い放つ。

アグナルは思わず頬を歪《ゆが》め、喉を小さく鳴らした。

それが表すものは、いったいなんだったのか。

「好きにしろ」

彼が言い残したのは、ただそれだけの言葉だった。

踵《きびす》を返し、庭園から立ち去っていく。

これほどあっさりと譲るのならば、なぜあのときそうしなかったのだろう。

彼自身、そこまでカルテイルという人物に興味がなかったのか、そうであれば、あるいはリロイとの手合わせこそが彼の望みだったとでもいうのだろうか。

それでは本当に、稽古をつけられたようなものだ。

本気で殺しにかかることが稽古、と言うのならばだが。

いずれにせよ——

「おまえの完敗だな」

私がそう言うと、リロイは小さく肩を竦《すく》めた。

特に悔しがる様子もないのは、勝ち負けにこだわる性格ではないからだ。

リゼルにも言っていたが、暴力で物事を解決する傭兵《ようへい》という職を選んだリロイは、その高い戦闘能力を手段として用いている。

目的では、ないのだ。

速さを競おうとしたカレンを揶揄《やゆ》したように、リロイ自身には誰かと優劣をつけることに興味がないし、そもそもいわゆる戦闘狂でもない。

状況を打破するため、暴力を行使することに躊躇《ちゅうちょ》がないだけだ。

まあ、その如何《いかん》ともし難い状況を作り出すのもまた、この男の融通の利かない粗暴な性格故なのだが……。

「大丈夫ですか、リロイさん」

リゼルが、鋼糸使いの女——レニーを引き連れて近づいてくる。彼のスーツは埃《ほこり》まみれで袖が取れかかっているし、鋭い瓦礫が所々、生地を引き裂いている。しかし出血した様子はなく、動きを見ても骨折などの被害はないようだ。

奇跡的に挟まり具合が良かったのか、とんでもなく頑丈なのか、いずれにせよ不可解な存在である。

「これが大丈夫そうに見えるんなら、サングラスはやめてメガネをかけろ」

リロイはシニカルに口の端を歪めたが、すぐに顔を顰《しか》めた。軽口を叩いてはいるが、端的に言ってリロイは重傷だ。原形を留《とど》めないほど破壊されてしまった左腕に関しては、この時代の医療ではどうにもならないだろう。

治療にかかった費用はすべてこちらが払います、と頭を下げるリゼルに、リロイは必要ないと告げる。内臓がはみ出たり折れた骨が皮膚を突き破って飛び出したりしなければ、割と医者いらずの身体《からだ》だ。

「この度は弊社の社員がご迷惑をおかけいたしました」

「いやー、ごめんね。人違いでした」

深々と頭を下げるリゼルの横で、レニーは軽く手を振った。まるで、後ろから声をかけたら別人でした、みたいな調子で謝るレニーに、傍らのリゼルのほうが顔を強張《こわば》らせた。

リロイ本人は、その態度に気分を害した様子はない。

「こいつもセキュリティのひとつか?」レニーではなく、リゼルに訊《き》いた。「はい」彼は頷《うなず》く。「鋼糸使いには、鋼糸使いです。――まあ、必要なくなっちゃいましたけどね」

リロイは鼻を鳴らし、レニーに目を向けた。彼女はまったく悪びれた様子もなく、リロイの視線を受け止める。

「おまえ、弥都《やと》の人間には見えないな」

ハイネックのセーターに薄手の外套《コート》を羽織り、キュロットスカートを穿《は》いた出《い》で立《た》ちは確かに南の大陸風だ。さらに彼女自身も、褐色の肌に青い瞳、金色の髪と、南部辺境地域のさらに南にある群島国家ムスペルに見られる特徴を備えている。

「うん」彼女は、頷いた。「生まれも育ちもムスペルだからね」私の予想どおりの返答をしたレニーは、小首を傾《かし》げた。「それがどうかした?」

「どこで、誰からその技を習った?」

問われたレニーは、「うーん」と、なにか考え込むかのように顎へ指を這《は》わせた。

「話すと長くなるよー？」

「コンパクトにまとめろ」

横暴ともいえるリロイの要求に、レニーは難しい顔で唸《うな》った。その長い話を、頭の中で必死に圧縮しているらしい。

やがて彼女は、眉間に皺《しわ》を刻んだまま「近所で、知らないお爺《じい》さんから？」と呟いた。

「ふざけてるのか」

リロイの語気は、それほど強くない。

彼女が韜晦《とうかい》しているのかそれともこれが本気なのか、判断がつけ難いからだろう。

「ふざけてないってば」レニーは、不服そうに抗議した。「ホントにそのお爺ちゃんから習ったんよ。基本だけだけど」

「――そいつがなんて名乗ったか、覚えてるか」

もう少し様子を見ようとでも思ったのか、リロイは重ねて問いかける。

「ナタとかナタクとか、そんな感じだった……かな」

レニーの応《いら》えは、覚束《おぼつか》なげだ。

だが、リロイの顔色が僅かに変わる。「その爺さんはどうなった」

これにレニーは、少し哀《かな》しげに目を伏せた。

「逮捕されました」

「――鋼糸使いだぞ？」リロイは驚きの声を上げたが、確かに、鋼糸使いをただの警察官が捕らえられるとは思えない。

「詳しくは覚えてないんだけど」と、レニーは斜め上を見ながら言った。「あたしを本格的な弟子にするために、連れて行こうとしたみたい。それで捕まったんだって」

「抵抗もせずに？」

リロイは胡乱《うろん》げだったが、レニーは確信をもって頷いた。「仕事以外では殺しはしない、って言ってたもの」

「それで、大人しく牢獄《ろうごく》行きだと？」

信じられない、とばかりにリロイは低く唸った。すでに、レニーの語る言葉のどの部分なら信用できるのか、わからなくなっているようだ。

彼女はそこに、追い打ちをかける。

「でも模範囚だったから、わりと早くに保釈になったみたい。保釈中の奉仕活動なんかもきっちり参加してたから、きっと更生したんだよね」

「――そうだといいな」

最終的にどうでも良くなったのか、リロイはぞんざいな相槌《あいづち》を打つ。

「もしかして、あのお爺ちゃんの知り合い？」

彼女にとっても謎だったのだろう、その老人の素性がわかるかもしれないと、レニーの目が輝いた。

「ナタク違いだ」

だが、リロイの返答は彼女の期待したものではなかった。そんな彼女の表情に気がついたのか、少し考えたあと、リロイは付け加える。「ナタクってのは、名前じゃなくて称号みたいなもんだ。おまえが出会ったのは、俺の知ってるナタクの前任者かなにかかもしれないな」

「君は、君の知ってるナタクから鋼糸の使い方を教えて貰《もら》ったの？」

リロイが無言で頷くと、なぜかレニーはにんまりと笑う。そして、怪訝《けげん》な顔をするリロイの肩を気安く叩《たた》いた。腕を失ったほうの肩だったので、リロイは痛みに顔を歪める。

「じゃーあたし、君の姉弟子じゃない」

「は？」

どうしてそうなるんだ、と異議を唱えるリロイに対し、レニーは当然の如《ごと》く「あたしは子供の頃からこれ使ってるんだから、そうなるでしょ」彼女は、長く優美な指先をくねらせる。「師匠もおんなじナタクだし、これであたしが姉じゃなかったらなんだって言うのよ」

「ただの他人だろ」

雑に言い放ち、リロイは歩き始める。

すると、慌ててリゼルがあとを追ってきた。そして、手前味噌《みそ》ですが、と前置きする。

「我が社には、性能の良い義手があるんですよ」すわ営業か、と思うような口調だったが、義手そのもの、接合手術、アフターケアに至るまですべて無料だと言う。

「気前がいいな」

リロイはそれほど興味を引かれたようではなかったが、リゼルは揉《も》み手をせんばかりに喰《く》らいついてきた。

「それはもう、リロイさんに我が社の義手を使っていただければ、最高の宣伝になりますからね。かかる経費なんて安いものですよ」

「そういうの隠さないスタイルなんだ」

後ろから付いてきていたレニーが、リロイより先に突っ込んだ。

「営業に大事なのは誠実さですよ、レニーさん」リゼルはそう主張したが、同僚の賛同は得られなかった。

「悪い話じゃなさそうだが」リロイがそう言うとリゼルの表情が明るくなったが、続く言葉に陰った。「もし腕が生えてこなかったら、そのとき検討してやるよ」

「生えてきちゃいますか」極力、落胆の色を出さないように努めていたが、まるで隠し切れていない。

「いやいや、生えてこないっしょ」レニーが後ろで呟いた。その気持ちは、私にもよくわかる。人間の腕は――あるいは足も――蜥蜴《とかげ》の尻尾のように、切り離したあとに生えてくるような類いのものではない。

「――どうかしましたか？」

リゼルの声に、焦慮と不安が滲《にじ》んだ。

いきなりリロイが足を止めると、苦しげに頬を歪めたからだ。

「駄目だ」上体をふらつかせながら、リロイは呻《うめ》いた。「腹が減って死ぬ」

それはまあ、もっともだ。常人なら死んでいるような外傷を塞ぎ、出血を止め、失われた細胞を今現在も尋常でない速度で再生させているのだ。

体内のエネルギーが枯渇するのも、時間の問題である。

「おい、姉弟子」

「お、なんだね、弟弟子」

弱々しいリロイの呼びかけに、レニーが上機嫌で応じる。リロイは今にも飛びかかりそうな、飢えた眼差《まなざ》しで彼女を見据えた。

「なんか食わせろ。奢《おご》りで」

「やだ」

清々《すがすが》しいほどに、即答だった。リロイは、忌々しげに舌打ちする。「偉そうに姉弟子を主張するなら、空腹の弟弟子に飯ぐらい食わせろよ。役立たずだな」悪態をついてはみたが、初めから期待はしていないのだろう。

ただ、心の裡《うち》で燻《くすぶ》っている憤懣《ふんまん》を少しだけ発散したに過ぎない。

なのにレニーは、両手で顔を覆い、大げさに嘆いて見せた。

「ああもう、どうしてこう、あたしには可愛《かわい》げがなくて生意気な後輩しか出来ないんだろ。

テュール君も人の話聞かない上にめちゃ無愛想だしさー」

「彼は真面目で良い子だと思いますけどね」

ヴァルハラ社員の内情になどまったく興味がないリロイは、一刻でも早く空の胃袋に食料を詰め込むため、足を速めた。

「お待ちください、リロイさん」リゼルは、わかりました、仕方ありません、と覚悟を決めた顔をしていた。「お詫《わ》びの意味も込めて、ここは経費でご馳走《ちそう》させていただきましょう」

「おまえは話がわかるやつだとわかってたよ」

タダ飯にありつけた、と料簡《りょうけん》の狭い喜びを噛《か》み締める相棒を見るのは、なんとも哀しいものだ。

「腕が生えてくるまで、たらふく飲んで食おうぜ」

「お手柔らかにお願いします」

やや引き攣《つ》りながらも、リゼルは笑顔で応じる。

その顔を固まらせたのは、「あーあ、あたし知らないよー」咎《とが》めるようなレニーの声だった。「ロティスが受け取ってくれると良いね、領収書」

「彼女も……鬼ではありませんから」

そういうリゼルの顔色は、端から見ても良くはない。確かカレンも、会社の会計が厳しいようなことを言っていた。大企業なのに経費にうるさいのか、あるいは経費にうるさいからこその大企業なのか。

いずれにせよ、末端の社員にとっては頭の痛い話だろう。

そもそも、軽率にレニーがリロイを攻撃などするから、こうなっているのだ。リゼルもそこはしっかりと指摘するべきだと思うが、彼は同僚を責めようとはしない。

最初に私が感じたとおり自制心の塊なのかもしれないが、さすがにこれでは身が持たないのではないだろうか。

などと私が考えているところへ、甲高い悲鳴が頭上から降ってきた。

見上げると、崩れた壁の穴から、領主のディトマールが顔を出している。壁の縁《ふち》に縋《すが》りつくようにして、膝を突いていた。

あれだけ美しかった庭園が崩壊していれば、まあ、悲鳴のひとつも上がろうというものだ。

「これ、結構なお金を請求されそうだね」

レニーの呟《つぶや》きに、リゼルの低い呻き声が続いた。

4

薄闇の中、淀《よど》んだ空気が饐《す》えた臭いを運んできた。

そもそもが人の居住を考慮していないので、空気の流れが悪く、湿気もあって黴《かび》臭い。ディトマールは地下街と表現していたが、倉庫として使われていた広い空間とそれらを繋《つな》ぐ無数の通路は、どちらかといえば迷宮と表現するのが相応《ふさわ》しく思えた。

人影も、ある。危険地帯、という話だったが、入り口付近にはいきなり襲いかかってくるような輩《やから》はいないようだ。むしろリロイの姿を目にすると物陰に身を隠し、やり過ごそうとする者のほうが多い。

夜陰に乗じて教会に忍び込み、〝深紅の絶望《クリムゾン・ディスペアー》〟の拠点へ進入したリロイは、迷いも熟慮もなく先へ進んだ。この迷宮のどこかにカルテイルが潜んでいたとして、偶然そこへ辿《たど》り着く確率はどれほどだろうか。

左腕の切断面が疼《うず》くのか、リロイは時折、無意識に掻《か》き毟《むし》っている。真新しいレザージャケットのだらりと垂れ下がった袖が、心許《こころもと》なげに揺れていた。

偽《いつわ》らざる本音を言えば、現状で敵のふところに飛び込むことに私は反対だ。

カルテイルの力が未知数であるにもかかわらず、リロイは腕を失ったことによって戦闘能力が低下している。

失った体力も、大きい。

あの日、リゼルたちとともに入ったレストランで、リロイは大量の料理を平らげた。帰り際、領収書に記載された値段を見てリゼルが卒倒しかけたほどだ。

失われた血の補塡《ほてん》と、これから肉体の再生に費やされるエネルギーの一部は摂取できたが、それでもまだ十分とは言えない。

少なく見積もっても一週間ほどは、体力の回復に費やすべきだ。

そう言って素直に聞くような男ではないのが、悩ましいところである。

「新しい服の着心地はどうだ」リロイが着ているレザージャケットは、これもまたリゼルに払わせたものだ。レニーの介入で危うく真っ白なロングコートを買わされそうになったが、漂白されることなく、なんとかいつも通りの色に収まった。

「悪くない」結構な値段だったのだが、リロイの感想は素っ気ない。「ちょっと動いて慣らしたいところだがな」

この場合の動く、というのは健全な運動のことではない。

「身体《からだ》のほうも、だろう」私が言うと、リロイは口の端を少し歪《ゆが》めた。

「それより、腹が減って仕方ないのが問題だな」

そう呟くと、ナップザックの中から取り出した干し肉の塊に齧《かぶ》りついた。寝ているとき以外は、絶えず食べている。身体に吸収された栄養素は、直ちに左腕の再生へと注ぎ込まれているのだ。

その塊の二本目を取り出したところで、数人の男たちが行く手を遮った。示し合わせたように、後方にも何人かが立ち塞がる。

リロイは彼らを一瞥《いちべつ》したあと、二本目を食い千切った。

「いいもん食ってるじゃないか」

前方にいた、長髪の男が言った。伸ばしているのではなく伸びた、といった感じのするぼさぼさの頭だ。「俺たち腹ぺこでよ。ちょっと分けてくれよ」

「いいぞ」

リロイは快諾する。

そして、食べかけの干し肉を男に差し出した。

長髪の男はにやりと笑い、差し出された手を叩いて払う。リロイの手から吹っ飛んだ干し肉が、通路の壁に当たって落ちた。落下した先は、なにかよくわからない汚水だ。

「おいおい、誰がおまえの食いかけを――」挑発的な男の言葉は、そこで途絶えた。

リロイの二本の指が、彼の眼球に突き刺さったからだ。

指先に押し潰された男の眼球は、硝子体《しょうしたい》と血が混ざった液体をどろりと流す。リロイはそのまま指先を男の眼窩《がんか》に引っかけ、引き寄せた。

「食べ物は粗末にしちゃ駄目だろ」

絶叫する男を、リロイは指先だけで壁際まで引きずっていく。周りの男たちは、唖然《あぜん》として固まっている。

「腹が減ってるんだろう、食え」リロイは男の眼窩から指を抜くと、汚水に浸《つ》かっていた干し肉を拾い、激痛に吠《ほ》えている男の口腔《こうこう》へと押し込んだ。「結構、高かったんだ。美味《うま》いだろ」ちなみにこの肉も、リゼルに払わせたものだ。

喉まで肉を突っ込まれた男は、勢いよく絶叫できなくなり、くぐもった呻き声を漏らす。リロイは肉を押し込む手を止めなかったので、遂《つい》には完全に気道が塞がってしまう。

ここに至り、ようやく数人が駆け寄ってきた。口々に罵声を吐き出しながら、リロイに摑《つか》みかかる。

一人目の指先が肩に掛かった瞬間、リロイは振り向きもせずに肘を背後へ撃ち込んだ。それは男の顎を側面から強打し、衝撃で顎の関節が破壊される。顔の下半分が歪んだその男は、声にならない悲鳴をあげて崩れ落ちた。

肘を撃ち込んだ勢いのまま、リロイは身体を半回転させる。

流れる視界の中に映るのは、顎を砕かれて倒れている男、腰のベルトに差していた短剣を引き抜く小柄な男、そこらに転がっていただろう木の棒を手にした長身の男、そして大工道具と思われるハンマーを握り締めた男だ。

まだ他の連中は、間合いに入っていない。

リロイは回転を止めないまま、蹴りを放った。靴裏は、短剣を握っている男の手首を直撃する。骨が砕け散り、力を失った指先から短剣が飛んでいく。

苦鳴を漏らしてよろける小柄な男へ、リロイは手を伸ばした。

首の後ろを摑むと、一気に引きずり倒す。

下には、顎を砕かれた男が倒れていた。激突する寸前、ふたりの視線が交錯するが、お互いの瞳の中に見たのは同じ絶望と恐怖だけだったろう。

頭蓋骨の拉《ひしゃ》げる音が、響く。

強い衝撃にふたりとも眼球が飛び出し、鼻孔からは血の混じった髄液が噴出した。

ハンマーを手にした男が、雄叫《おたけ》びを上げる。

怒りではなく恐怖が、彼の喉を震わせた。

重々しい鎚頭《つちがしら》でリロイを粉砕すべく、ハンマーを振り上げる。

だが、あまりに鈍重だ。

振り上げたところで、ハンマーはぴたりと止まる。男はなぜそこで止まってしまったのか理解できず、渾身《こんしん》の力で振り下ろそうと踏ん張った。

目の前にいたはずのリロイがいなくなっていることに、気づかぬまま。

「落ち着け」

背後からリロイに声をかけられ、男はぎょっとしたように振り返った。そこでようやく、気がつく。眼前にいたリロイが背後で、ハンマーの柄《え》を摑んでいることに。

「少し、訊《き》きたいことがある。どうせ死ぬにしても、そんなに急ぐことはないだろ？」

「待て、待ってくれ」

そう言ったのは、ハンマーを握った男ではない。

前方に立ちはだかった男たちの中から、比較的まともな身なりをしたひとりが進み出た。目の細い、若者だ。彼は、リロイの間合いには踏み込まない位置で足を止めると、両手を挙げた。

「すまなかった。俺たちは、あんたに喧嘩《けんか》を吹っ掛けろって雇われただけなんだ」そう言うと、床の上で絶息している男たちをちらりと見やる。「もう三人も殺された。あんたには敵《かな》わない。――見逃してくれないか」

「本気で言ってるのか？」

リロイは、驚いたように目を丸くした。

そして少し、笑う。

「冗談だよな？」

こう訊き返されて、細目の男は狼狽《ろうばい》したように見えた。

「冗談じゃねえよ」そう言い放ったのは、ハンマーを握った男だ。彼は威嚇するように歯を剝《む》いたが、喧嘩で砕けでもしたのかところどころが抜け落ちていて迫力に欠ける。「あんな端金《はしたがね》で死にたくねぇ。金はやるから、手を離せよ」

喚《わめ》く男は、突然、前のめりになった。

蹈鞴《たたら》を踏んだ男は、リロイがハンマーから手を離したのだと理解し、振り返ると下卑た笑みを浮かべた。

「へへっ、ありがとよ」

「気にするな」

リロイは頷《うなず》いたあと、手の中のハンマーを肩に担いだ。男は目を瞬《しばたた》かせてから、なにも握っていない自分の両手を見下ろし、理解する。

「だが、口の利き方には気をつけろよ」

そう忠告したが、それはまったく意味がない。

なぜなら次の瞬間、それを理解するための男の脳が破裂していたからだ。

ハンマーが空を切る轟音《ごうおん》に、頭蓋骨の爆《は》ぜ割れる音が呑《の》み込まれる。頭上から振り下ろされた鎚頭は男の頭を踏み砕き、押し潰された脳が周りの床に飛び散った。

リロイの膂力《りょりょく》に加速度と重量の加わった打撃は男の頭のみならず、その脊椎《せきつい》を粉砕し、肋骨《ろっこつ》をへし折り、心臓を破裂させる。

膝が砕け、身長が三分の一ほど縮んだ男の身体が崩れ落ちると、大量の血が迸《ほとばし》った。

男たちは、逃げ出すことも忘れて立ち竦《すく》む。

「やっぱりバランスが悪いな」リロイはそう呟きながら、ハンマーを持ち上げる。鎚頭には、血まみれの頭髪と肉片がたっぷりと付着していた。

リロイの呟きは、粗雑なハンマーの作りのことではなく、自分自身の肉体のことだ。普通は片腕を失ってすぐの状態でここまで動けるはずはないのだが、それでも納得のいくレベルではないらしい。

「おい、おまえら」リロイが男たちに声をかけると、彼らは一様にびくりと肩を震わせた。

「悪いと思ってるなら、ひとりずつそこに並んで立て」

なにをするとは言わなかったが、なにをしようというのかは明確だ。

誰もが思わず、頭を打ち砕かれた屍《しかばね》に目を向ける。

「金なら、ほら、全部渡す」細目の男は、革製の袋を取り出すと、周りの仲間にも目配《めくば》せした。さすがに撲殺されるのは嫌なのか、異を唱える者は誰もいない。

「受け取ってくれ」

細目の男は、まるで捧《ささ》げ物でもするかの如《ごと》くリロイに革袋を差し出してくる。

だが、恐怖で指先が滑ったとでもいうのか、革袋を取り落とした。

普通の人間は無意識に、落下する革袋を目で追ってしまう。

そして、細目の男が袖口に忍ばせていた柳葉状の手裏剣を見逃してしまうのだ。

彼もまた、この絶妙なやり口に相当の自信があったのか、下に落ちた財布を目で追う振りをして俯《うつむ》いたその口元に、微笑が浮かんでいる。

だからこそ、手裏剣を引き抜こうとした腕を摑まれたとき、顔色が変わった。

「演技には自信があったか？」リロイは、意地の悪い笑みを浮かべる。「なら、周りの連中に合わせて、怯《おび》える振りもしとくべきだったな」リロイは端《はな》から、彼の財布など見てはいなかったのだ。

そのとき背後から、何者かが高速で接近してきた。

明らかに、周りの男たちとは一線を画した動きである。この場所にしては小綺麗《こぎれい》な服を着ているのは、細目の男と同じだ。

長い髪を後ろでまとめたその女に、私は見覚えがある。

〝紅の淑女《スカーレット・レディ》〟でシルヴィオとの戦闘に巻き込まれ、リロイが助けた娼婦《しょうふ》のひとりだ。あのときとは違って派手な化粧もなく、ドレスもない。

その手に握っているのは、短剣だ。

音もなく肉薄し、その切っ先をリロイの背中に突き立てんと繰り出してきた。

同時に細目の男も、リロイに摑まれているのとは逆の袖口から、二本目の手裏剣を滑るように手の中へ取り出している。それを脇の下めがけて、突き上げてきた。

さらにそこへ、男たちの間をすり抜けるようにして投げナイフが飛んでくる。狙いは、リロイの左側面だ。

なかなか、綿密な連係攻撃である。

リロイはこれを、力で迎え撃った。

細目の男を、片手で振り回したのだ。

彼の身体で飛んでくるナイフを叩《はた》き落とし、そのまま背後に肉薄していた女に激突させる。まさか仲間の身体が飛んでくるとは予測していなかったのか、辛うじて頭を庇《かば》いながらも、女の身体は床上に吹き飛ばされた。

すぐさま立ち上がるが、脳震盪《のうしんとう》でも起こしたのかふらついている。

リロイは、細目の男を無造作に放り投げた。壁に激突しても、まったく反応がないまま人形のように落下する。かすかに痙攣《けいれん》しているが、もはや意識はないようだ。

女との激突で、こうなったわけではない。

おそらくは、投げナイフに毒が塗ってあったのだろう。

ふらついている女に、リロイは声をかけた。どうやらリロイも、彼女の顔を覚えていたらしい。

「転職かい」

「残念だが、あまり向いてないようだな」

それは、多分に皮肉が含まれた苦言だった。

女は微《かす》かに目元を歪《ゆが》めただけで、応えはしない。

今度は背後から投擲《とうてき》されるナイフに合わせて、低い姿勢で突っ込んできた。

リロイは、足下に放り出していたハンマーに爪先を引っかける。空中で柄を摑み取り、振り返りざまにナイフを弾《はじ》き返した。

打ち払われたナイフは、回転しながら男たちに向かう。

事態の急転について行けずに固まっていたうちのひとりが、運悪くナイフを受けてしまい、声もなく崩れ落ちた。

大きなハンマーを振り回した直後には隙がある、と短剣を握った女は判断したのだろうか、一気に加速して間合いへ飛び込んでくる。

果たして彼女は、顔の真横に鎚頭が迫っていることに気がついただろうか？

女の顔が、バラバラになって飛び散った。

顔面が鎚頭の激突に耐えきれず、骨ごと粉砕し、剝がれたのだ。よろよろと二、三歩、横手に歩いたあと、大きく破損した前頭部から脳がこぼれ落ち、そのまま頽《くずお》れた。

男たちが、小さい悲鳴を上げて逃げ出し始める。

リロイは、手にしたハンマーを思い切り投げつけた。

男たちにではない。

それはしかし結果的に、軌道上にいた男たちを薙《な》ぎ払いながら、狙う相手の胸部に激突した。胸骨と肋骨は枯れ木のようにへし折られ、めり込んだ鎚頭がその打撃力で脊椎までをも打ち砕く。そのまま背後の壁に激突し、ハンマーを胸に抱いたようにして絶命したのは、リロイが助けたもうひとりの娼婦だった。

投げナイフを投擲《とうてき》していたのは、彼女だったのだろう。

「さて」リロイは、脱兎《だっと》の如く逃げ出した男たちを見やる。かつて助けた人間に刃を向けられ、それを返り討ちにした感慨はこの男にはない。

あのときは助けた。

今は殺した。

ただそれだけのことなのだろう。

そしてリロイは、残りを片付けるべく動き始める。投擲したハンマーの巻き添えを喰《く》らった男たちは呻《うめ》き声を上げ、立ち上がる気配がない。まずは、元気よく逃げていくほうからだろう。

「ん？」

しかしリロイは、眉根を寄せた。

一心不乱に逃げ出そうとしていた男たちが、リロイがなにもしていないうちにバタバタと倒れ始めたからだ。

なにかが飛来した気配もない。

だがそれは、間もなくリロイをも襲来した。

目眩《めまい》でもしたかのように身体《からだ》がぐらつき、二、三歩、後退《あとずさ》る。

物理的に、攻撃されたわけではない。

これは、匂いだ。

かすかに甘い香りが、男たちが倒れたほうから漂ってくる。おそらく、この匂いに含まれる成分が脳に作用し、彼らを昏倒《こんとう》させたのだろう。

しかも数人が、激しく痙攣《けいれん》を始めている。吸い込んだ量や体質によっては、ただ眠るだけではすまない劇薬のようだ。

「やっぱり、効かないわね」

倒れた男たちの向こう側から姿を見せたのは、リリーだ。

その声色には忸怩《じくじ》たる思いが込められていたが、驚嘆はない。リロイに毒物が極めて効きにくいことは、先刻承知だからだ。

「それじゃ、わたしがこんなもの振り回しても無駄かしら」

そう言って、手にしていた短剣を軽く振って見せた。

「よう」

リロイは、笑う。それは、馬車の中で彼女に向けたのと同じ笑顔だ。それを目にしたリリーは、可憐《かれん》な唇を歪め、唾と一緒に言葉を吐き捨てた。

「なによ、その顔は」

「笑うと愛嬌《あいきよう》が出るって評判だぞ」

そんな評判などついぞ聞いたことはないが、リリーは忌々しげに舌打ちしただけで、その真偽《しんぎ》には取り合わなかった。

「他に言うことがあるでしょう」それはまるで、自分への罵倒を求めるような、奇妙な催促だった。

リロイは少し困ったようにも見えたが、すぐに口を開く。

「本当に学校へ行ってみないか」

「は？」

その提案もまた彼女の予想の範囲外だったらしく、かくん、と開いた口が彼女の驚愕《きようがく》を物語っていた。

だがすぐに、顔が歪む。

それは恥辱と怒りと――哀《かな》しみだろうか。

彼女は手にしていた短剣を、リロイに投げつける。刺すために投擲したのではなく、癇《かん》癪《しゃく》を起こして投げつけたのだ。それはリロイの身体には届かず、床の上に落ちると乾いた音を立てて滑っていく。

「ふざけるんじゃないわよ！」激昂《げきこう》したリリーは、昏倒している男たちを蹴り飛ばしながら、リロイに近づいてくる。いよいよ甘い香りが強くなるが、リロイの身体はすでにこの毒に対する抗体を造り出しているのか、びくともしない。

「ふざけるな！」

目の前まで歩いてきたリリーは、もう一度そう繰り返すと、その小さな手で、思い切りリロイの腹部を殴りつけた。

素手で、鉄の塊を打つようなものだ。

苦痛の呻きを漏らしたあと、憎々しげに悪態をつく。

「ふざけてなんかいないぞ」

今度は向こう臑《ずね》を蹴りつけられながら、リロイは大真面目に言った。

「身寄りのない子供を育ててくれる施設が、ヴァルハラって会社にあるそうだ」

「わたしは別に、身寄りがないわけじゃない」今度は蹴った足が痛かったのか、苦痛の表情を見られないように背中を向けてリリーは言った。「それに、あんな怪しげな会社、信用なんて出来るわけないでしょ」そういうことなら〝深紅の絶望《クリムゾン・ディスペアー》〟ほど怪しい組織もあるまい、と思うのだが、リロイはそう言わなかった。

「もうすぐ身寄りがなくなるんだ、先のことを考えておくべきだろ」

それは、〝深紅の絶望〟が壊滅することを明言するものだった。

またしても、リリーの顔が憤激に歪む。

「あなたは今から、カルテイル様に殺されるのよ」

「どうして、俺を殺したいんだ？」

まあ、当然の疑問だ。今まで気にならなかったほうがおかしい。

「さあ」しかし、リリーの返答は素っ気ない。「そのにやけた馬鹿面に腹が立ったんじゃないの」小馬鹿にしたように鼻を鳴らす少女は、いかにしてリロイの精神的動揺を誘うかに苦心しているようにも見える。

「いや、面識はないだろ」

しかしリロイは、そんな彼女の努力を素で打ち砕く。

それがいよいよ、彼女の怒りに火をそそぐのだ。

リリーは歯をぎりりと嚙《か》み鳴らし、誰かが放り出していった棒を拾い上げる。「いちいちうるさいのよ、あんたは！」そしてそれを、リロイの腰に叩《たた》きつけた。

彼女の細腕では十分な威力を得られず、打撃は弾き返される。彼女は棒を取り落とし、またしても忌々しげに悪態をついた。

「なにが学校よ、馬鹿にしてっ」まるで侮辱されたかのように、リリーは唸《うな》った。

どうでも良いことなら、一笑に付せば良い。感情を露《あら》わにして否定することが、とりもなおさず彼女の心の奥に潜む願望を浮き彫りにしていた。

「こんな身体で、どう通うって言うのよ」彼女は、微かに震える声で言った。「特殊な薬を常用してないと、汗を掻《か》いただけで毒をまき散らすのよ？　そんな危険な人間と、同じ部屋で勉強なんて出来ると思ってるの!?」

「思ってるよ」リロイは、こともなげに言い切った。「全員、鼻栓すればいい」

よくもまあそんなにも浅はかな考えを口に出せるものだ、と私は目眩すら覚えた。

愚弄された、とリリーが烈火の如《ごと》く怒り出すことは必定だ。

しかしながら、薄暗い地下街にこだましたのは笑い声だった。

リリーが、乾いた声で笑っている。

ひとしきり笑うと、彼女は笑いの余韻を溜息《ためいき》で吐き出した。

「本当に馬鹿な男ね」

吐息の底で、言葉が濁る。

「あなたと話してると、馬鹿がうつりそう」

彼女は、リロイの傍らをゆっくりと通り過ぎた。「カルテイル様のところへ案内するわ。ついてきなさい」そして振り返らずに、薄暗がりへと歩き出す。

案内されるのではなく殴り込む、と主張していた我が相棒は、そんなことは忘れてしまったかのように大人しくあとを追った。

そして懲りずに何度か話しかけてみたものの、彼女は口を開くどころか振り返ることとすらしない。

　彼女が次に口を開いたのは、迷宮内にいくつも存在する、なんの変哲もない木製の扉の前だった。

「ここよ」

　リリーは、その扉を指さした。

「この中で、カルテイル様がお待ちになってるわ」

　リロイは周囲を一瞥《いちべつ》する。ここまで歩いてきた地下街の、そのいずれとも差違のない風景だ。警備や護衛の類いすら、見当たらない。

「もしかして、地下街の最奥に居城でもあると思ってた？」そんなリロイを見据えながら、リリーは唇に嘲笑を浮かべた。

「ああ」リロイは、素直に頷《うなず》く。「どでかい部屋に高そうな椅子を置いて、ふんぞり返ってると思ってたよ」これも別に馬鹿にしているわけではなく、この男の発想が貧困なだけである。

　リリーはやはり苛《いら》ついたように頬を歪めたが、そろそろ素のリロイに対して怒ってみたところで意味がないと気づき始めたらしい。

「それじゃあね」

　冷淡にそう言って、踵《きびす》を返す。

「学校の話、考えといてくれよ」

足早に立ち去ろうとしていたリリーは、再三にわたるリロイの提案に足を止める。

大きく、息を吸い込んだ。

怒鳴り散らすかと思えば、肺の中の空気をゆっくりと排出していく。その深呼吸で心を落ち着かせたのか、返ってきた言葉に熱はなかった。

「もう会うこともないでしょう。さよなら」

「ああ、またな」

リロイの返答に、リリーの肩がぴくりと震えたが、もうなにも言わずに立ち去っていった。

「おまえは本当に馬鹿だな」

彼女の姿が見えなくなり、リロイが扉を開けようとしたところで、私は言った。

「なんだよ、今更」

まさにこういうところが、リリーの神経を逆撫《さかな》でするのだろう。

「あんな言い方で、本当に彼女がこの組織を抜けるとでも思っているのか」

「さあな」

リロイは肩を竦《すく》め、ドアノブを摑《つか》む。「決めるのは彼女だ。俺の言い方の、上手《うま》い下手じゃない」

「おまえはもう少し、人が弱いものだと理解すべきだな」

どうして私が、人間に人間の扱い方を指南しなくてはならないのか。

リロイは扉を開けながら、「理解してるよ」と言ったが、怪しいものだ。

開いた扉の向こう側には、通路が延びている。

そして人が隠れるような場所もない狭い通路を進むと、また同じような扉が現れた。

そのドアノブを摑んだリロイは、まるで電流でも流れていたかのように手を離す。

「なるほど」小さく、呟《つぶや》く。私が「なにがだ」と問うと、リロイは口の端を吊《つ》り上げた。

「化け物がいる」

私には、人の気配すら感じられない。

そもそも、この男が普段は口にしないようなことを言ったのが驚きだ。

化け物に化け物と言わしめる存在とは、いったいなんなのか。

リロイは臆せず、扉を開いた。

驚くほど清潔で格調高い部屋が、現れる。

一瞬、ここが地下街ではなく、どこかの高級ホテルの一室ではなかったかと思わせる内装だ。ここまでは剝《む》き出しだった壁や天井には上品な色合いの壁紙が貼られ、足下には毛足の豊かな絨毯《じゅうたん》が敷き詰められている。〝紅の淑女《スカーレット・レディ》〟でシルヴィオが案内した部屋に勝るとも劣らない高級な家具と、部屋の一角にはミニバーすら設《しつら》えてあった。

微《かす》かに漂うのは、香《こう》の匂いか。

だが、それらすべての印象が、次の瞬間に色褪《いろあ》せる。

部屋の主《あるじ》の存在に、気づくからだ。

彼はソファに座り、本を読んでいる。身体をすっぽりと覆う外套《コート》に、頭巾《フード》を目深に下ろしていた。

座しているが、立てばおそらく二メートルを超える巨漢だろう。

リロイが部屋に入ると、読んでいた本を閉じ、男は頷いたのか軽く顎を引いた。

「ようやく会えたな、リロイ・シュヴァルツァー」

腹に響く、重くて低い声だ。口調は穏やかで、非合法組織を率いる者にしては高い知性を感じさせる。

その男――カルテイルは、小さく笑った。

「この時を待ちわびたぞ」

「だったら最初から、自分の足で会いに来い」

リロイにしてはもっともな主張だ。

カルテイルは、しなやかな動きで立ち上がる。「そうしたいところだが、そうもいかなくてな」立ち上がった彼は、顔を覆っていた頭巾を後ろへはねのけた。「外を歩くとなにかと目立つ。こんな顔だからな」

現れたのは、人間の頭部ではなかった。

平たい額に、前に突き出した鼻と口、そしてその大きな口からは鋭い牙がのぞいている。

雪のような白銀の毛が頭全体を覆い、黒い毛が隈取《くまど》りのように文様を描いていた。

双眸《そうぼう》は、血の如き赤――それは紛《まご》うことなき、虎の頭だった。

「なるほど、確かに目立ちそうだな」

リロイは、カルテイルを真っ向から見据えた。

虎の顔をした男は、人間の瞳でリロイを見下ろす。

「恐れぬか」

「なにを?」

リロイは、眉根を寄せる。「おまえの顔か、それともおまえ自身か。あるいは〝深紅の絶望〟?」そして、首を横に振った。「本当に怖いのは、そんなものじゃない」

虎の口が、笑みを象《かたど》った。

「では、恐れを知らぬおまえの目に、俺はどう映る? 人間か獣人か、あるいは――」カルテイルは、鼻面に厳《いか》めしい皺《しわ》を作った。「あるいは、〝闇の種族《ダーク・ワン》〟か」

確かに、白虎の頭をした人間、というのは考えにくい。

では、獣人か――となると、やはりそれにも疑問符がつく。獣人の定義がはっきりと決まっているわけではないが、概《おおむ》ね、人間の姿から動物へと肉体が変化するものを指す場合が殆《ほとん》どだ。そして変化したあとは、ほぼ獣の生態に準ずる――つまり、カルテイルのようにソファに座して本を読む、などということはできなくなる。

となると、残るは〝闇の種族〟となってしまうが……。

リロイは、どう答えるか。

「おまえは、どれがいいんだよ」

むしろ訝《いぶか》しむように、リロイは訊《き》き返した。

カルテイルは、その真意を計るかのようにリロイを凝視する。「どれがいい、だと？」

それはリロイに向けてではなく、自分自身への呟きのように、口の中だけで囁《ささや》かれた。

「どれでもいいんだよ」

リロイにとっては当たり前の話をカルテイルがすぐに理解しないことに苛立《いらだ》ったのか、舌打ち混じりに言い放つ。

「おまえがなりたいものになればいい。勝手に選べ」

「――ふむ」

深く思索するように、カルテイルの眼差《まなざ》しが遠くなった。

そして、独り言のように言葉を紡ぐ。「俺は、自分が何者か知りたかった。ずっとな」

「自分探しなら、旅に出ろ」

リロイは、にべもなくカルテイルの述懐を遮った。

「そんなことより、まさかそれが訊きたかったから、俺を狙ったなんて言うつもりじゃないだろうな」内側に押し込めていた憤激が、じわりと口調に滲《にじ》み出る。「そもそも俺とおまえは、初対面だ。人生相談がしたいなら、相手を間違ってやしないか」

「――そうじゃない」

カルテイルは、重々しく首を横に振った。「俺はおまえを、以前から知っている。遠く弥都《やと》にいた友人からの手紙でな」

反射的に否定しかけたリロイだったが、すぐに、得心がいったように呟いた。

「まさか――いや」

「那魄《ナタク》・藤香《フジカ》」

カルテイルは、不吉な赤い瞳に不釣り合いな、悲哀の色を浮かべる。

「その頃、那魄はすでに正気を失いつつあった」そう語り出す彼の言葉には、昔日《せきじつ》への郷愁が滲み出ていた。「間もなく人ではいられなくなる、と感じたのだろう、ただひとりの弟子の身を案じ、俺のもとへ送りつけてきた。面倒を見て欲しい、とな」

それがあの、シルヴィオか。

「あいつはあのまま、狂気の中で朽ち果てるはずだった」

カルテイルは、リロイをひたと見据える。「そこに現れたのがおまえだ、リロイ・シュヴァルツァー」

「なんだ、結局おまえも仇討《かたきう》ちか?」リロイの顔には、うんざりした表情が浮かんでいた。

「そのたったひとりの弟子は、返り討ちに遭ったぞ」

「シルヴィオに関しては、こうなるだろうことは予感していた」カルテイルは、バーのほうへと向かう。一歩、彼が歩くたびに床がその重みに軋《きし》んだが、動きそのものに鈍重さは感じられない。「そうとしか生きられないのなら、そうする他にない」彼の指先もまた、獣と同じく毛に覆われ、短剣のような鋭い爪が伸びていたが、それで器用に手にしたのは急須《きゅうす》――弥都で使われる、茶の道具だ。

「忘れて生きていけないのなら、死ぬのもまた救いかもしれん」

「じゃあ、おまえはなにが忘れられなくて、死にたがってるんだ」リロイは出入り口の壁に背を預け、双眸を炯々《けいけい》と輝かせた。「――言ってみろよ」

「那魄からの最後の手紙だ」

カルテイルは手慣れた様子で、急須の中の茶を湯飲みにそそぐ。

「そこには、おまえについて書かれてあった。俺とよく似ている、とな」

「俺はおまえほど毛深くないぞ」

リロイが抗議の声を上げると、カルテイルはにやりと笑いながら、湯飲みを差し出してきた。「那魄は、繊細だった。鋼糸使いとして並外れた才覚を発揮しながらも、人殺しの技を研鑽《けんさん》することに懊悩《おうのう》し、その果てに正気を失うほどにな」

リロイは、ゆっくりとカルテイルに近づいた。湯飲みを受け取る距離は、まさしく両者にとって必殺の間合いだ。

「だからこそかも知れないが、那魄は不思議な感性を持っていた」

リロイは、カルテイルから湯飲みを受け取る。

その瞬間、唯一の手が塞がれてしまう。

攻撃を仕掛けるには、またとない好機だ。

しかし、カルテイルはその機に乗じる気がないのか、話を続ける。

「特殊な眼差しとでも言おうか。我々のような無骨者には視《み》えないなにかが、確かにあいつには視えていたようだ」

それは、どこか羨望を感じさせる口調だった。

「その那魄が最後に記したのだ、我々の相似点は外見ではなく、内側にあると」

「まあ、腸《はらわた》は大抵、同じだろうな」

リロイは、襲撃される可能性についてどう考えているのか、端から見ればリラックスした様子で茶を啜《すす》った。「なんなら、おまえの腹を掻《か》っ捌《さば》いて確かめてやってもいいぞ」

「魂の話だ」茶化すリロイに対し、カルテイルは淡々としていた。「魂の有り様において我らは兄弟だ、と那魄は言っていた」

「なにが兄弟だ、ふざけるなよ」

飲んだお茶が酷《ひど》く苦かったかのような顔をして、リロイは言った。「そういうことは、せめて全身の毛を真っ黒にしてから言え」

忌々しげに言い放ったが、それを聞いたカルテイルは一瞬、虚を突かれたかのような顔をした。

それから、声を出して笑う。

「面白い」彼は肩を震わせ、喉を鳴らした。「俺にそんな口を利いた奴《やつ》は久しぶりだ」

「へえ」リロイは、両目を細めた。「前に言った奴はどうなった?」この挑発的な問いかけに、カルテイルは牙を剝いて応じる。

「墓の中で、今でもがたがた震えてるだろうな」

その表現が気に入ったのか、リロイは口の端を吊り上げて笑う。

「おまえの墓を掘るのは難儀そうだな、でかぶつ」

「折りたため。できるならな」

カルテイルは、瞳に赤光《しやっこう》を漲《みなぎ》らせる。

部屋の空気が膨張したような錯覚を覚えた。

それまでが逆に静かすぎたのだ、と思わせるほどに、カルテイルの身体《からだ》から音を立てて闘気が噴き出し始める。

「結局は、こうか」口調はため息交じりだが、リロイの表情はそれを裏切っていた。

カルテイルもまた、大きな口の両端を吊り上げている。

「話し合いでケリがつくのなら、こうは生きていない」彼は、諦観ではなく確固たる意思を見せて言った。「俺は見たいのだ、おまえの中に眠る獣を」

「だったら、殺してみろよ」

リロイは、剣の柄《つか》を握る。「ただ、気をつけろ。寝起きが最悪だぞ」

「留意しよう」

カルテイルは湯飲みの茶を最後に一息で飲み干すと、外套を脱いでリロイと対峙《たいじ》する。

「最後に、ひとつだけ教えてくれるか」

「なんだよ」

リロイも湯飲みを空にすると、バーカウンターへ転がした。

「おまえは、なにを選んだ」

カルテイルの虎の目は、その答えを希求して爛々《らんらん》と輝いている。

リロイは、鼻で笑った。

「決まってるだろ。――リロイ・シュヴァルツァーだ！」

そして一気に剣を引き抜くや否や、雷撃の如《ごと》くカルテイルに撃ち込んでいった。

刃は、肩口を引き裂くべく叩《たた》きつけられ――そして、空を切る。

爆発音と震動は、床からだ。

カルテイルの巨軀《きょく》が高速で移動したため、絨毯《じゅうたん》を敷き詰めた床が大きく撓《たわ》み、その衝撃が部屋全体を震わせた。

風が、唸《うな》る。

巨大な物体が高速移動したことで、部屋の中に暴風の如き空気の渦が生じていた。

リロイのレザージャケットが、激しくはためく。

圧力が、側面より押し寄せてきた。

リロイは、身体を捻《ひね》りながら跳躍する。

その背中に感じた暴風は、バーのカウンターを直撃した。天井付近にまで飛び上がっていたリロイの眼下で、木製のカウンターはカルテイルの拳を受けて爆散する。飛散する破片は、弾丸の如くカウンターの奥に並んでいた酒瓶を直撃した。

ガラスの砕け散る不協和音が連続し、飛び散ったアルコールの匂いが、カルテイルの起こした風に巻き上げられてリロイの身体に吹きつける。

リロイの足は、天井を捉えていた。

そこを足場に、下方のカルテイルへと一気に飛びかかる。今度はリロイの脚力で天井が陥没し、亀裂が走った。

その音に、カルテイルは俊敏に反応する。

カウンターを粉砕した右腕を引き戻しつつ、頭上からのリロイに対して左の拳を撃ち込んできた。

空中のリロイに逃げ場はない。

だがその手は、迷うことなく剣を投擲《とうてき》していた。

落下速度とリロイの膂力《りょりょく》が加わった切っ先は、正確にカルテイルの顔面へ突き進む。

カルテイルは突き上げる拳と逆の手で、顔を庇《かば》った。切っ先は彼の掌《てのひら》に突き立ち、甲から飛び出す。

この威力をそれだけで受け止めるとは、なんたる頑強さか。

そして拳は、勢いを減じないままにリロイへ肉薄した。リロイは激突の寸前、右手で獣の拳に触れる。そして勢いを受け流すと同時に、そこを軸にして身体を回転させつつ豪腕の一撃を躱《かわ》した。

駒のように回りながら、手と足を使って獣のように着地する。

そこへ、カルテイルの爪先が顔面に飛んできた。

爪の生えた足先が剝《む》き出しの、靴底を革紐《かわひも》で固定した古代様式の軍靴《カリガ》である。まともに喰《く》らえば顔の骨が砕け、爪で引き裂かれるだろう。

着地の衝撃を完全に殺せないうちに、リロイは素早く横倒しになって回避する。手足の腱《けん》が、かかる負荷に悲鳴を上げた。

蹴りが掠《かす》めていく風圧だけで、吹き飛ばされそうになる。

リロイは、絨毯の上を滑るように巨軀へ接近した。

大きく開いた両足の間へ、急所を狙って掌を突き上げる。

それを、カルテイルの拳が阻んだ。

振り下ろされた拳が、リロイの掌と激突する。肉の打ち合う音は、鼓膜を激しく震わせるほどに重い。

衝撃に、リロイの腕が軋んだ。

加重に関節が呻《うめ》き、筋肉が限界を超える圧力に押し潰されそうになる。

凄《すさ》まじい膂力《りょりょく》だ。

リロイは、力比べなどにこだわらない。受け止めた拳を手首の返しで下方へ押しやり、同時に床を蹴った。

カルテイルはそのまま床を殴打し、部屋全体がその衝撃に揺れる。

リロイは、前のめりになったカルテイルの身体を掠めるようにして飛び越え、その太く逞《たくま》しい首に両足を絡めた。

そして上体を起こすと、背中側からカルテイルの下顎に指先を伸ばす。

手と足で、一気にその首をへし折ろうというのだ。

だが、指先が白銀の体毛に触れるか触れないか、のタイミングで、剣の刃が二の腕に襲いかかる。それは、カルテイルの左の掌を貫通したリロイの剣だ。

それを引き抜かず、剣身を摑《つか》んで叩きつけてきた。

乱暴にもほどがあるが、リロイはカルテイルの眼球を諦め、剣を躱しながら彼の背中側へと上体を倒す。

そして今度は、腰から生えた尻尾を摑んだ。

その尻尾を起点に、カルテイルの首に回した足で一気に締め上げる。巨軀が弓なりになり、喉からは、狭まった気道を通る空気が音を立てた。

窒息か、頸骨《けいこつ》粉砕か、あるいは尻尾が引き千切れるか——カルテイルは掌に刺さっていた剣を投げ捨て、両手でリロイの足を摑むや否や、猛然と後退する。彼の意図を察したリロイが離れようとする暇も与えずに、そのまま部屋の壁に突進した。

石壁と屈強な肉体が、リロイの身体を挟んで押し潰す。

リロイの肺から押し出された空気が、苦鳴と一緒に吐き出された。

激突の衝撃で壁が砕け散り、天井からは欠片《かけら》が雨のように降ってくる。

逃げ場のない衝撃がリロイの体内で暴れ狂い、骨と内臓に多大なダメージを与えた。喉から血が迸《ほとばし》り、カルテイルの首を絞めていた足から力が抜ける。

彼は素早くリロイの足を振り解《ほど》くと、これを握り締めた。

リロイの身体が、軽々と持ち上げられる。

ふわりと浮き上がったその身体は、次の瞬間、猛烈な勢いで床に叩きつけられた。リロイは、咄嗟《とっさ》に右腕で顔を庇うことしかできない。

激突音が、室内の空気を破裂させた。

リロイの身体を受け止めた床は、木がへし折れる音をあげて激しく波打つ。床の羽目板が、衝撃で次々に捲《めく》れ上がっているのだ。

粉塵《ふんじん》が、血飛沫《ちしぶき》のように噴き上がる。

カルテイルは、リロイの足を離さなかった。

そのままさらに持ち上げ、部屋の奥の壁に渾身《こんしん》の力で投げつける。

リロイはその時、僅か一秒ほど、意識を失っていた。

覚醒したとき、壁はもう目の前だ。辛うじて身体を丸めて衝撃に備えることはできたが、衝突を回避することはできない。

壁は、木っ端微塵《こっぱみじん》に弾《はじ》け飛んだ。

砕けた煉瓦《れんが》が宙を舞い、リロイの身体は冷たい地面に叩きつけられた。二転、三転し、剝き出しになった土の上を滑っていく。

背中がぶつかったのは、荒く削られた岩盤だ。

どうも、拡張するために掘り進んでいた空間を、煉瓦の壁で仕切って部屋にしていたらしい。

リロイは悪態をつきながらも、すぐさま立ち上がった。しかし、蓄積したダメージがさすがに多すぎたのか、ふらついて岩盤にもたれ掛かる。

まあ普通なら、三回は死んでるところだ。

割れた額から流れ落ちる血が視界を塞ぎ、忌々しげに袖で拭う。

「どうだ、〝黒き雷光《ブラック・ライトニング》〟」

カルテイルが、崩落した壁を越えて近づいてきた。「目は覚めたか？」

「笑わせるな」

リロイは口の中に溜《た》まった血を吐き出し、にやりと笑う。

「客だから気を遣ったか？　そんなに優しいと二度寝しちまうだろ」

「気を遣うのに慣れていなくてな」

カルテイルは、剣が刺さった掌の具合を確かめるように、閉じたり開いたりを繰り返した。その傷口は、閉じかけている。リロイ並みの再生能力だ。

「だが、主人《ホスト》としては客《ゲスト》の要望に応えよう」カルテイルは、獣のように前傾姿勢を取った。

「全力でな」そして、巨大な砲弾の如く突進してきた。

剝き出しの地面が、地を蹴る獣の足に陥没する。

連続する足音は、ただひとつの砲撃音として鼓膜を打ち据えた。

リロイは鋭く、呼気を吐く。

肉薄するカルテイルは、さながら押し寄せてくる巨大な壁のように見えた。

腰を低くしたリロイには、それを避けようという動きがない。

さしものリロイでも、カルテイルの重量に速度が加算されたこの突進を真っ向から受け止めるのは自殺行為だ。

白い巨軀が、黒い姿を吞《の》み込んだ——そう見えた刹那、黒い疾風が駆け抜ける。

ふたりが激突する寸前、リロイは前進した。一歩目でトップスピードに達した〝疾風迅雷〟は、まさに紙一重で、突進する巨軀を撫《な》でるように身体を旋回させながら躱した。

ふたりの間で空気が掻《か》き乱れ、渦を巻く。

確実にリロイを捉えた、と確信したはずのカルテイルは、リロイの速さに反応できなかった。

旋風となってカルテイルの背後へ回り込んだリロイは、猛スピードで突き進むその巨体に蹴りを叩き込む。ブーツの硬い靴底が、白銀の背中にめり込んだ。自らの前進するエネルギーに蹴りの打撃が加わり、カルテイルの筋力を以てしても急制動がかからない。

両手で頭を庇った状態で、固い岩盤に激突した。

まさに、砲弾の直撃が如くだ。

衝撃に負けた岩盤に亀裂が走り、それが天井にまで奔《はし》る。激突の轟音《ごうおん》が、広い空間にこだました。

リロイは追撃せず、部屋の中にとって返し、カルテイルが投げ捨てていた剣を拾い上げる。

「思った以上の手練《てだ》れだったか？」私は正直、このまま遁走《とんそう》するのもひとつの手だと考えていた。

間違いなく、カルテイルは万全の状態で臨むべき相手だ。

「逃げるのは恥、とは考えていないだろうが——」

「もちろん、思っちゃいないが」リロイは、喉を震わせて小さく笑った。「逃げる理由がない」

そして剣を引っ提げて、崩れ落ちた煉瓦の壁を越えていく。

ふむ、これはどうも、悪い癖が出ているようだ。

以前に語ったとおり、リロイにとって暴力の行使はあくまで手段でしかない。

だが稀《まれ》に、目的になってしまうときがある。

リロイは否定したが、カルテイルという男に対してなにか感じるところがあるのかもしれない。

ならばじっくりと話し合えば良いものを、と私などは考えるのだが、おそらくこのふたりはどうしようもなく不器用なのだ。

あるいは、万の言葉よりも撃ち込む拳のほうが雄弁というべきか。

いずれにせよ、両者は再び対峙《たいじ》する。

カルテイルも先ほどの激突で、頭を庇った腕の体毛が赤く染まっていた。普通はあの勢いで固い岩盤にぶち当たれば、骨のひとつやふたつは折れてもおかしくはないのだが、その様子は見受けられない。頑強にもほどがあるというものだ。

「走るときはちゃんと前を見ないと、危ないぞ」

リロイは、楽しげに笑う。

カルテイルも、口の端を歪《ゆが》めて笑った。

「つい、童心に返ってしまったな」そう呟《つぶや》く彼の口調は、それが本心から出たものであることを窺《うかが》わせる真摯《しんし》さがあった。

リロイは剣の切っ先を下に向けたまま、じりじりと、カルテイルとの間合いを計る。

今度は先手をリロイに取らせて迎撃するつもりなのか、カルテイルに動く気配はない。

予備動作は、なかった。

リロイの脚力は、カルテイルとの間合いを驚異的な速度で踏破させる。

カルテイルの赤き瞳は、しかしこの速度を捕捉していた。

カウンター狙いの拳が、リロイの顔面を捉える。

だが、飛び散るはずの鮮血と肉片はない。リロイは、豪腕の一撃をすり抜けていた。

間合いに入った瞬間にほんの僅かだけ速度を緩め、カルテイルの拳が動き出すと同時に、最高速度で突っ込んだのだ。

彼我の距離感を見誤った拳は空を切り、リロイの眼前でカルテイルの胴ががら空きになる。そこへ身体《からだ》ごと切っ先を突き込んでいった。

脇下から心臓を貫く軌道だ。

それが、肩の骨に当たって弾かれる。切っ先はカルテイルの肩を削り取り、上方へと跳ねた。

まさかあのタイミングで躱《かわ》されようとは、尋常ならざる反応速度だ。

今度はリロイの胴が、カルテイルの前でがら空きになる。

そこへ下から、巨大な拳が唸《うな》りを上げて迫ってきた。押し潰された空気が先に、リロイの髪を掻き乱す。

身体を強引に捻《ひね》りながら、軸足で地を蹴った。すれすれを通過した巨大な拳の風圧で、リロイの身体が激しく回転する。

普通なら、自分がどちらを向いているかを判断する間もなく地に叩《たた》きつけられていただろうが、リロイは猫のように両足で着地した。

そこに、押し潰さんとする打撃が振り下ろされる。

拳は地面を激しく殴打し、大気を震わせた。

リロイは寸前で横手に飛び退《の》き、そして素早く元の位置へ飛び込んでいく。地を打つカルテイルの腕に、横薙《な》ぎの一撃を叩き込んだ。

刃は、彼の肉と筋肉を断ち割り、骨に到達する。

だが、骨を完全に切断することはかなわなかった。砕いたものの、斬撃のエネルギーはそこで果てる。

リロイは剣を引き、地面を転がるようにして遠ざかった。

カルテイルの逆の手が、立て続けに打ち下ろされたからだ。爆発音とともに、砕けた石片が散弾のように飛んでくる。

そして五発目が撃ち込まれた時、リロイとカルテイル、両者が同時に異変に気がついた。

微《かす》かに、揺れている。

カルテイルの打撃が揺らしているのではなく、なにか別の要因で、この採掘途中の空間が震えているのだ。

見れば、先ほどカルテイルが激突した岩盤の亀裂が深くなっている。硬いなにかが擦《こす》れあうような、巨大な獣の唸り声のような轟《とどろ》きが、空気の振動となってこの空間に押し寄せていた。

そしてふたりは、お互いがその異変に意識を取られた瞬間を、好機と見る。

ほぼ同時に、前進した。

リロイは、渾身の力で剣を叩きつける。

カルテイルは、拳ではなく抜き手で、鋭い爪を繰り出してきた。

リロイは心臓めがけて突き出される爪を身体を捌《さば》いて辛うじて躱し、剣の軌道を保つために、肩と肘の関節を絶妙に捻《ねじ》りながら振り下ろす。カルテイルは爪の先でリロイのレザージャケットと肉を削り取りながら、頭上から逆しまに飛来する刃を避けるために逆の手の爪で頭上を払った。

両者の攻撃が交錯し、甲高い金属音と踏み込みの轟きが響き渡る。

ひときわ大きな破砕音が、その瞬間にふたりの足下で発生した。

部屋全体が、大きく縦に揺れる。

岩盤にできた亀裂が、部屋中を縦横無尽に駆け抜けた。

硬いものの折れる音が、連続する。

なにが起こっているのかは、明白だ。

しかし、ここで攻撃以外の動きを選択すれば、その瞬間にやられてしまうこともまた、明白である。

断末魔の痙攣《けいれん》を繰り返す部屋の中、リロイは打ち払われた刃を再びカルテイルの胴めがけて横殴りに叩きつけた。

軸足の下で、地面が陥没する。

カルテイルは剣の軌道に身体を割り込ませ、剣身に十分な威力が乗る前にこれを押し止《とど》めた。刃は彼の肩口に喰《く》らいついたが、その硬い筋肉の半分をも切り裂けない。

そして鋭い拳の一撃が、下顎めがけて飛んできた。

その踏み込んだ獣の足が、地面を踏み抜く。

リロイは上体を反らして躱し、空気の灼《や》ける匂いを鼻孔に感じながら、膝を撃ち込んだ。

だが、その膝は届かない。

カルテイルとの間合いが、広がっていたからだ。

正しくは、リロイの位置が急降下していた、というべきか。

足下が瓦解し、空中に放り出されていた。

地下で空中などとはありえないはずだが、確かに足下にはなにもない空間が広がっていた。

巨大な地底湖だ。

ヴァイデンの四分の一ぐらいはすっぽりと入ってしまいそうなその巨大な湖に向かって、リロイは落下していく。

頭上――地底湖の天井部分に空いた亀裂は、止めどなくその範囲を広げながら崩落していた。大量の瓦礫《がれき》と、部屋にあった調度品も次々に落ちてくる。

やがてカルテイルもその崩壊に巻き込まれ、転落してきた。

リロイは素早く剣を鞘《さや》に収め、銃を引き抜く。この時ばかりは、その忌々しく騒がしい無骨な武器に感謝した。

こんな場所で投擲《とうてき》されて湖の底にでも沈んでしまったら、と考えるだけでうんざりだ。

リロイは自然落下に身を任せながら、白銀の巨体へ弾丸を撃ち込んでいく。

空中ではさすがにこれを躱す手立てがなく、カルテイルは頭部を腕で庇《かば》い、身体を丸めるしかなかった。

弾倉に込められた六発の弾丸が、すべて撃ち放たれる。

初弾は頭部を庇う逞《たくま》しい腕に着弾し、二発目と三発目はその毛先を掠《かす》めていった。四発目は逞しい腹筋に守られた腹へめり込み、五発目は瓦礫に当たって砕け散る。

最後の一発は、命中したかどうか確認できなかった。

リロイが着水したからだ。

盛大な水飛沫《みずしぶき》を立てて、冷たい水の中へと沈んでいく。数十メートルを落下したその衝撃だけで、骨が砕けても不思議ではなかった。

大量の瓦礫も、一緒に水中へ飛び込んでくる。地上と違って大幅に行動が制限される水中では、この落下物だけでも大変な脅威だ。

湖の深さは、これも数十メートルはありそうで、光の差さない底を視認することはできない。

リロイはすぐさま、水面に向かって水を蹴った。

しかし、何者かが猛烈な速度で水中を泳いで迫ってくる。

カルテイルだ。

どうやら銃弾で与えたダメージは、彼の水中での動きに制限を課するほどではなかったらしい。

瞬く間に肉薄し、リロイに摑《つか》みかかった。

さすがに水の抵抗で格段に動きは鈍いが、筋肉の塊にしか思えない巨漢がこれほど速く動けるのは驚嘆に値する。

リロイはなんとか躱そうと試みたが、指先は回避できてもそこから伸びる爪に捕捉された。切り裂かれた脇の傷口から、水の中に血が溶けてふわりと広がる。

リロイは、自分の肉が付着したカルテイルの指先を逃さずに摑んだ。同時に両足を白銀の腕に絡め、肘と指を一気にへし折りにかかる。

だが、指の骨は破壊できたものの、肘の関節はこれに耐えた。

やはり水中では、思うように力が入らない。

今度は逆に、カルテイルの空いた手が襲いかかってくる。鋭い爪の先が、リロイの首を狙って伸びてきた。リロイは、絡みついているカルテイルの腕を起点に後ろへ身体を倒してこれを躱そうとしたが、それはフェイントだった。

カルテイルは最初から、自分の腕を極《き》めている足に狙いを定めていたのだ。

大腿部《だいたいぶ》を鋭い爪が抉《えぐ》ると、先ほどとは比べものにならない大量の血が湖の中に溶け込んでいく。

リロイは、足を解《ほど》いた。

だがこれは、逃げるためではない。大量に出血している足で水を蹴り、カルテイルに正面からぶつかっていった。

水の中では、打撃は効果がない。カルテイルはここぞとばかりにリロイの身体に太い腕を回し、背骨ごと粉砕しようとする。

リロイは素早く、指先を伸ばした。

狙いは、カルテイルの赤い瞳だ。水中で最も効果的にダメージを与えられるとしたら、確かにここだろう。

カルテイルがリロイの胴に両手を回した瞬間、一気に突き入れた。

眼球の上から眼窩《がんか》に滑り込んだ指先で、抉るようにして眼球を引きずり出す。視神経が引き千切れ、眼球は指先の圧力に負けて破裂した。

カルテイルの口から、気泡が大量に吐き出される。

だが、リロイの胴を締める両腕の力は緩まない。背骨が、悲鳴を上げる。

リロイはすぐさま、眼球を抉りだしたカルテイルの眼窩へ再び、指先を突き入れた。そのまま眼窩の内壁を突き破り、さらに奥にある脳を目指す。

リロイの指先が脳を貫くのが先か、カルテイルの腕が背骨を粉砕するのが先か、あるいは酸欠で意識を失い溺れ死ぬか——

結末は、地底湖を揺るがす轟音《ごうおん》と衝撃波がもたらした。

地下街が、落ちてくる。

地底湖天井の崩落は止まらず、支えを失った街がバラバラになりながら降ってきた。街を構成していた床、壁、天井、そのすべてが湖面を叩く。

当然、そこにいた人間も例外ではない。

罪を犯し、地上にいられなくなった者どもが、悲鳴を上げて崩落に押し潰されていく。

大質量の落下に、湖面は爆撃を受けたかの如《ごと》く爆《は》ぜた。

湖水は嵐のように荒れ狂い、そしてそれは、リロイとカルテイルをも呑《の》み込んでいく。

凡《およ》そ、人間が抗《あらが》えるエネルギーではなかった。

湖面が破裂する爆音は鳴り止《や》まず、その衝撃がぶつかりあい、リロイの身体《からだ》を引き裂かんばかりに翻弄する。

瓦礫が何度も身体を打ち、幾度か意識を失いかけたが、それでもその黒い瞳は水面を見据え続けた。体内に残された僅かな酸素を使い、足を蹴る。落ちてきた地下街の住民たちは、いずれも水の中で天地が判断できず、湖の底へ沈んでいった。リロイはそれを尻目に、荒れる水を掻《か》き分けて上昇していく。

やがてどうにか水面に顔を出したリロイは、大きく空気を吸い込んだ。

頭上に空いた巨大な穴を見て、感嘆とも驚愕《きょうがく》とも取れる呻《うめ》き声を漏らす。

だが、まだ街は崩れ終わっていなかった。リロイが見上げる中、ゆっくりと倒れてくる木造の建築物には、屋根の部分に十字架がついている。

地下街の入り口に立てられていた、教会だ。

それが、木材の割れる音を道連れに湖水へと真っ逆さまに落ちていく。

遂《つい》に地上にまで、被害が及んだらしい。

薄暗かった地底湖に、月光が差し込んできた。

柔らかく暖かな光が、陰惨な街の屍《しかばね》を照らし出す。

「正直、沈んだおまえをどうやって引き上げようか、考えていたところだったぞ」

私の声は、間違いなく震えていたに違いない。肝があるわけではないが、肝を冷やす、とはまさにこのことだろう。

リロイは鼻で笑い、「人工呼吸は勘弁してくれよ」と、人の気も知らないでつまらない冗談を飛ばす。

よかろう、おまえが溺れたときは、存分に放置してやる――そう決心したが、依然として嵐の海の如く荒れた湖面を力強く進むリロイに、残念ながらその気配はない。

とはいえ、戦闘で受けたダメージと失血による消耗は、確実にリロイの肉体を蝕《むしば》んでいた。

どうにか湖岸に辿《たど》り着き、水の中から身体を引き上げると、さすがにその場へ倒れ込む。疲労困憊《ひろうこんぱい》の様子で、息も絶え絶えだ。

「あいつは死んだかな」

ぼそり、と呟《つぶや》く。そこに感慨はなく、ただの事実確認以上でも以下でもない――ように聞こえるのだが、この男は肝心な部分で、その内心を語らないことがある。

「自分の手で決着をつけたかったか」

私が訊《き》くと、リロイは笑った。

だが、応えはない。

暫《しばら》く無言だったが、ゆっくりと上体を起こした。「これ、どうやって帰るんだ」ぼんやりとそう呟いた次の瞬間、唐突に立ち上がる。

そして、今の今まで半死半生状態だったのが嘘《うそ》のようなスピードで走り出した。

そのまま、湖の中へ飛び込んでいく。

リロイの目は、捉えたのだ。

波打つ湖面で、瓦礫にしがみつく小さな姿――リリーを。

リロイが彼女の元へ辿り着いたとき、意識はなかったが息はあった。水に浮く木片にしがみついていなければ、今頃は湖の底へと沈んでいたことだろう。

リリーを背負ってどうにか岸まで泳ぎ切ったリロイは、彼女の身体をそっと横たえると背中を向けた。

激しく咳《せ》き込む喉から迸《ほとばし》ったのは、血の塊だ。

リロイは口の中に残る赤い唾液を吐き捨てると、リリーの状態を調べる。頭部に傷はないが、右手と右足の骨が砕けていた。

「治療できるか」

リロイに訊かれた私は、少し考えたあと答える。「もちろんできるが、彼女の体力が心配だ。幼すぎる」

私には、人間の外傷を治すための機能が備わっているが、成人し、訓練を経て肉体的に頑強な男女――つまりは軍人、兵士への適用が前提になっている。致命傷でない限り、大抵の傷は回復できるが、その際に体力を大きく消耗してしまう。まだ幼いリリーを私が治療した場合、怪我《けが》を治したとしても、体力の減衰が却《かえ》って彼女の生命を脅かしかねなかった。

「なら、病院のほうがいいな」リロイは頷《うなず》く。幸い、リリーの怪我に致命的なものはなさそうだ。そう判断すると、リロイは手早く、そこらに転がっていた残骸の中から使えそうなものを集め始めた。

天井の崩落は、まだ完全には収まっていない。湖面に浮かんだ瓦礫に落ちてきた岩壁や家財が激突し、断続的に、爆砕する轟音が地底湖にこだましていた。

添え木になりそうな木片を手に戻ってきたリロイは、剣を使ってジャケットを切断する。それを包帯代わりに、骨の折れた箇所に添え木を固定した。

本人は医者いらずなのに、怪我の応急処置などは手慣れている。一度訊いたところ、昔の相棒がドジでよく怪我をしていたから、らしい。

「火を焚《た》いたほうがいいかもしれないな」私は指摘する。地底湖の水は、かなり冷たい。ここから病院までどれほどかかるかわからないが、濡《ぬ》れた服は覿面《てきめん》に体力を奪い去る。

リロイは首肯すると、燃やせるものを探すために立ち上がった。瓦礫は大半が水に浸《つ》かっているので難しそうだが、激突の際に飛び散り、水面ではなく岸辺に到達したものなら望みはある。

カルテイルとの戦いでは助けになれなかった私だが、これならばいくらでも手伝えそうだ。

武器なのにできることが薪拾い、とはなかなかアイデンティティの危機を感じるが、致し方ない。

「私も手伝おう」一声掛けて、実体化する。リロイは軽く手を上げて、打ち上げられた瓦《が》礫《れき》の山へ向かった。

その足取りは、想像以上に弱々しい。

言葉にはしないが、おそらく体力の限界はとうに超えているはずだ。

私は足早にリロイへ近づき、「おまえも少し、休んでいろ」と、肩を摑む。

「大丈夫だって」

リロイは、私の憂慮を笑い飛ばした。

鈍い、音がする。

私の手に、衝撃が伝わってきた。

頰に、生暖かい飛沫が付着する。

リロイが少し驚いたように顔を強張《こわば》らせ、自分の身体を見下ろした。胸から、鋭く尖《とが》った鉄骨の先端部分が飛び出している。

その位置にある臓器は、心臓だ。

「リロイ――！」掠《かす》れた声が、私の喉から迸る。

「くそっ」

言葉短く罵倒したリロイは、その場に膝を突いた。

「暢気《のんき》に人助けなどしているからだ、リロイ・シュヴァルツァー」

積み重なる瓦礫の、教会の屋根にあった十字架が逆さまに突き立つその後ろから現れたのは、カルテイルだ。眼球を失った左目は閉じられ、リロイが骨まで裂いた右腕は、激流にもぎ取られている。

「俺を探し出し、とどめをさそうとしなかった結果が、その一撃だ」

そう告げたカルテイルだったが、リロイが助け出した相手がリリーだと気づいたのか、眉間に皺《しわ》を寄せた。

「——おまえ、知っていて助けたのか」いろいろと言葉足らずだが、言わんとしていることはわかる。

「悪いか」

リロイは、声を絞り出す。

理解しがたい、とカルテイルはその表情で答えていた。

確かに、自分を騙《だま》した組織の、しかもその実行犯をわざわざ助ける人間はそう多くはない。

カルテイルは、リロイの考えを読もうとするかのように右目を細めたが、考えれば考えるほど、答えは出ないだろう。

やがて考えても意味がないことに思い至ったのか、彼は神妙な口調で言った。

「彼女を助けてくれたことには、感謝する」

リロイは鼻を鳴らし、横たわるリリーを指さした。「感謝するなら、あの娘《こ》を連れてとっととここから逃げろ」

「それはできん」

即答するカルテイルに、リロイは忌々しげに舌打ちする。

そして、前のめりに倒れそうになるのを、私が抱き留めた。

鉄骨を伝って流れ落ちる血が、赤から次第に色を変え、黒ずみ始めている。

悪い兆候だ。

「意識を失うな」私は声をかけたが、おそらく無駄だろう。

心臓を貫かれるのは、さすがに致命傷だ。

「無茶言うなよ」こんな状況でも、リロイは口の端に笑みを浮かべる。その笑みが浮かんだ頬に、首筋から膨張した血管が蛇のように這《は》ってきた。それは毒々しく脈打ち、まるでリロイを内部から侵蝕《しんしょく》しようとするかのように全身へ広がっていく。

「おい、相棒」リロイの声は、少し割れていた。声帯部分にも、変異が及び始めているのだ。「あとは、頼んだぞ」すでにその黒い瞳には、私の姿は映っていない。白目部分に浮かび上がっていた毛細血管が破裂し、黒い血で染め上げていた。

溢《あふ》れ出した黒が、涙のように頬を伝っていく。

「仕方あるまい」

私は、言った。

「相棒だからな」

するとリロイは、私の背中を軽く叩《たた》いた。

その掌《てのひら》が滑り落ちていき、私の腕にかかるリロイの重さが急激に増す。

意識を、失ったのだ。

普通の人間であれば、このまま意識を取り戻すことはない。心臓が破壊されて生きていられる人間はいないからだ。

しかし、リロイの肉体は違う。心臓が破壊されても、死は訪れない。

それを証明するかのように、全身から湯気が立ち上り始めた。

傷を回復、再生するために、細胞が凄《すさ》まじい速度で分裂と増殖を繰り返している。膨大なエネルギーが消費され、それがリロイの服に染み込んでいた湖水と血を蒸発させていた。

力なく下がっていた腕が持ち上がると、胸に刺さった鉄骨を摑《つか》む。

リロイが覚醒したわけではない。

右腕は、リロイの意思に関係なく、再生の妨げになる鉄骨を引き抜き始めた。痛みもないので、その動きにためらいはない。

引き抜いた鉄骨は、無造作に投げ捨てた。胸の傷口からは黒い血が噴き出したが、ものの数秒で止まる。傷口周辺の肉が盛り上がり、瞬く間に塞いでしまった。

「凄まじいな」

いつの間にか近づいていたカルテイルが、驚愕の呟きを漏らす。「あれが致命傷たり得ないとは、この目で見ても信じられん」

「リロイも言っていたが――」私は努めて平静に、言った。「あの娘を連れて逃げたほうがいい。その状態では、死ぬだけだぞ」

「おまえが、シュヴァルツァーの相棒か」カルテイルは、私の言葉を聞き流す。「俺の周りをこそこそ嗅ぎ回る奴《やつ》がいるとは聞いていたが、なるほど、確かに珍妙な姿だな」

「勝手に死ぬがいい」

私がそう吐き捨てると、虎の口元が歪《ゆが》み、凶暴な笑みを象《かたど》った。

声がしたのは。そのときだ。

低い地響きのようなそれは、私のすぐ側《そば》――リロイの喉が放つ音だ。怨嗟《えんさ》の声にも似た、苦しげで哀《かな》しげなその呻《うめ》き声は、だが次第に、その音色を変えていく。

虜囚からの解放、拘束からの自由を謳《うた》う歓喜の雄叫《おたけ》びだ。

リロイが、ゆらりと立ち上がる。心臓の傷口を中心に、新たな肉と筋肉細胞が際限なく増殖し、それが全身を覆っていく。

まるで、リロイというひとりの人間を押し潰し、喰《く》らい尽くそうとするかの如《ごと》くだ。

失った左腕も、再生される。切断面に肉が盛り上がったかと思うと白い骨が再生され、それに絡みつくように神経や血管、筋肉が見る見るうちに欠損部分を埋めていく。

「おお」

カルテイルの喉が、感嘆とも畏怖とも取れる吐息を漏らした。

その耳朶《じだ》を打つのは、骨の砕ける音だ。

巨大になっていく肉体を支えるためには、骨格もまた変わらざるを得ない。人間とは

まったく別の形へと、破壊と再生を繰り返しながら成長していた。

瞬く間にカルテイルの背丈を超え、三メートル近くにまで到達する。

もはや、リロイの面影はない。

黒い血に染まっていた眼窩《がんか》は今や銀光を宿し、頭蓋骨の変形による巨大な角が生えていた。耳まで裂けた口には、カルテイルのものより格段に大きく鋭い牙がずらりと並んでいる。

リロイが獣人であることを私が疑問視するのは、まさにこの姿を見たからだ。

獣化、というのなら、これはいったいなんの獣なのか。

「これがおまえの本性か」

カルテイルが、黒い獣に語りかける。

そこには理解と共感、そして絶望があった。

「ならばやはり、俺たちは違うということだな」

赤い瞳は、しかし炯々《けいけい》と輝き始めていた。

絶望の先にある諦観を超えて、カルテイルはその先に踏み出そうとしていた。「では俺は、すべてを踏み潰す。俺を認めぬ世界など、こちらから否定してやろう」リロイに相似性を求めた異形の男は、その果てに、背反《はいはん》の境地に達しようとしていた。

「まずはおまえからだ、リロイ・シュヴァルツァー」

満身創痍《まんしんそうい》のカルテイルは、それでもなお、戦いを欲していた。

猛然と、リロイの間合いへと飛び込んでいく。

陰りがないとはいわないが、それでもなお、目を見張る速度だ。

左の拳を、黒い脇腹へ叩き込む。

鳴り響いたのは、肉と肉ではなく、鋼と鋼の激突音だ。カルテイルは一度ならず二度、三度、と拳を撃ち込んでいく。

だが、まるで効いた様子がない。

リロイであった獣は、そこに至ってようやく、カルテイルを認識したかのように、目を向けた。

銀色の双眸《そうぼう》が、白銀の獣を睨《ね》めつける。

赤い瞳も、巨大な獣を見据えた。

打撃音が、生じる。

そう認識したときにはすでに、カルテイルの身体《からだ》は大地に叩きつけられていた。

再びの打撃音で、今度は真横に吹っ飛んでいき、何度か地面でバウンドしながら瓦礫の山に突っ込んだ。逆さまに突き刺さっていた十字架に背中から激突し、これを粉砕する。

一撃目は、振り下ろした拳によるもので、二撃目は蹴りだ。

この巨体でありながら、いずれもリロイであったときよりも速い。

カルテイルはどうにか一度、立ち上がったが、すぐに身体をふたつに折り曲げて胃の内容物を吐瀉《としゃ》した。血が、混じっている。あの筋肉の塊とでもいうべき男の内臓にまで、いとも容易《たやす》くダメージを与えていた。

リロイは、カルテイルに向かってゆっくりと歩き出す。

カルテイルをさっきまで戦っていた敵として認識しているのか、あるいは攻撃されたから本能的に反撃しているだけなのか、それとも攻撃したいからしているのか——それを知る術《すべ》はない。

リロイにも、獣化している間の記憶が殆《ほとん》どないからだ。

カルテイルは、手近にあった鉄骨を手に取った。その先端には、石壁の一部が鎚頭《つちがしら》のように残っている。それをハンマー代わりに殴りつけようという算段か。

無造作に近づいていくリロイは、猛獣のように喉を鳴らした。まるで、カルテイルの行動を浅知恵と嘲るかのように。

鉄骨を握り締めたカルテイルは、躊躇《ちゆうちよ》なくリロイの間合いへと飛び込んでいった。人間の頭なら一撃で粉砕しそうな凶器を、巨大な獣へと振り下ろす。

轟《ごう》、と唸《うな》りを上げる一撃は、しかし、リロイの掌に受け止められた。

そしてそのまま、握り潰す。

石壁の破片が豆腐のように砕けるさまは、あまりに非現実的だ。

しかしカルテイルは、それを予測していたのか、些《いささ》かも臆さなかった。素早くリロイの指先から鉄骨を引き抜くと、槍《やり》のように突き入れる。その先端が狙うのは、下顎だ。

鈍い音に、低い呻き声が続く。

鉄骨の先端はリロイの下顎を打ったものの、貫くことはできなかった。硬質化した鱗《うろこ》状の皮膚が、その侵入を阻んだのだ。

カルテイルは再び鉄骨を引くと、身体を横手に捌《さば》きながら脇下を狙う。獣化したリロイの肉体は、硬くて柔軟性のある黒い皮膚と、しなやかな黒い体毛に覆われていて打撃が通りにくい。カルテイルは最初の打撃でそれを思い知らされたのか、弱点を探すかのように攻撃箇所を変えていた。

諦めが悪い点では、やはりこの男、リロイと似ているのかも知れない。

だがそれも、そこまでだった。

脇下を抉《えぐ》ろうとしていた鉄骨を、リロイは易々《やすやす》と摑み取る。石壁の破片同様、鉄骨も飴《あめ》細工のように手の中でぐにゃりと曲がった。

カルテイルは、素早く鉄骨を放棄している。低い姿勢でリロイのふところ深くへ踏み込んでいき、強烈な蹴りをその膝めがけて放つ。

なにかが破裂するような音が、その攻撃を呑《の》み込んだ。

衝撃波が、カルテイルを中心に弧を描いて発生する。瓦礫《がれき》が吹き飛び、カルテイルも体勢を大きく崩した。足下の固い地盤が爆《は》ぜ割れ、轟音《ごうおん》が地底湖を揺るがす。

大質量の獣が超高速で移動しただけで、この現象だ。

衝撃波に打ち据えられたカルテイルは、それでもすぐさま地を蹴ってその場から飛び退《の》こうとした。

だが、リロイが圧倒的に速い。

カルテイルの軸足を、背後から摑み取った。片手で、三百キロ以上はあるだろう白銀の巨軀《きょく》を引きずり倒し、振り上げる。

そして一気に、足もとの地面に叩きつけた。

肉が押し潰され、筋肉は断裂し、骨は粉砕される。それらの音が、打ちつけられた地面の上で弾《はじ》け、破れた皮膚から鮮血が飛び散った。

二度、三度と繰り返し叩きつけられたカルテイルの身体は、白銀の体毛が瞬く間に紅へ染まる。

地下街の部屋でリロイが受けた攻撃をそのままやり返しているようにも見えるが、果たしてその記憶と人間的な感情が残っているのかは疑問だ。

やがてカルテイルは、動かなくなる。我が身を守ろうという反応もなく、人形のように地面へ叩きつけられていた。

それに気がついたのか、リロイは手を止めて、カルテイルを持ち上げる。今自分が壊したものがなんなのかを確かめるように、眉間に皺《しわ》を寄せ、目を細めて観察し始めた。

だがすぐに興味を失ったのか、無造作に放り投げてしまう。

そしてふと、天を見上げた。

頭上遙《はる》か高くに開いた巨大な亀裂からは、暗い夜と輝く月が望める。

月光が、降りそそいでいた。

その光に照らされた黒い獣は、牙の並んだ口を大きく開く。

咆吼《ほうこう》、した。

喉を震わせ、吼《ほ》える。

それは赫怒《かくど》なのか、憤激なのか、あるいは慟哭《どうこく》なのか——人ならざる獣の胸中は計り知れず、また人ならざる私には、人が人ならざる者へ変異するその恐怖と絶望は到底、理解できない。

今、リロイはなにを思うのか。

月下に黒き獣は、長く長く、吼え続けた。

あとがき

僕が初めて小説の公募に原稿を送ったとき、パソコンではなくワープロで文章を作成し、フロッピーディスクに保存していました。

書き上げた原稿はワープロの非常に遅い印刷機能を使って出力し、データの入ったフロッピーディスクと一緒に出版社へ送る形でした。

いまでも初稿を編集者と校正者がチェックしたゲラと呼ばれるものは印刷した紙の束として著者に送られてきますが、それ以外はほぼすべてネットを介したデータのやりとりで済ませてしまうことができます。

デビューしてから二十数年で、随分と便利になりました。

さてこの「ラグナロク:Re」は、デビュー作「ラグナロク」のリビルド——つまりは、再構築です。かつて書き綴《つづ》った物語とキャラクターを、新たなストーリーと人物像で描こうとしています。

執筆の環境は一変しましたが、果たして二十数年を経て執筆そのものはどう変化したのか。

これが実は、まったく変わっていません。

十年書こうが二十年書こうが、小説が僕にとってとんでもなく難しいものであることは不変でした。いい加減少しは手慣れても良いだろうに、とは思うのですが、うまくいかないものです。

ただそれと同時に、デビュー時から変わらないことがもうひとつありました。

それは、もっと面白いものを書きたい、凄《すご》いアクションシーンを表現したい、という情熱です。年を取り、身体《からだ》にがたがきても、小説に対する執着だけは一切、衰えませんでした。

だからこそ僕は、何度挫折しても小説を書くことを諦めなかったのだと思います。

そんな、足掻《あが》き続けていた僕に、「あなたと仕事がしたい」と仰《おっしゃ》ってくれた編集のOさん、ありがとうございました。あなたのおかげで、僕はまだ、この苦しみと対峙《たいじ》することができています。

イラストレーターの巖本英利《いわもとえいり》さん。そのシャープな線が生み出すキャラクターの素晴らしい造形は、リビルドに過分なる魅力を与えてくださいました。新しいキャラクターデザインやイラストが届くのが、楽しみで仕方がありません。ありがとうございます。

今、このあとがきを読んでいるあなた。僕の小説を読むのが初めての方でしょうか。だとしたら、たくさん発売される本の中から選んでいただき、ありがとうございます。楽しんでいただけましたか？　大切なお金と時間を割いたことをあなたが納得できるような作品だった、そしてそれ以上の価値がある体験だった、と思っていただけることを僕は願ってやみません。

もしかしたらあなたは、デビュー作の「ラグナロク」を読み、ずっと続きを待ってくれていた人かもしれません。だとしたら、随分と長い間お待たせしてしまったことになります。申し訳ありません。続編ではなくがっかりされたでしょうか。ですが、このリビルドした物語も、僕は自信を持ってお届けしています。これは間違いなく、「ラグナロク」なのです。あなたの望んだ形ではなかったかもしれませんが、これが僕にできる最良の形であることは断言できます。

もしお許しいただけるのなら、どうか、最後までおつきあいください。

そして最後に、かつて一緒に「ラグナロク」を創り上げた盟友でもある、イラストレーターのＴＡＳＡさんに最大級の感謝を。あなたが絵を通して僕に与えてくれた様々なインスピレーションや、産みの苦しみを共にした日々は今も僕の中に確かな財産として存在します。ありがとうございました。

それではまた次巻でお会いできることを願いつつ、筆を擱《お》きます。

俺のことを覚えているか？
アシュガン・ザザだ
製造番号で呼ばれるほど、おまえとは親しくない

ドクター・ヘパス
——まさか、あの？

人間が〝闇の種族〟に
対抗するために創り上げた兵器
——それが君だ、ラグナロク

哀れむべきか嗤うべきか
——どちらだ、エミール

“グレイプニル”
被験者第一号にして
唯一の適合者が、彼なんです

カルテイルの
救出を、依頼するのか

あなたもですよ、〇一〇九《エアスト・ノイン》
——畏れは、目を曇らせるのですから

彼の中にロキの存在を感じるのは
確かですが、それがなにを意味するかまでは……

『ラグナロク:Re』第2巻
2018年7月25日発売

OVERLAP

ラグナロク:Re
1. 月下に吼える獣

発　行　2018年4月25日　初版第一刷発行

著　者　安井健太郎
発行者　永田勝治
発行所　株式会社オーバーラップ
〒150-0013　東京都渋谷区恵比寿1-23-13
校正·DTP　株式会社鷗来堂
印刷·製本　大日本印刷株式会社

Printed in Japan ISBN 978-4-86554-337-7 C0193